외톨이
흡혈 공주의
고뇌
6
Hikikomari
he Vampire Countess
no
Monmon
Illustrations copyright © riichu

에스텔이 쏘아내는
신속(神速)의 체인 메탈!!
"흐오."

"엥?"

알카 공화국 팔영장
게르트루드 레인즈워스
물나이트 제국 칠홍천
사쿠나 메모아
천조낙토 오오미카미
아마츠 카루라
카루라의 닌자 집단 '귀도중'의 수장
미네나가 코하루

코마리의 메이드
빌헤이즈
뮬나이트 제국 칠홍천
테라코마리 건데스블러드
알카 공화국 대통령
네리아 커닝엄

이 흡혈 공주와
그 흡혈 공주는 닮았다 ──.
붉은 흡혈 공주를 바라보면서
쿠야 선생은 그렇게 느꼈다.

"너는 회개해야 해."

Hikikomari
the Vampire Co
no
Monmon
Illustrations copyright © r

외톨이
흡혈공주의
고뇌
6
Hikikomari
코바야시 코테이
Illust : 리이츄
고나현 옮김
Illustrations copyright © riichu

커버, 삽화, 본문 일러스트
리이츄

[0] 프롤로그

핵 영역 어딘가.

이곳은 얼마 전, 천조낙토의 전 오오미카미가 이슬이 되어 사라진 고성이다.

겉모습은 딱 보기에 폐허. 사람의 발길이 끊인 지 오래라는 건 누가 봐도 명확하겠지. 그런 한적한 곳이기에 비밀회의를 하기에는 딱이었다.

"——자, 그럼. 다 모인 것 같군."

고성의 방에 늠름한 목소리가 울려 퍼졌다.

알카 군복을 걸친 분홍색 투 사이드 업의 전류—— 네리아 커닝엄이다. 네리아는 원탁을 둘러싼 멤버들을 둘러보면서 만족스레 미소를 띠었다.

"용건은 편지에 적은 대로야. 우리는 다가온 2월 18일을 대비해 준비해야 해."

"네리아 씨. 하나만 물어도 될까요?"

짤랑, 방울 소리가 울렸다.

네리아 맞은편에 전통복 차림의 소녀가 앉아 있다.

천조낙토의 오오미카미이자 (자칭) 우주 최강인 아마츠 카루라다.

"왜? 녹차는 준비 안 했는데."

“홍차도 정말 좋아하니까 신경 쓰지 마세요. 그게 아니라—— 오늘 이건 대체 무슨 모임인가요? 긴급회의라길래 바쁜 와중에 일을 중단하고 달려왔는데요.”

“잠꼬대하는 거 아니지? 정말 일했어?”

“당연하죠. 저는 이래 봬도 천조낙토의 탑이니까요.”

“카루라 님은 계속 낮잠만 잤어. 즉 땡땡이.”

“잠깐, 코하루?! 자연스레 폭로하지 말아요!! 국가의 수치를 외부에 흘리는 짓은 오오미카미로서 두고 볼 수 없거든요?!”

“국가의 수치라는 자각은 있구나.”

네리아가 “하아” 하고 요란하게 한숨을 내쉬었다.

“정말 어쩔 수 없네. 새삼 그런 말을 하는 시점에서 내 편지를 제대로 안 읽었단 게 다 티 나. ——저기, 빌헤이즈. 이 시침 뚝 화과자에게 2월 18일이 어떤 날인지 설명해 줘.”

“당신에게 명령받긴 싫지만 알겠습니다.”

그렇게 말하며 일어난 것은 메이드복을 입은 푸른 머리의 메이드였다.

뮬나이트 제국군 제7부대 빌헤이즈 특별 중위. 그녀는 평소처럼 쿨한 표정으로—— 그러나 왠지 모르게 뜨거운 목소리로 설명을 시작했다.

“2월 18일은 요약하자면 전 인류의 길일입니다. 이날을 맞는 순간, 갖은 길조가 각지에 나타나겠죠. 새들이 노래하고 꽃들이 흐드러지며 바다에서는 도미 떼가 춤추듯이 점프해서 물고기가 많이 잡힐 거예요. 또 그때까지 하늘을 뒤덮고 있던 구름이 걷히면서 부드러운 빛이——.”

“아—, 정말 사람 성가시게 하네! 요약하자면 2월 18일은 코마리의 생일이야!”

카루라가 “그래요?!” 하고 놀란 듯이 목소리를 높인다.

네리아는 “그래!” 하고 팔짱을 끼며 의자 등받이에 몸을 기댄다.

“이 회의는 코마리의 생일을 어떻게 보낼지 이야기하는 자리야. 기왕이면 성대하게 축하해 주고 싶거든! 빌헤이즈 말에 따르면 코마리는 한동안 생일 파티 한번 없었대.”

“맞아요. 제가 메이드로서 부임하기 전까지는 완전히 무시당했던 모양입니다. 뭐, 사정이 사정이라 하는 수 없지만…….”

“과연. 즉 다 같이 손을 잡고 이벤트를 열자는 건가요?”

카루라는 홍차를 마시면서 눈을 내리뜬다.

“그거 명안이네요. 국가 간의 결합을 다지는 의미에서도 꽤 의미가 있겠어요.”

말은 그렇게 하지만 내심 설레하는 카루라였다.

코마리는 카루라에게 유일무이한 이해자이자 은인이자 친구다. 그녀를 위해 솜씨를 발휘해 화과자를 만들어 줘야 하지 않겠는가——. 그렇게 결의한다.

“선물은 각자 준비하는 방향이야. 문제는 어디서 파티를 여느냐인데…….”

“뮬나이트 제국에서 열 예정입니다.”

빌헤이즈가 ‘무슨 당연한 소릴’ 같은 식으로 단언한다.

“그 이외의 선택지는 없어요. 코마리 님은 뮬나이트 제국의 흡혈귀니까요."
"안 되지, 빌헤이즈. 외출을 싫어하는 코마리는 밖으로 나가봐야 해. 알카라면 그 아이가 울며 기뻐할 만한 이벤트를 열 수 있어."
"알카의 수도는 치안이 나쁘다고 들었습니다. 코마리 님이 무서워하실 거예요."
"흡혈귀가 할 소리야? 제도에 비하면 수도의 살인 사건은 없는 거나 다름없어. 하루에 100건 정도인걸."
"그럼 없는 게 아니라 100건 있는 건데요."
"0이나 100이나 그게 그거지! 애초에 코마리가 당할 거 같아? 그 아이는 세계를 구한 대영웅인데? 호위도 붙일 건데 당연히 괜찮고말고!"
"못 믿겠네요. 그렇죠, 메모아 님."
빌헤이즈 옆에 앉아 있던 백은의 흡혈귀가 "네?" 하는 소리를 냈다.
사쿠나 메모아, 칠홍천 대장군이다.
"……그러네요. 빌헤이즈 씨 말이 맞아요. 저도 뮬나이트가 최적이라고 봐요."
"그럼 다수결로 정하자! 뮬나이트가 좋다고 생각하는 사람!"
조금씩 손이 올라간다. 빌헤이즈와 사쿠나 둘이다.
"알카에서 하는 게 좋다고 생각하는 사람!"
처억! 네리아 자신이 손을 들었다.
하나뿐이었다. 대통령의 심복인 메이드 소녀는 옆에서 졸고

있다.

"——게르트루드! 졸지 마!"

"흐엥?! 뭔지는 모르겠지만 죄송합니다, 네리아 님!"

게르트루드가 머리를 얻어맞고 어리둥절한 채로 손을 들었다.

이로써 2 대 2다. 네리아는 침묵을 일관 중인 2인조를 물끄러미 바라봤다.

"카루라. 당신은 어느 쪽이야?"

"아뇨. 어느 한쪽 편을 들면 싸움이 벌어질 것 같아서…… 차라리 중립으로 천조낙토에서 개최하면 어떨까요? 앵취궁은 여러분을 수용할 수 있을 만큼 크거든요."

"……………………………………………."

그렇게 해서 싸움이 시작되고야 말았다.

물론 카루라는 네리아나 빌헤이즈만큼 자기주장이 강한 사람이 아니다. 천조낙토를 제안한 것도 '이대로 두면 싸움이 벌어지니까'라는 객관적인 판단에 따른 것이다.

그러나 그건 불에 기름을 붓는 격이었다.

네리아가 "우리도 너희를 수용할 만큼 여유롭거든!"이라고 소리치자 빌헤이즈가 대항하듯 "그런 의미로 보면 뮬나이트가 가장 여유로워요"라고 도발. 이걸 들은 네리아가 말했다. "뮬나이트 궁전은 지난번 소동 때문에 재건 중이잖아", "카루라 님도 고개를 끄덕이네", "알카의 질 낮은 치안에 비하면 나은 것 같은데요?", "카루라 님도 고개를 끄덕이잖아요", "무뢰배가 나타나면 내가 두 동강 내 줄 테니까 괜찮아!", "그런 이유로 카루라 님은 알카나 뮬나이트가 아닌 천조낙토에서 개최하는 게 제일이라고 생각한다", "아니, 딱히 생각한 적 없는데요?!"——.

회의는 전혀 진전이 없다.

그만큼 테라코마리 건데스블러드가 사랑받고 있다는 거겠지.

그러나 이래서는 시간만 버리게 된다. 결국 지칠 대로 지친 네리아가 의자를 뒤엎으며 일어났다.

"——아, 알겠어! 이렇게 되면 군인답게 전쟁으로 정하는 게 빠르겠네!"

"잠시만요, 네리아 씨! 저는 절대 참가 안 해요! 이제 오검제가 아니라 오오미카미니까요!"

"말은 그렇게 하지만 내심 두근두근한 카루라 님이었다."

"지문을 날조하지 마실래요?!"

"바라는 바예요. 바로 돌아가서 싸울 준비를 하죠. 그러고 보니 저희는 제대로 싸운 적이 거의 없었죠. 코마리 님도 크게 기뻐하실 겁니다."

아니, 기뻐할 리가 있나——. 카루라는 생각한다.

그러나 상식적인 사고회로를 가진 인간이 여기 있을 턱이 없었다. 우선 몸의 안전만이라도 확보하자. 카루라는 그렇게 생각하면서 이 자리에서 탈출하려 자리에서 일어났다.

그때였다.

"소—— 송구하지만! 저에게 생각이 있습니다!"

그때까지 쭉 가만히 앉아 있던 누군가가 소리쳤다.

전원의 시선이 집중됐다.

그곳에는 긴장해서 딱딱하게 굳어 버린 소녀가 서 있었다. 뮬나이트 제국의 군복을 입은 흡혈귀. 호박 같은 눈과 적갈색 포니테일을 가졌다.

그녀는 떨리는 손으로 경례하면서 더듬더듬 말을 이어 나갔다.

"싸움은! 건데스블러드 각하께서 가장 싫어하시는 겁니다. 그러니까…… 그…… 이럴 때는 진정한 의미의 중립으로…… 핵 영역에서 파티를 여는 게 좋을 것 같습니다!"

네리아와 카루라는 서로를 마주 봤다.

얘는 누구더라? ——그런 분위기가 자리를 가득 메웠다.

그러나 빌헤이즈가 "그렇군요" 하고 순순히 수긍하며 팔짱을 꼈다.

"핵 영역이라면 싸움이 벌어질 여지도 없겠네요. 지금은 이 제안을 받아들이는 게 좋을 것 같은데——, 커닝엄 님은 어떻게 생각하시나요?"

"응? 뭐, 듣고 보니 그러네. 핵 영역이라면 문제도 없겠지만……."

"그럼 정한 거네요. 고맙습니다, 에스텔."

에스텔이라 불린 소녀는 얼굴을 새빨갛게 붉히더니 "황송합니다!" 하고 고개를 숙였다.

빳빳한 군복을 보아 그야말로 신병 같은 분위기다.

네리아는 과자를 집으면서 낯선 흡혈귀를 관찰했다.

"그런데 그쪽은 누구야? 빌헤이즈의 새로운 부하?"
"소개가 늦었습니다! 저는――."
흡혈귀 소녀는 더듬더듬 자기소개를 시작했다.
그렇게 해서 계획은 물밑에서 진행되었다.

☆

나는 절망적인 심정으로 새 원고용지를 내려다보고 있었다.
예를 들어 물고기는 알려 주지 않아도 헤엄칠 수 있다. 새는 성장하면 자연스레 넓은 하늘을 퍼덕퍼덕 난다. 그것과 마찬가지로 희대의 현자는 선천적으로 숭고한 이야기를 만들어 내는 능력을 가졌을―― 텐데.
"못 쓰겠어……."
손에 든 펜이 꿈적도 하지 않는다.
무리하게 움직여 봐도 정신을 차리고 보면 고양이나 판다 같은 걸 낙서하고 있다.
이렇게 된 원인은 명백했다.
――압박감.
이게 실제로 책으로 세상에 나온다고 생각하면 위가 쑤셔서 견딜 수가 없다.
지금 내가 진행 중인 건 '황혼의 트라이앵글'의 수정 작업이다. 출판사 직원에게서 이런저런 조언을 전해 듣고 문장과 전개를 수정 중인 거다.

그리고 받은 요구는 단순했다——. '좀 더 두근두근한 느낌을 내 달라.'

두근두근? 두근두근이 뭐지? 요즘 두근두근했던 일을 떠올려 보자. 지난 전쟁에서 멜라콘시의 폭발 마법이 벨리우스의 부대에 명중해 개 VS 래퍼 VS 침팬지의 삼파전이 되었을 때는 죽을 듯이 심장이 뛰었다. 하지만 그건 명백히 다른 느낌의 두근거림이다. 나는 정통파의 두근거림을 느껴본 일이 전무했다.

"제길……. 여기까지 와서 경험 부족이 발목을……."

"무슨 경험이 부족한데요?"

"뻔하지. 나한테는 연애 경험이라는 게 일절 없어. 대충 쓰면 독자가 이상하게 생각할 수도 있고……."

"괜찮아요. 여기 저라는 연인이 있잖아요."

"엥? ——와아아아아아아아아아아?!"

갑자기 헤드록을 걸어서 죽는 줄 알았다.

뒤에서 변태 메이드가 내 목을 끌어안은 것이다.

"그런 이유로 피를 빨게 해주세요. 두근거림을 제공할게요."

"그만해! 빈혈 오면 어쩌려고!"

나는 힘껏 빌을 밀쳤다.

그녀는 "이거 참" 하고 어깨를 으쓱하더니 말했다.

"연말의 소동에서는 서로 피를 나눠 마신 사이인데. 냉정한 분이시네요, 코마리 님은."

"그, 그건 여러 사정이 있었던 탓이잖아."

"하지만 저와 코마리 님의 사랑의 힘으로 적을 쓰러뜨린 건 사실이죠?"

떠오르는 건 작년 12월의 소동이다.

나와 빌은 열핵해방을 발동해 뮬나이트 제국을 노리는 테러리스트들에게 대항했다.

솔직히 지금도 안 믿기지만 이번만은 '운석 때문이야'라고 주장할 수도 없었다. 왜냐하면 내가 빔을 발사해서 트리폰을 날려버린 기억이 나기 때문이다.

뭐, 어쨌든 그건 빌이 있었기에 가능한 결과겠지.

결단코 사랑의 힘은 아니지만.

"……함께 싸운 건 인정할게. 하지만 네 피는 이제 안 마셔."

"그렇군요. 하지만 객관적으로 생각하면 연인 관계라고 해도 과언이 아니니까 '코마리 님과 사귀기 시작했습니다'라는 솔직한 정보를 사방에 퍼뜨리는 중이에요."

"뭐 하는 건데?!"

"덕분에 신문에 기사도 났어요. 이걸 보세요."

나는 음속으로 빌의 손에서 신문을 낚아챘다.

그곳에는 이런 내용이 적혀 있었다.

[열애 발각?! 빌헤이즈 중위 '코마리 님과 교제하게 되었습니다'

뮬나이트 제국군 빌헤이즈 중위는 30일, 제도에서 열린 기자회견에서 코마리 건데스블러드 칠홍천 대장군과 교제 중임을 밝혔다. '이미 서로 피를 빨았습니다'. 빌헤이즈 중위는 기쁜 듯이 그렇게 말한다. 건데스블러드 장군을 둘러싼 인간관계는 최근 계속 복잡해지고 있어 장군이 누구와 맺어질지 지식인들 사이에서 의논과 주먹이 오갔는데, 청천벽력이라고도 할 수 있는 이 고백에 모두가 놀라서 하늘을 보며 '신성하다', '신은 여기 계셨나', '역시 원점이 정점이다'라며 환희에 전율했다. 한편 이 회견의 내용을 들은 사쿠나 메모아 칠홍천 대장군은 '무슨 소리죠? 그럴 리가요' 하고 미소를 띠며 식칼을 갈고 있었다. 사태가 수렁이 되기를 기대하고 싶다.]

"……이게 뭐야?"

"사실을 전한 기사예요."

"날조잖아!!"

나는 신문을 바닥에 팽개쳤다.

태클 걸 부분이 너무 많아서 뇌가 제때 처리를 못 하고 있다. 왜 이 녀석은 기자 회견을 연 건데? 왜 멋대로 아무 말이나 떠든 거지? 왜 사쿠나는 식칼을 갈고 있지?

"아시겠어요? 이미 저와 코마리 님 사이는 공공연해져 있어요."

"동서남북 어디로 보나 영문을 모르겠어! 이런 신문은 창 닦는 데나 쓰면 딱이겠다! 너도 매번 적당히 떠들어대지 좀——."

"네, 적당히 떠들었어요. 사실 이건 날조의 날조였습니다."

"엥?"

나는 어리둥절했다.

"이런 날조 신문이 나오면 코마리 님이 어떻게 반응하실지 궁금했거든요. 의외로 싫어하시는 것 같지 않으니 다음에는 정말 기사로 낼까요?"

"당연히 싫지! 의미 없는 짓을 하는 메이드 같으니……."

피로가 단숨에 밀려들었다.

여전히 이 녀석 생각은 이해할 수가 없다. 그렇다고 해도 멋대로 육국 신문에 거짓 정보를 흘리는 것보다는 훨씬 낫네. 이 녀석도 양식이란 걸 익히고 있는 걸지도 모르겠다.

"하지만 메모아 님이 식칼을 간 건 사실이에요."

"엥? 무서운데."

"제가 농담으로 '코마리 님과 사귀고 있습니다'라고 했더니 순간적으로 테러리스트의 눈빛을 띠었어요."

"…………."

요즘은 사쿠나도 잘 모르겠다. 사쿠나는 무해한 미소녀일 텐데…….

찜찜함을 느끼는데 빌이 "그건 그렇다 치고" 하고 화제를 원래대로 돌려놓았다.

"코마리 님께는 저라는 반려가 있잖아요. 저와 꽁냥꽁냥한 걸 소설 소재로 쓰면 문제는 해결될 거예요."

"너랑 꽁냥꽁냥한 기억이 없는데. 아니, 애초에 그런 문제가 아니야. 뭐라고 할까……. 전개도 그렇지만 글을 못 쓰겠어."

"너무 긴장하셨군요. 가끔은 밖에서 기지개를 켜는 것도 좋을 겁니다."

듣고 보니 그렇다. 쭉 방 안에만 있었던 탓에 머리와 몸이 굳어 버린 걸지도 모른다——. 그렇게 납득하는데 빌이 섬뜩한 미소를 띠며 말했다.

"그런 이유에서 코마리 님. 전해드리고 싶은 게 있는데요."

"……잠시만. 불길한 예감이 드는 건 기분 탓이야? 오늘은 일요일이거든?"

"아니요, 전해드릴게요. 실은요——."

"안 전해도 돼! 어차피 침팬지지?!"

이번에는 종잇조각 같은 것을 건넨다.

무슨 초대장…… 인가?

〈2박 3일 프레질 온천 마을 여행〉

"——저녁 재료를 사러 갔다가 뽑기에 당첨됐어요."

너무 뜻밖의 것이 등장해서 나는 굳어 버렸다.

이 녀석이 가져오는 건 날조 신문이나 협박장뿐인 줄 알았는데.

"어떠세요? 2월 중순쯤에 휴가를 내고 같이 가지 않으실래요?"

"휴가?! 그게 뭐야……?!"

"휴가란 쉬는 날이란 뜻이에요."

천지가 뒤집힌다는 게 이런 거겠지.

하지만 나는 의심을 품고야 말았다. 지금까지 이 메이드가 순순히 좋은 소식을 가져다준 적이 있었나? 이렇게 운 좋게 뽑기에 당첨되는 일이 가능할까?

"……야, 빌. 온천 마을이란 이름의 아수라장은 아니겠지."

"제가 그런 심술을 부리는 메이드 같으세요?"

“지난번에 동물원에 간다길래 기대하고 따라갔다가 전장에서 기린 무리랑 싸웠잖아.”

“이번만은 정말, 정말 순수한 여행이에요. 프레질 온천 마을은 유명한 관광지거든요. 몸을 담그기만 해도 피로가 깔끔하게 싹 가신다는 평을 듣는 비밀의 탕이 있다나요.”

“………….”

“당연히 맛있는 것도 많은데요? 온천 달걀이나 소면이나 찹쌀떡이나 튀김이나 온천 만주나—— 또 ‘온천 오므라이스’라는 것도 들어 본 적 있어요.”

나는 이제 아주 싫지만은 않았다.

휴가를 내어 온천에 간다——. 그런 꿈만 같은 일이 벌어질 줄 꿈에도 몰랐다.

분명 심신을 풀기에는 탕이 딱 좋다. 탕에 몸을 담그고 머리를 활성화하면 어떨까. 겸사겸사 맛있는 걸 잔뜩 먹고 원기를 보충하자.

“……흐음. 원고를 효율적으로 작성하는 데도 필요할지 몰라.”

“그럼 같이 가도 되나요?”

“그러네. 기왕 뽑기에 당첨됐는데 안 가기는 아까우니까. 네가 그렇게까지 말한다면 같이 가는 것도 나쁘지 않겠어.”

“감사합니다. 그럼 2월 중순쯤에 예약해 둘게요.”

“응.”

왠지 두근두근한걸.

얼마 만에 가는 여행이지? 분명 핵 영역으로 외출하는 일은 잦지만, 매번 '오늘도 죽지 않기를' 하고 신께 빌어야 하는 가혹한 여행길이니까. 평화로운 외출은 오랜만이다. 아니, 처음일지도 모른다.

좋아. 그렇게 정했으면 여행 일정표를 만들어야겠군.

가고 싶은 곳을 픽업해서 스케줄을 정하자. 또 간식을 얼마나 가져갈지도 중요하지. 2박 3일쯤 되면 쿠키 한 봉지 가지고는 부족할 테니까.

가슴이 뛰는 것을 느끼면서 나는 빌에게 받은 초대장을 내려다봤다.

그곳에는 온천 마을의 풍경이 그려져 있었다.

"응……?"

문득 기시감 비슷한 것을 느끼고야 말았다.

방에 틀어박히기 전의 기억은 벌레 먹은 것처럼 되어 있는 경우가 많다. 그러나 과거의 영상이 흐릿하게 머릿속에 떠올랐다. 그래――. 여긴 가족끼리 간 적이 있는 것 같다.

"――코마리 님? 왜 그러세요?"

빌의 물음에 정신을 차린다. 자세한 건 기억이 나지 않으니까 생각을 접자.

그보다 여행 계획을 세워야지. 우선 오므라이스는 확정이네.

"그냥, 아무 일도 아니야. 뭐, 기대하기로 할게."

"그러게요. 하지만 그 전에 온천에 가기 위해 열심히 일하도록 하죠."

"알아……………………, 어? 일?"

"네, 실은 이런 것도 와 있거든요."
다시 종잇조각을 넘겨받았다.
아무래도 편지인 듯하다. 펼쳐 보니 이런 내용이 적혀 있었다.

[그리 간다.]

"침팬지가 소풍 온다나 봐요."
"역시 침팬지잖아!!"
"동면에서 깬 모양이에요. 하지만 잠에서 깬 야생 원숭이 따위 새끼손가락 하나로 순식간에 죽일 수 있어요."
"오히려 내가 동면할 테니까 빌 혼자 가줘——, 잡아당기지 마!!"
그렇게 해서 나는 전장에 끌려가게 되었다.
지금 온천이 문제가 아니야. 오늘 살아남을 수 있을지 어떨지가 불안했다.

외 [0.5] 별의 그림자와 달의 부스러기

Hikikomari the Vampire Countess no Monmon

언덕 위에 검은 여자가 서 있었다.

여름의 오후. 세상을 들썩인 육국 대전이 끝난 지 3일 정도 지났을 무렵.

전류들에게 짓밟힐 듯했던 이 마을은 테라코마리 건데스블러드 칠홍천 대장군에게 구원받았다. 핵 영역의 다른 마을처럼 파괴되는 일 없이 평온을 유지 중이다.

이제 전쟁은 끝났다. 이 마을은 누구 하나 목숨을 잃지 않았다.

전부 테라코마리 건데스블러드 덕분이다.

그 흡혈 소녀는 세계를 누비며 많은 사람을 구했다.

자기도 그렇게 될 수 있으면 좋겠다. 남을 구하는 건 어려울지 모른다. 하지만 다양한 곳에 가서 다양한 사람을 만나보고 싶다. 소녀는 그렇게 생각했다.

부모님께 '이제 밖에 나가도 된다'라는 말을 들은 소녀는 냅다 비밀 기지로 향했다.

소녀에게 꿈을 꾸게 해 준 곳. 마을 외곽에 있는 언덕 위였다.

이 마을에서는 몇 년에 딱 한 번 '황천 사본'이라고 불리는 신비한 현상이 발생한다.

이계(異界)의 풍경이 하늘의 스크린에 비치는 것이다.

그래—— 이계다. 가장 가 보고 싶은 변경의 땅이다.

소녀는 몇 년 전 '황천 사본'을 목격한 후로 이계에 사로잡히고야 말았다. 이 세상이 아닌 다른 곳. 소녀 주변에서는 아무도 도달한 적 없는 미지의 땅. 여행의 목표로 삼기에는 적절했다.

그래서 이계의 풍경이 잘 보일 언덕 위를 비밀 기지로 삼았다.

'황천 사본'은 언제든 볼 수 있는 게 아니다. 몇 년에 한 번 자연재해를 계기로 발생하는 경우가 잦다나 보다. 그래도 어쩌면 이계가 보이지 않을까? ──소녀는 그렇게 희미한 기대를 가슴에 품으면서 뻔질나게 언덕을 드나들었다.

그날은 거기서 낯선 사람을 발견한 것이다.

키가 큰 여자다. 여름임에도 새카만 긴소매 옷을 입고 있다. 뜨거운 태양 빛 때문에 당장에라도 타버릴 듯하다. 꼭 지옥을 그린 그림에서 튀어나온 듯한 모습.

여자는 담배를 물면서 시원하게 뚫린 푸른 하늘을 올려다봤다.

"──저세상에 좀 더 가까운 곳이라길래 와 봤는데."

소녀를 발견하지 못한 듯했다.

관광객 같은 모습도 아니다.

"오늘은 안 되겠군. 무슨 조건이 있나."

"폭풍이야."

여자가 돌아본다. 시체에서 무리하게 옮겨놓은 듯한 눈이 이쪽을 바라본다.

소녀는 아주 살짝 겁을 먹으면서도 말을 이었다.

"폭풍이 오면 보여. 난 아직 한 번밖에 못 봤지만……."

"잘 아네. 저세상에 로망이라도 있어?"

“저세상이라고 해? 저 뒤집힌 마을을——.”

“그래. 난 간 적이 있어.”

가슴이 뛰었다.

실제로 간 적 있다는 사람은 처음 만났기 때문이다. 소녀는 용기 내어 ‘저세상’에 관해 물었다. 검은 여자는 입가에 미소를 띠면서 아낌없이 가르쳐 주었다.

저세상에 있는 나라. 저세상에 있는 종족. 저세상에 있는 거리——. 그뿐만이 아니다. 그녀는 이 세상에 관해서도 많은 것을 알려주었다. 소녀가 가 보지 못한 바깥 세계를. 듣기만 해도 끊임없는 고양감이 들었다.

여자는 한 나라의 대신이라고 한다.

대신이라면 자세히 아는 게 당연하겠지 싶었다.

“순수하구나. 꿈과 희망으로 가득해. 너는 땅에 떨어진 버드나무 잎을 보고 ‘황금이다’라며 크게 기뻐하는 인간이겠지——. 하지만 그런 순수한 인간은 좋아해.”

“? 좀 더 이야기를 들려줘. 프레질 밖의 이야기를——.”

“아쉽지만 시간이 됐어. 나도 바빠.”

정말 아쉬웠다. 그러나 강제로 잡아둘 수도 없다.

소녀는 “또 와줘”라고 손을 흔들며 여자를 배웅했다. 여자도 웃으며 “바이바이” 하고 손을 흔들어 주었다. 그러나 문득 걸음을 멈추더니 이런 말을 했다.

“우리나라의 경학자는 ‘인과응보’니 ‘하늘은 반드시 악을 멸한다’ 같은 사상을 긍정하고 있어. 노력은 보답받는다고 생각해야 버틸 수 있으니까."

"응……? 무슨 소리야?"

"하지만 그건 어리석은 착각이야. 하느님이 보고 계신다――, 그런 일은 없어. 그랬다면 나 같은 악당이 당당히 활보할 수 없었겠지. 우리를 지켜보는 건 무슨 일에든 무자비한 어스름 속 별뿐이야."

어느새 검은 여자가 눈앞에 서 있었다.

소녀는 거미줄에 걸린 벌레처럼 꼼짝할 수 없다.

불이 붙은 담배가 버려졌다. 그걸 힘껏 짓밟으면서 여자는 말한다.

"절차하듯이, 탁마하듯이. 어리석은 자가 말하는 '하늘의 길'에 저항해 보자고. ――기왕 여기까지 온 거 선물 하나쯤은 사가야 재미있겠지."

해가 기운다.

천천히 검은 팔이 뻗어 온다.

생각해 보면 그게 마지막 기억이었을지도 모르겠다.

※

뒷골목에서 죽어가던 소녀를 구해 준 것은 '신을 죽이는 사악'이었다.

그녀는 한없이 다정했다. 갈 곳 없는 소녀를 진짜 가족처럼 대해 주었다.

뒤집힌 달은 소녀에게 집이었다.

삭월 사람들도 여러모로 다정했다. 실태를 저지르지 않은 덕일지도 모르겠다. 조직 내부에서는 냉혹하기 그지없다는 소리를 듣는 아마츠 카쿠메이가 이름을 기억해 주기도 했다. 로네 코르네리우스와는 다양한 연구 이야기로 이야기꽃을 피웠다.

스피카 라 제미니에게 거둬진 후로는 정말 충실한 나날을 보냈다.

그렇기에── 그렇기에.

뒤집힌 달을 괴멸시킨 테라코마리 건데스블러드를 용서할 수 없었다.

"용서 못 해."

흡혈 소란 때문에 뒤집힌 달 구성원은 뿔뿔이 흩어졌다.

소녀는 간신히 공권력의 손아귀에서 도망쳤다. 그래서 뭐란 말인가. 스피카도 삭월 사람들도 행방불명이다. 이미 소녀가 의지했던 뒤집힌 달은 사라지고야 말았다.

그 흡혈귀는 반드시 죽여야 한다.

하지만 정면에서 맞붙더라도 이길 것 같진 않다.

그래서 작전을 짜야 하는 것이다──.

[──문제는 없겠냐?]

통신용 광석이 빛난다. 묘지에 부는 바람 같은 목소리였다.

소녀는 주먹을 움켜쥐며 응답했다.

"없습니다. 하지만 여기에 무슨 의미가 있는지 잘 모르겠습니다."

[마음을 죽이는 실험이다. 세계는 '의지력(意志力)'으로 형성되어 있지. 만물의 근본은 인간의 마음이야. 그걸 인공적으로 파괴할 수 있다면 세계를 제압한 거나 다름없겠지? ——그야말로 천인의 본분을 어기는 행위다.]

"……잘은 모르겠지만."

격한 감정이 터져 나올 뻔한 걸 꾹 참는다.

"이걸 달성하면 스피카 님이 계신 곳을 알려주는 거죠?"

[신뢰 없이는 아무것도 소용없다, 라는 말이 있지. 아무리 그래도 유학자를 자칭하는 내가 약속을 어길 거 같나.]

"…………."

저 사신 같은 웃음소리를 들으면 등골이 서늘해지는 듯하다.

원래 소녀는 뒤집힌 달의 스파이로서 그녀를 조사하러 와 있었다.

삭월의 트리폰 크로스에게 '저 여자를 조사해 주세요'라고 강요당했다. 처음에는 내키지 않았다. 하지만 조사 대상의 나라에는 소녀가 원하는 게——, 다종다양한 약의 레시피가 잠들어 있다. 손해만 있는 건 아니구나. 그렇게 생각하고 스파이 활동을 받아들였다. 그게 작년 가을경의 이야기다.

그러나 조사 대상인 여성은 소녀의 정체를 간파한 듯했다. 처음에는 모르는 척했던 모양이다. 그러나 흡혈 소란으로 뒤집힌 달이 괴멸한 뒤로는 본성을 드러내며 이런 말을 했다.

——스피카 라 제미니의 정보를 알고 싶으면 내 심부름꾼이 되도록.

거스를 수 없었다.
이런 섬뜩한 여자의 말로서 생을 끝내기는 죽어도 싫은데.
그래——, 이 여자는 늘 소녀를 도구처럼 다룬다. 자기 이외의 인간 따위는 잡초 정도로만 보는 듯했다. 모든 부하에게 잘 해 주는 스피카와는 영 딴판이었다.
"……약속은 지켜 줘야 해요."
[굳이 당부할 거 없어. 게다가—— 거기 있으면 네 또 다른 목표도 달성할 수 있을지 몰라.]
"네?"
[테라코마리 말이야. 녀석을 안 좋아하지?]
"윽……!"
테라코마리 건데스블러드.
소녀의 인생을 엉망으로 망친 극악무도한 흡혈귀.
광석 너머에서 키득거리며 웃는 기색이 났다. 소녀의 마음이 움직인 것을 간파했겠지——. 그러나 아무래도 상관없었다. 구원받기 위해선 수단을 가릴 때가 아니다.
자세히 알려 달라고 하자 여자는 웃으며 답해 주었다.
——테라코마리 건데스블러드가 온다.
복수의 때가 다가왔다.

"정말 괜찮겠어? 이렇게 말하긴 뭣하지만…… 제7부대는 문제아가 최종적으로 보내지는 곳 같은 부서라던데? 그야 요즘은 건데스블러드 각하 덕분에 인기가 많지만."

군 학교 졸업식. 동기 카밀라는 걱정스레 이쪽을 바라보았다.

그러나 에스텔 클레르는 전혀 불안하지 않다.

교장 선생님이 주신 '반월의 문(紋)'은 군 학교의 혹독한 훈련을 이겨냈다는 증거다. 설령 제7부대로 가더라도 잘해낼 자신이 있다.

그보다 딱히 에스텔은 이 배속 명령에 불만이 있는 게 아니다.

오히려 기뻤다. 애초에 배속 희망 조사표에서 '건데스블러드대 열망!'이라고 썼다. 동경하는 제7부대에서 일할 수 있다고 생각하면 가슴이 계속해서 뛴다.

에스텔은 미소를 띠며 다시 동기를 돌아봤다.

"걱정해 줘서 고마워. 나는 괜찮아."

"무슨 근거로?"

"건데스블러드 장군이 계시니까!"

카밀라가 여봐란듯이 한숨을 내쉬었다.

"교관님이 한탄하셨어. 제7부대는 너 같은 우수생이 갈 곳이 아니라고."

"하지만 거긴 뮬나이트 제국을 구한 영웅부대인걸? 카밀라도 지난 사건은 알잖아? 그때의 각하는 굉장했지. 나는 집에서 가만히 있는 수밖에 없었지만, 각하의 목소리가 들렸을 때는 가슴이 뜨거워졌어."

"뭐, 그렇긴 한데."

"멋졌지, 코마링 각하는……. 그분과 같은 부대라니 꿈만 같아……."

"본인 앞에서 '코마링 각하'라고 하면 살해당할지도 몰라."

"알아! 공사는 잘 구분할 거야."

제국군에 뜻을 둔 젊은이에게 테라코마리 건데스블러드는 일종의 스타였다.

그 압도적인 전투 능력, 카리스마를 동경하지 않는 이는 없겠지. 군 학교에서 자주 하는 '칠홍천 인기투표'에서는 매번 단독 1위를 차지한다.

그러나 에스텔이 그녀를 존경하는 이유는 따로 있었다.

작년 여름에 있었던 소란── 육국 대전.

핵 영역 뮬나이트령에 있는 에스텔의 본가는 겔라 알카 공화국군에 짓밟힐 뻔했지만, 직전에 코마링 각하가 열핵해방을 발동해 구해 주었다.

에스텔의 가족이 평온하게, 무사하게 지낼 수 있는 건 바로 그 소녀 덕이다.

그 후로 에스텔의 '코마리 열기'는 한층 더 부풀어 올랐다.

졸업하면 각하 아래서 싸우고 싶다! ──나날이 그런 생각이 강해졌다.
군 학교 학생 절반은 제국군 배속을 희망한다. 그런 '용기 있는 젊은이'는 재학 중에 진로 희망 조사를 받는데, 졸업생 왈 '희망대로 된 건 5명 중 1명 정도'이며, 실제로는 교관들이 주사위나 연필을 굴려 정하는 게 아닐까 하는 얘기가 있다.
그러나 에스텔은 기적적으로 희망했던 곳으로 배속되었다.
너무 기쁜 나머지 침대 위에서 폴짝폴짝 뛰고야 말았다.
"——뭐, 동경하는 건 자유지만. 세간에서 큰 인기를 누리는 제7부대가 왜 배속처로 그렇게 인기가 없는지 생각해 보는 게 좋을 것 같은데."
올해 졸업생은 30명.
그중 제7부대로 가는 건 에스텔 하나뿐이다.
"뭐……, 확실히 제1부대나 제3부대가 인기지."
"그래, 맞아. 또 군 학교로서는 장래 유망한 젊은이를 제7부대에 보내길 꺼려. 교관님 측에서 인수를 줄이고 있어. 이건 상당히 큰일 아닐까 싶은데."
"제7부대는 문제아뿐이라는 말을 하고 싶은 거야?"
"너 건데스블러드 각하 말고 어떤 사람이 있는지 알아?"
"몇 명 정도는 얼굴과 이름이 일치하는데……."
어떤 사람인지는 잘 모르겠다.
제7부대는 좋은 의미로나 나쁜 의미로나 대장의 존재감이 너무 강렬해서 아래에서 지탱하는 사람은 눈에 띄기 어렵다. 대체 코마링 각하의 부하는 어떤 흡혈귀일까? 분명 뮬나이트 궁전에

서 날뛰었다는 소문은 들어 봤지만, 군 학교 학생도 여름방학 때 너무 들떠서 문제를 일으키는 경우가 자주 있다. 대단한 건 아닐 것 같은데.

——그래, 에스텔 클레르는 신경조차 쓰지 않았다.

동경하는 제7부대에 들어갈 수 있다, 그 생각만으로 가슴이 벅차 있었다. 설령 무서운 선배가 있더라도 자기라면 해나갈 수 있다는 생각마저 들었다. 요약하자면 얕보고 있었다.

그렇기에 에스텔은 졸업증서를 끌어안으면서 만면의 미소를 띤 채 말했다.

“괜찮아! 건데스블러드 각하의 부대인걸. 분명 굉장하고 멋지고 군인의 귀감 같은 분들로 가득할 거야!”

“그렇다면 좋겠는데…….”

카밀라는 끝까지 벌레 씹은 듯한 표정이었다.

참고로 그녀는 핵 영역에 있는 고향으로 돌아가 경찰로 취직한다는 모양이다. 군 학교를 나왔다고 해서 다들 제국군에 들어가는 건 아니다.

“언젠가 꼭 다시 만나자!” ——그런 약속을 나누고 에스텔은 친구와 헤어졌다. 훌훌 내리는 차가운 눈은 군 학교 졸업생에게는 자립을 상징하는 풍물시이기도 했다.

그렇게 해서 연말이 지나고 새해를 맞고, 눈 깜짝할 사이 입대일이 다가왔다.

☆

"당신이 신임 사관이군요. 제국군 제7부대에 잘 오셨어요."

1월 5일. 뮬나이트 궁정의 새로운 1년의 시작이다.

빳빳한 군복을 입은 에스텔은 추위가 아닌 긴장감에 바들바들 떨면서 칠홍부 최상층, 테라코마리 건데스블러드 칠홍천 대장군의 집무실까지 왔다.

땀이 뻘뻘 난다. 무례한 말을 하면 어쩌지. 괜찮아, 할복할 준비는 되어 있다――. 그렇게 말 그대로 결사의 각오를 다지며 돌격했지만, 에스텔을 맞이한 것은 코마링 각하 본인이 아니었다.

푸른 머리카락, 쿨한 눈동자.

코마링 각하의 심복인 메이드였다.

"왜 그런 데 우두커니 서 있죠? 이리 들어오세요."

"시, 실례했습니다!"

에스텔은 거품을 물며 입실했다.

미리 준비한 인사말을 죽을힘을 다해 입에서 쥐어 짜낸다.

"저, 저는……! 저는 오늘부로 제7부대에 부임한 에스텔 클레르라고 합니다! 계급은 소위입니다! 부족하긴 하지만 아무쪼록 많이 지도해 주세요……!"

에스텔은 경례하면서 슬쩍 주변을 살폈다.

집무실은 그야말로 장군다운 분위기였다. 예를 들어 벽에 걸린 여섯 나라의 지도. 전술서와 마법서가 꽂힌 책장. 뮬나이트 제국의 국기, 긴급 연락용 통신용 광석, 호화로운 소파, 그 소파 옆에 나뒹구는 피투성이 시체. ……응? 시체?

“저는 제7부대 특별 중위 빌헤이즈라고 합니다. 테라코마리 건데스블러드 칠홍천 대장군의 오른팔이자 참모이자 파트너이자 장래를 맹세한 반려이기도 합니다.”

“저기…….”

“코마리 님은 자리를 비우셔서, 제가 업무 내용을 설명해 드리죠.”

“……저기! 저기…… 누가 죽어 있는 것 같은데요……?”

“? ――아아, 요한 헬더스 중위 말이죠. 다 같이 합세해서 죽였습니다.”

“합세해서 죽였다고요?!”

빌헤이즈는 어이가 없다는 듯 한숨을 내쉬었다.

“사건의 발단은 코마리 님이세요. 코마리 님이 저기 있는 금발남에게 먹던 만주를 건넸어요. ‘너도 먹어볼래?’――라면서요. 용서할 수 없지 않나요?”

“사정을 잘 모르겠는데요…….”

“당연히 린치가 시작될 수밖에요. 격노한 흡혈귀들이 중위를 죽여 놓았습니다.”

너무 동요해서 말이 안 나온다. 그 만주에 무슨 비밀이라도 있는 걸까……?

그때 창문으로 불어 드는 바람과 함께 절규가 들렸다. 마치 단말마 같은 비명이다. 또 마법을 마구 쏘아대는 소리, 뭔가가 폭발하는 소리, 사람 몸이 터지는 소리…….

“……무슨 소리죠?”

"제7부대가 살육전을 벌이는 소리입니다."

"네……? 그건 연습인가요?"

"아니요. 헬더스 중위에게 가지 않은 만주를 둘러싸고 살육전이 발생하는 건 쉽게 상상이 가시죠?"

"죄, 죄송합니다……! 안 가요……!"

"그래요. 당신은 의외로 평범한 감성을 가진 인간 같군요."

싸우는 소리는 간헐적으로 울려 퍼지고 있다.

창밖에서 궁전 첨탑이 폭파되어 날아갔다.

이게 뭐지? 꿈인가? 왜 어엿한 제국 군인이 만주 가지고 살육전을? 여기가 정말 그 제7부대인가——. 정상적인 사고회로를 가진 에스텔로서는 믿기 힘든 일이었다.

"저기……, 실례지만 건데스블러드 각하는……?"

"주방에서 만주를 만들고 계세요. 1시간 이내에 500개를 못 만들면 세계가 멸망하겠죠."

울고 싶어질 정도로 의미불명이다.

갑자기 빌헤이즈가 들고 있던 통신용 광석이 빛을 냈다.

[——이봐, 빌! 큰일 났어!]

에스텔은 놀라서 고개를 들었다.

그 소란스럽던 밤에 제도를 울린 것과 완전히 똑같은 목소리였다.

"왜 그러세요? 참지 못하고 만든 만주를 드셨나요?"

[그럴 리가 있냐?! 들어 봐, 만주가 폭발했어! 네가 말해 준 레시피대로 만들었는데…….]

"죄송해요. 실수로 폭발하는 레시피를 건네드렸어요."
[그런 레시피가 왜 존재하는데?!]
"하지만 대단한 문제는 아니에요. 이미 만주는커녕 궁전이 폭발하고 있거든요."
[그걸 막으려고 만주를 만드는 거거든!! 아아, 정말. 저 녀석들이 언제 그렇게 화과자를 좋아하게 된 거지? 유행 중인가?! ──어쨌든 너도 거들어! 얼른 저 녀석들에게 만주를 주지 않으면 프레테에게 혼나고 꼬치구이가 될 테니까!]
"알겠습니다. 전부 독이 든 만주로 하면 해결되는 거죠?"
[역시 오지 마!! 직접 만들게!!]
에스텔은 감동하고 말았다. 통신용 광석 너머이긴 하지만, 분명 테라코마리 건데스블러드 칠홍천 대장군이 거기 있었다.
대화 내용은 잘 이해가 안 간다. 하지만 삶과 죽음의 기로 같은 기백을 느꼈다.
역시 칠홍천쯤 되면 일상이 전장인 것이다. 나도 저렇게 될 수 있을까, 에스텔은 내심 존경심을 품었다.
"──자, 그럼 만주 건은 제쳐두죠."
"저……, 잘은 모르겠지만 괜찮을까요?"
"괜찮아요. 방치 플레이도 가끔은 별미거든요."
밖에서는 퍼엉퍼엉, 하는 살벌한 폭발음이 울리고 있다. 아니, 아니. 방치하면 세상이 멸망하지 않을까? ──그렇게 생각했는데 빌헤이즈는 "늘 있는 일이라서"라며 완전히 무시 중이었다.
"그보다 업무 내용을 설명하죠. 우선 앉으세요."

"아……, 아뇨! 저는 이대로 들을게요!"
"그래요."
궁금한 게 산더미처럼 많다. 밖에서 벌어지는 정체 모를 싸움이며, 바닥을 굴러다니는 시체며, 코마링 각하며—— 하지만 빌헤이즈 중위가 신경 쓰지 않아도 된다고 하니까 신경 쓸 필요 없겠지. 상관 명령은 절대적. 군 학교에서는 그렇게 배워왔으니까.
갑자기 테이블 위에 있는 통신용 광석에서 귀기 어린 목소리가 들렸다.
[이쪽은 케르베로 중위! 큰일이야, 프레테 마스카렐이 달려왔다고! 이대로는 다들 죽겠어. 얼른 만주를! 듣고 있나, 빌헤이즈 중위?!]
……역시 너무너무 신경 쓰이는데?!
그러나 빌헤이즈는 광석의 목소리에도 아랑곳하지 않고 설명을 시작했다.
"클레르 소위도 알고 있겠지만, 제국군 업무는 크게 둘로 나뉘어요. 엔터테인먼트 전쟁에서 승리해 뮬나이트의 위신을 높이는 것, 그리고 비상사태일 때는 솔선해서 싸우는 것. 둘 다 중요하지만 주가 되는 건 전자겠죠. 작년 말 같은 소동은 그렇게 흔한 게 아니니까요."
"네, 네! 뮬나이트 제국을 위해 분골쇄신, 열심히 노력할 생각입니다!"
"자세한 건 서류에 정리해 뒀으니 나중에 읽어 두세요. ——그런데 당신은 군 학교를 수석으로 졸업한 엘리트라던데. 즉 사관으로서 제7부대에 들어왔다면서요."

"뭘요, 엘리트라니……! 공부가 부족하단 걸 실감하는 나날이에요!"

빌헤이즈가 "후후" 하고 웃는다.

"저희는 뮬나이트 제국을 대표하는 인기 부대지만, 인사 쪽에서는 어째서인지 사람 보내기를 꺼려요. 가끔 오는 신입은 다른 데서 난동을 피운 살인귀뿐이고요. 당신처럼 공부와 단련을 제대로 소화한 인재를 원했어요."

"소, 송구합니다."

에스텔이 아는 한 뮬나이트 제국에 들어오는 방법은 세 가지다.

하나는 칠홍부에 지원하는 것. 실력을 인정받으면 입대가 허가되며, 일곱 부대 중 하나에 배속된다. 칠홍천 중에서는 사쿠나 메모아 각하가 여기 해당한다.

두 번째는 스카우트되는 것. 칠홍부는 '초야에 묻힌 현인 있음'이라는 사고 아래, 재야의 우수한 인재를 직접 끌어오고 있다. 헬데우스 헤븐 각하나 밀리센트 블루나이트 각하는 정부의 강력한 요청에 의해 제국군에 입대한 모양이다. 또 코마링 각하도.

세 번째는 에스텔처럼 군 학교를 졸업하는 것이다. 배속된 시점에서 소위 계급을 받을 수 있기에, 일반적으로는 지원병보다 대우가 좋다. 단 선민의식을 주체하지 못하고 문제 행동을 일으키는 경우도 많아서, 뒤에서 '공붓벌레 모임', '귀족님' 같은 야유를 듣기도 하나 보다.

그건 둘째 치고—— 제7부대는 카밀라가 말했던 그런 부대인 것 같다.

즉 대다수가 지원병. 게다가 다른 부대에서 좌천당한 문제아들뿐.

이런 상황이라면 주눅 들어 살지도 모르겠다고 에스텔은 생각했다.

"조금 힘들 수도 있지만 군 학교가 보증한 흡혈귀라면 괜찮겠죠. 잘 부탁해요, 클레르 님."

"네! ——아뇨, 저기. 클레르 '님'은 너무 송구한데요! 저는 편하게 부르셔도 돼요."

"그래요……. 그렇군요. 알겠습니다. 그럼 '에스텔'이라고 부를게요."

"네! 부탁드려요!"

"그리고 저는 '빌 씨' 정도로 부르면 되겠죠. '빌헤이즈 중위'는 길고 '중위'만 불러서는 다른 흡혈귀와 구별이 안 가니까요."

"…………!"

서로를 이름으로 부르는 건 간질간질한 느낌도 난다……. 하지만 기쁘다. 왠지 인정받은 기분이다.

빌헤이즈는 '자, 그럼' 하고 창밖을 바라보며 말했다. 통신용 광석에서는 [만주를! 만주를 줘어어어어어!]라는 식기와 식기를 비비는 듯한 절규가 들려온다. 저건 대체 뭘까. 아니, 신경 쓰면 지는 거다. 환청의 일종일 게 분명하다.

"에스텔의 첫 일은 '초살육 대감사제'겠네요."

"초, 초살육……? 죄송합니다. 아는 게 적어서 이해가 안 되네요…….”

“요약하자면 엔터테인먼트 전쟁이에요. 국가 차원에서 여러 부대를 보내 싸우게 하는 축제 같은 건데 저희 제7부대는 백극 연방의 즈타즈타 군단과 싸우게 되었어요.”

“으음, 설마 그 프로헤리야 즈타즈타스키인가요?”

“네. 단순한 돌격은 소용이 없을 테니 작전을 세워야겠죠. 당신도 협력해 줬으면 하는데—— 똑똑히 말하죠. 에스텔 클레르 소위가 제7부대 특수반 반장이 되어 줬으면 합니다.”

머릿속이 물음표로 가득 찼다.

“반장……이요?”

“제7부대에는 여섯 반이 존재해요. 그중 제6반 특수반은 오랫동안 리더가 정해지지 않았죠. 적당한 사관이 없었기 때문인데……. 어쨌든 프로헤리야 즈타즈타스키를 이기기 위해서는 제7부대 전체가 통솔되어야 해요. 그런 이유로 에스텔이 제6반의 야만이…… 아니, 정예들을 통솔해 줬으면 합니다.”

에스텔은 감격했다.

부임하자마자 이런 큰 역할을 맡게 될 줄이야. 이건 기대받고 있다고 생각해도 자만이 아니겠지. 제7부대를 위해, 그리고 무엇보다 코마링 각하를 위해, 이 한 몸 바쳐 임무를 수행하자! ——에스텔은 주먹을 움켜쥐며 기합을 넣는다.

“알겠습니다! 반장으로서 반드시 제7부대에 승리를 가져다드릴게요!”

“바로 그거예요. 부하에게 살해당할 뻔하더라도 그만두지 마세요.”

“네! ……네?”

기분 탓인가? 방금 무시무시한 말을 들은 것 같은데.

되물으려 한 그때였다.

“……크. 크크크크크……. 너…… 신입이냐……?”

움찔!! 몸이 들썩였다.

발밑에 있는 시체가 말하고 있다. 아니, 시체가 아니었다. 망자 같은 눈을 한 요한 헬더스 중위가 이쪽을 올려다보고 있다. 아직 숨이 붙어 있었나 보다.

“널 위해 하는 말이야……. 군 학교 출신에 곱게 자란 아가씨는 책상에 앉아서 공부라도 해.”

“그…… 그게 무슨 뜻인가요……?!”

“헤헤헤헤헤. 이건 배려 차원에서 하는 말이야. 우리는 아군의 등에 아무렇지 않게 나이프를 꽂아 넣는 정신 나간 놈들의 집합체야. 너 같은 애송이는 바로 탈탈 털려서 오므라이스 재료가 될걸……. 피 보기 싫으면 고향으로 돌아가.”

“뭐…….”

발끈하고 말았다.

이 사람은 상관이며 반항은 허락되지 않는다. 하지만 근거도 없이 모욕당하는 건 참을 수 없었다. 에스텔도 코마링 각하 아래서 일할 각오는 있는데 ‘돌아가라’라니 너무하지 않은가?

그렇기에 에스텔은 요한을 째릿 노려보면서 목청을 높였다.

“시, 실례지만! 저도 소위의 계급을 받은 군인이에요! 피 따위

무섭지 않——."

"끄호호호호호호호호호호호호, 바바바바바바바바바바아아아아아아!!"

"꺄아아아아아아아아아아아아아아아아아아아아아아아아아아아?!"

피를 뒤집어썼다.

에스텔은 공포의 절규를 내지르며 엉덩방아를 찧었다.

무지개가 생길 정도로 뿜어져 나온 새빨간 액체가 에스텔의 군복에 철썩철썩 들러붙는다. 새 옷인데! ——그런 절망을 맛보면서 아연실색하는데, 곧 요한 헬더스 중위가 공허한 눈을 이리저리 굴리더니 뭔가를 저주하는 듯한 목소리로 말한다.

"용서 못 해……. 죽여……, 죽인다……. 되살아나면 반드시 죽일 거야……. 만주……."

덜컥. 그는 그대로 숨을 거두었다.

에스텔은 떨면서 충격적인 광경을 보고 있었다.

이게 뭐지? 이건 평범한 살인 사건인데? 경찰은 안 불러도 되나? ——상식적인 인간이라면 그렇게 생각하겠지. 실제로 에스텔은 그렇게 생각했다.

"——자, 그럼. 수고하세요, 에스텔."

빌헤이즈 중위는 태평하게 만주를 먹고 있었다.

영문을 모르겠다. 모르겠지만 노력하는 수밖에 없다. 이게 제7부대의 신고식이라면 기꺼이 감내해야지. 정원 쪽에서 울려 퍼지는 폭음을 들이면서 에스텔은 심호흡했다. 그리고 주먹을 불끈 움켜쥔다.

——절대 꺾이지 않겠어!

에스텔이 노력하는 이유는 하나 더 있었다.

고향인 온천 마을에는 병으로 앓아누운 여동생이 있다.

동생에게 기운을 주기 위해서라도, 언니가 군인으로서 훌륭히 역할을 다하는 모습을 보이고 싶다.

이렇게 해서 에스텔 클레르의 지옥 같은 나날이 막을 열었다.

참고로 뮬나이트 궁전에서 치러진 만주 쟁탈전은 프레테 마스카렐 각하 손에 제압되었다고 한다. 코마링 각하는 사죄의 뜻으로 500개의 만주(늦게 완성됨)를 선물했지만, 격노한 마스카렐 전하가 결투를 신청했다나 보다.

에스텔로서는 너무 멀게 느껴져서 이해할 수 없었다.

☆

"클레르 소위. 생각해서 하는 말이야——. 안 맞는다 싶으면 바로 도망쳐."

"괜찮아요! 저도 제국 군인의 일원이니까요!"

"……제국 군인의 80%는 우리 부대를 보고 입을 다물어버리지만."

앞을 걷는 수인이 복잡한 표정으로 그렇게 말했다.

벨리우스 이누 케르베로 중위로, 특수반이 모여 있는 곳으로 안내해 준다는 듯하다.

이 수인은 제7부대에서 코마링 각하 다음으로 눈에 띈다고 할 수 있다. 흡혈귀 집단 속에서 개 머리가 날뛰고 있으면 보기 싫어도 주목이 쏠린다. 어떤 경위로 제국군에 들어왔는지 불명이지만, 빌헤이즈 왈 '그 사람은 뮬나이트의 마핵에 등록된 보기 드문 수인이에요'라고 한다. 종족 차별이 없는 직장은 역시 훌륭해. 에스텔은 생각한다.

한동안 걷자 칠홍부 뒤쪽에 도착했다.

벨리우스가 걸음을 멈춘다. 거기 솟아 있는 것은 창고인 듯한 건물이었다.

관리가 안 되었는지 벽은 거뭇거뭇하고 곳곳에 금이 가 있다. 게다가 스프레이인지 뭔지로 뭔가 이상한 낙서가 되어 있다. 해골이나 유령 일러스트는 차라리 괜찮다. 하지만 소리 내어 읽기도 꺼려지는 단어나 문장까지 갈겨져 있었다.

"뭐죠……. 이 불량배 소굴 같은 곳은."

"원래는 무기고였다나 봐. 하지만 특수반 놈들이 제압해서 둥지로 삼았지."

"좀 의미불명인데요……."

"애초에." 벨리우스는 난감하다는 듯 머리를 긁적이며 말했다. "너 같은 인간이 놈들을 통합할 수 있을 것 같진 않은데."

"그게…… 무슨 뜻인가요?"

"순순히 빌헤이즈 중위의 부하가 되는 게 평화로울 것 같거든. 놈들 뒤치다꺼리는 군 학교 출신인 사람에게 너무 큰 짐일 거야."

"윽……."

아마 마음속에 자신감이 흘러넘치고 있기 때문일까.

그런 말을 들으면 살짝 발끈한다.

"――케르베로 중위. 제가 미숙하다는 건 알고도 남습니다. 하지만 뭐든 해보기 전에는 몰라요. 애초에 저는 그 빌헤이즈 중위님의 분부로 특수반 반장을 맡은 건데요?"

"그건 알고 있어. 하지만――."

"모르고 계세요!"

등을 쭉 펴며 노려봤다.

"분명 불안하기도 하지만……. 빌 씨는 제가 반장에 적임이라고 생각해서 임명해 주신 거예요. 이의가 있다면 빌 씨에게 해 주세요!"

"그 메이드는 비교적 아무 말이나 떠들어."

"빌 씨는 저를 정당하게 평가했다고 봐요!"

시선과 시선이 충돌한다. 벨리우스는 주춤한 듯 눈을 피했다.

그리고 에스텔은 정신을 차렸다. 이건 상관에게 취할 태도가 아니다. 하지만 이 사람은 에스텔이 어릴 적에 키우던 개를 닮았다. 딱히 모욕하는 건 아니지만, 다른 부원보다도 편안한 느낌이 든다.

"죄, 죄송합니다. 실례했어요……."

"아니, 됐어. 알았어. 미안해. 너는 명령대로 일하면 돼. 다만……."

벨리우스는 말하기 껄끄럽다는 듯이 입을 열었다.

"특수반 녀석들은 제7부대의 나쁜 점을 압축해 놓은 듯한 흡혈귀들이야. 각오만은 단단히 해둬."

“나쁜 점……? 구체적으로 어떤 점인가요?”
“맥락도 없이 죽이려 덤벼드는 점.”
“…………”
그런 군인이 어디 있느냐고 생각했다. 분명 이 수인은 에스텔을 겁주려는 것이다. 군 학교 선배도 어떻게 신입을 괴롭힐지 고민한다고 했으니까. 특수반의 실태는 ‘일을 땡땡이치고 놀기만 하는 불량배 무리’가 타당하겠지.
“……다들 이 안에 계세요?”
“그래, 기본적으로 여기서 지내나 봐. 소문에 따르면 지하에 아지트가 있고 거리에서 훔친 걸 먹고 산다나.”
그게 사실이라면 그냥 범죄 집단 아닌가.
역시 신입이라고 괴롭히는 것임이 분명하다. 그런 것에 굴할까 보냐.
에스텔은 오기를 짜내며 문에 손을 얹었다.
그때 문득 누군가의 웃음소리 같은 게 들렸다. 어차피 안에서 야단법석을 피우고 있겠지. 이렇게 된 이상, 내가 상관으로서 철저히 근성을 바로 잡아 주지! ——그렇게 결의를 다지면서 문을 열어젖힌 그때였다.
——슈웅.
뭔가가 뺨 바로 옆을 스치고 지나갔다.
“엥?”
에스텔은 이상하다 싶어서 뒤를 돌아봤다.
거기 서 있던 나무가 비스듬히 잘려 있었다. 절단된 윗부분이 천천히 미끄러지더니—— 쿠구우우웅! 하는 굉음을 내며 땅으로 쓰러졌다.

"……어??"

"——아깝군! 빗나갔어!!"

괴조처럼 날카로운 폭소가 울려 퍼졌다. 놀라서 창고 안을 돌아본다.

그곳에는 뮬나이트 제국 군복을 엉망으로 입은 흡혈귀들이 모여 있었다. 머릿수를 따지면 30명 초반이려나. 하나같이 건실하지 않게 생긴 맹자들이다.

에스텔는 놀라고 어이가 없어서 자리에 멈춰 섰다.

——이 사람들이 내 부하? 아무리 봐도 불량배잖아!

창고 내부는 심각했다. 곳곳에 술병이니 담배꽁초가 나뒹굴고 있다. 겸사겸사 시체도. 피 묻은 톱이나 해머도 굴러다닌다. 긴 머리 흡혈귀가 쟈자앙——! 하고 기타를 치면서 메탈을 연주하기 시작했다. 그의 헤드뱅잉에 맞춰 흡혈귀들이 "후오오오오!! 코마링!! 코마링!!" 하고 괴성을 지른다.

그렇게 에스텔은 깨달았다.

뒤에 있는 나무가 두 동강 난 건 공격받았기 때문이다.

벨리우스는 말했다——. '맥락도 없이 죽이려 든다'라고.

아무래도 그건 신입 괴롭히기 같은 게 아닌 듯하다. 이 너무나도 무시무시한 광경을 한 번 본 것만으로도 이해하고 말았다.

"——이봐, 이봐, 이봐, 이봐. 벨리우스. 뭐야, 그 계집은?"

스킨헤드 남자가 다가왔다.

손끝에 마력이 맺혀 있다. 아까 마법을 쓴 건 이 남자임이 분명하다.

"이곳은 우는 아이도 그친다는 제7부대 제6반의 홈 스타디움이거든? 데이트가 하고 싶으면 수족관 돌고래 쇼라도 보러 가. 우리에게 '환대'를 받고 싶다면 얘기는 별개지만."

남자가 째릿 노려본다.

에스텔은 무심코 벨리우스 뒤에 숨고야 말았다.

무섭다. 군 학교 불량배 수준의 눈이 아니다. 왜 이런 사람이 제국군에 있지?

"괜히 겁주지 마."

벨리우스가 에스텔을 감싸듯이 한 발짝 앞으로 나왔다.

"오늘은 인사 지령 때문에 온 거야. 전투하러 온 게 아니고."

"인사 지령~? 혹시 이 '낫의 우능가'를 반장으로 삼겠다는 지령인가?! 그럼 대환영이지! 겨우 코마링 각하께서 내 실력을 인정했다는 거니까!"

"뭐?!" "웃기지 마, 인마." "누가 그런 지령을 내렸는데?!" "죽는다!!"—— 다른 대원들이 핏발이 선 눈으로 스킨헤드를 노려본다. 에스텔은 살아도 산 것 같지 않았다. 지금 이 자리에서 살육전이 벌어져도 이상할 게 없다. 아니, 분명 조금 전까지도 서로 죽이고 있었을 것이다.

"진정해, 우능가. 반장은 네가 아니야."

"뭐라고?! 죽여서 정하란 거냐?! 좋은걸——."

"그게 아니라! 새 반장이 될 사람은—— 이 에스텔 클레르 소위야.”

“흐엥?!”

벨리우스가 갑자기 어깨를 잡더니 앞으로 내세웠다.

남자는 “뭐?” 하고 얼빠진 신음을 냈다.

“……이 계집이 반장?”

“그래.”

“무슨 농담이 아니라?”

낫의 우눙가가 품평하는 듯이 노려봤다. 게다가 창고 안에 있는 불량배들이 맹수 같은 눈으로 이쪽을 쏘아본다. 에스텔은 완전히 위축되고 말았다.

벨리우스가 “그럼 클레르 소위” 하고 정색하듯 입을 열었다.

“내 볼일은 다 봤어. 이제 6반 녀석들과 잘 지내도록.”

“잠시만요!”

덥석! ──자리를 뜨려 하는 벨리우스의 팔에 매달렸다.

“혼자서는 힘들어요! 이 사람들, 눈이 꼭 살인자 같아요!”

“이…… 이거 놔! 조금 전에 ‘뭐든 해 보기 전에는 모른다’라고 했잖아!”

“으윽……. 그건, 그렇지만……! 그렇지마안……!”

해보기 전에 이미 알 것 같았다.

슬슬 울 것 같다. 첫 임무치고는 너무 큰 역할이에요! ──그런 식으로 지푸라기라도 잡는 심정으로 벨리우스를 바라보는데, 곧 그는 “하아” 하고 한숨을 내쉬더니 스킨헤드 앞을 막아섰다.

“──이봐, 우눙가. 클레르 소위는 군 학교를 나온 엘리트야.

반장으로서 나무랄 데 없는 실력을 가졌지. 그렇게 함부로 대하지 마."

"이봐, 벨리우스. 그 소위님이 누구 명령으로 제6반 반장으로 취임한 거지?"

"빌헤이즈 중위 명령이야."

"코마링 각하 명령이 아니고?"

"각하는 기본적으로 부대 인사권을 메이드에게 위임 중이야."

"그럼~~~~~~ 못 들어 주겠군~~~~~!!"

스킨헤드가 중지를 세웠다.

"우리가 아침에 일어나면서 남남서쪽으로 삼배구고두(三拜九叩頭)하는 이유를 모르는 건 아니겠지?!"

"몰라."

"코마링 각하 자택이 그쪽에 있기 때문이다! 잘 들어, 우리는 빌헤이즈를 모시는 게 아니야. 코마링 각하를 지키기 위해 제7부대에 있는 거라고! 그렇지, 얘들아?! 우리가 뭐라고?!"

""""코마링 각하의 충실한 심복!!""""

"그렇지?! 아무리 빌헤이즈가 각하의 친구라고 해도 명령을 들을 순 없어――. 왜냐하면 우리는 코마링 각하만을 위해 싸우는 최강의 군단이니까! 싸우고 싸우고 또 싸우고…… 그리고 죽어서 달걀로 환생 후 오므라이스로 조리되어 가능하다면 각하의 위장에 들어가는 게 인생의 야망! 코마링! 코마링!"

""""코마링! 코마링! 코마링! 코마링!""""

………………….

…………….

……이 사람들, 위험한 사람들인가?

"그러니까! 받아들일 수 없는 인사 따윈 각하야, 각하!"

"그렇게 말해도 서류상으론 이미 클레르 소위가 반장이 되었는데."

"알 게 뭐야! 애초에 이런 계집이 제6반을 통솔할 수 있겠어?!"

스킨헤드에게 호응해 흡혈귀들이 "옳소, 옳소!"라고 절규했다.

"학교 출신 공붓벌레에게 제7부대는 안 어울려! 이런 놈에겐 프레테 마스카렐의 나사 풀린 부대가 딱 맞는다고! 그게 싫다면 짐 싸서 고향으로 돌아가!"

"옳소, 옳소!" "우리는 실력 지상주의 정예 집단!" "여기 있는 전원이 뒷골목에서 흙탕물을 마시다 왔다고!" "말하자면 오물이지!" "너한테 오물이 될 근성은 없겠지?!" "너처럼 귀여운 아이에게 이런 쓰레기장은 안 어울려!!" "다른 부대에서 귀여움받으라고!!" "후오오오오오!!" ——흡혈귀들은 욕설을 퍼부으면서 창고 내를 뛰어다니고 있다.

이게 뭐야. 이게 뭐냐고.

어? 어라? 눈에서 눈물이 뚝뚝.

군 학교에서도 운 적이 없었는데.

"——별수가 없군. 클레르 소위, 괜찮나?"

벨리우스가 걱정스러운 눈으로 이쪽을 바라본다.

괜찮지 않았다. 너무 충격적이라 죽을 것 같다. 아무리 그래도 바로 정면에서 '고향으로 돌아가'라는 폭언을 내뱉을 줄은 생각도 못 했다.

하지만── 이렇게까지 업신여기는데 가만있을 수는 없다.

아픈 여동생을 위해서라도 힘을 내야 한다.

에스텔은 군복 소매로 눈물을 훔친 뒤, 간신히 용기를 쥐어 짜내어 목청을 높였다.

"──저는! 에스텔 클레르 소위입니다! 오늘부터 제7부대 제6반 특수반의 반장으로 취임했습니다! 여러분은 앞으로 제 지시에 따라 행동해 주세요! 우선 이 어질러진 창고부터 정리를──."

"이런, 벌써 12시다!! 오늘의 '반장 결정 사투'를 시작하자──!!"

"""""우오오오오오오오오오오오오오오오오오오오오오────────!!"""""

무시당했다.

에스텔의 말 따윈 산들바람에 불과한 모양이다. 그들은 각각 무기를 들더니 아무 맥락도 없이 살육전을 벌이기 시작했다. 잇달아 죽어가는 부하들(잠정)을 바라보며 에스텔은 생각한다──.

왜 난 이런 곳에 온 걸까.

"으, 으으, 으으으으으으으……! 내 얘기를 좀 들어줘……!!"

"울지 마. 제7부대는 이런 곳이야."

"하, 하지마안……! 케르베로 중위님……!"

"오늘은 가는 게 낫겠어. 녀석들의 살육전은 다 죽기 전에는 안 끝나."

너무나도 이차원이라 머리가 터질 듯했다.

아니, 눈앞에서 실제로 사람이 터지고 있었다. 벨리우스가 "자, 가자"라고 턱짓했다.

에스텔은 눈물을 흘리면서 그 자리를 뒤로했다.

☆

서류상으로 에스텔은 '뮬나이트 제국군 제7부대 건데스블러드대 제6반 특수반 반장 에스텔 클레르 소위'가 되어 있는 모양이다.

그러나 그건 어디까지나 서류상의 얘기였다.

제6반 멤버들은 에스텔 말을 전혀 들어 주지 않는다.

그 충격적인 대면 이후, 뻔질나게 제6반의 홈그라운드(창고)를 드나들며 설득하려 해봤다. 그러나 녀석들은 에스텔의 말 따윈 잡초로만 보는지, 아무리 '제 말을 들으세요!', '다음 전쟁 작전을 짜봐요!'라고 외쳐도 통하질 않았다.

술을 마시거나 싸우거나 코마링 콜을 외치는 등. 에스텔을 직접 해하지 않는다는 점은 다행이지만 이렇게 무시하면 마음이 더 엉망으로 다치는 게 당연했다.

그 대표적인 예가 지난 엔터테인먼트 전쟁이겠지.

라페리코 왕국의 펭귄 부대가 선전포고해 왔다. 빌헤이즈 왈, 녀석들은 다른 수인들과 다르게 동면하지 않는 타입이라나 보다. 아니, 동면하지 않는 타입이 뭐지? 그렇게 생각했지만 깊게 파고들지는 않았다.

그런 것보다 에스텔에게는 첫 실전이다.

군 학교에서 단련을 쌓아온 건 이날을 위한 것이라고 해도 과언이 아니다. 코마링 각하의 전적에 먹칠하지 않도록 열심히 해야지! 에스텔은 그런 식으로 기합을 넣고 있었다.

결전의 아침, 제국군 여자 기숙사 방에서 준비 중인데 화장대 위에 놓여 있던 통신용 광석이 빛을 냈다.

[——안녕하세요, 에스텔. 오늘도 좋은 아침이네요.]

"빌헤이즈 중위님……이 아니라 빌 씨! 좋은 아침입니다! 오늘은 무슨 일이세요?!"

[아뇨, 긴장해서 늦잠 자면 안 되니까 모닝콜을 했을 뿐이에요.]

그 쿨한 말투에는 다 감추지 못한 다정함이 배어 있었다.

빌헤이즈 중위는 에스텔을 여러모로 신경 써 주고 있다. 말이 안 통하는 부하들에게 휘둘리는 입장으로서는 눈물이 날 정도로 감사했다.

"배려 감사합니다……! 하지만 컨디션은 아주 좋아요. 오늘을 위해 여러모로 준비해 왔거든요."

[그거 다행이네요. 그런데 부하들과 커뮤니케이션은 되고 있나요?]

"윽……, 그건……."

일단 오늘 싸움에서 특수반이 쓸 전술은 생각해 뒀다. 하지만 그들이 에스텔의 명령을 들을지 어떨지 모르겠다——. 아니, 안다. 절대 안 듣겠지.

하지만 어떻게든 할 수밖에 없다. 왜냐하면 에스텔은 그들의 상사니까.

[아무래도 잘 안 되고 있나 보네요.]

“그, 그렇지 않아요! 아뇨……, 그…… 실은 그렇지 않은 것도 아니지만……. 끈기 있게 대하다 보면 돌아봐 주겠죠! 그걸 위해서라면 어떤 고행이든 감수할 거예요!”

[그럼 지금 뮬나이트 궁전에서 날뛰고 있는 특수반을 어떻게든 해 주시겠어요?]

“네?”

[다른 부대와 다투다가 결투를 벌인 모양이에요. 이대로 두면 라페리코 왕국과의 전쟁이 문제가 아니겠어요. 복구 중인 궁전 건축물이 금세 다시 파괴되고 있거든요.]

“…………………”

얼굴이 새파랗게 질리는 걸 느꼈다.

에스텔은 머리를 빗는 것도 잊고 뮬나이트 궁전으로 서둘러 향했다.

우선 눈에 들어온 것은 시체 더미였다.

제국군에 입대한 지 벌써 1주. 부하가 죽어가는 광경은 수도 없이 봐 왔지만, 이번에는 단순히 분열로 인해 전멸한 느낌이 아니다. 왜냐하면 그들을 토벌했을 군대의 모습이 보였기 때문이다.

“——어머?”

시체 더미 앞에 서 있던 흡혈귀가 이쪽을 돌아본다. 몸동작이 귀족 같은 여성이다. 레이피어에 묻은 피를 털어내면서 위압적인 시선으로 이쪽을 바라본다.

"당신은 어디 부대 소속이죠? 걱정하지 않아도 야만족들은 퇴치했어요."

프레테 마스카렐 칠홍천 대장군.

군 학교에 수많은 전설을 남기고 간 최강의 졸업생이다.

"정말 어이가 없어서! 지난주에도 이렇게 날뛰어 놓고! 당신도 깨끗하고 떳떳한 군 생활을 보내고 싶다면 제7부대에는 얼씬도 하지 않는 게 현명할걸요!"

뜨끔했다. 오히려 에스텔은 제7부대의 간부 그 자체다.

프레테는 지긋지긋하다는 듯 미간을 찡그리더니 한숨을 내쉬었다.

"바슈랄! 건데스블러드 씨를 불러오세요! ——참 나, 그 흡혈귀는 무슨 생각을 하는 건지. 아니, 아무 생각 없을 게 뻔하죠! 지난번에도 제 얼굴을 보자마자 괴물이라도 만난 사람처럼 돌아섰으니……! 아아, 정말. 용서 못 해요! 당신도 그렇게 생각하지 않나요?"

"저기……."

"——이봐, 프레테. 이 녀석들은 제7부대 내에서도 과격파로 알려진 특수반 녀석들이야."

에스텔은 흠칫 놀랐다.

소리도 없이 가면을 쓴 흡혈귀가 나타났기 때문이다.

낯이 익었다. 칠홍천 대장군 델피네다.

그(그녀?)는 제국군에서 지급하는 인식표를 집어 들고 있었다. 아무래도 진압한 흡혈귀의 군복에서 빼앗은 모양이다. 에스텔은 가만히 새겨져 있는 글자를 읽었다.
——'제7부대 특수반 조장 고르 우눙가.'
"특수반? 뭐죠, 그건."
"요약하자면 통제 불가능한 짐승이란 거지. 내 부하가 보고하길, 이 소동은 '각하 티셔츠' 한정품을 둘러싸고 발발한 모양이야."
"네?"
"테라코마리 얼굴이 그려진 티셔츠야. 새해 기념 한정품으로 '늦잠 자는 코마리'를 제작한 것 같은데, 100벌 한정으로 판매되나 봐. 산 사람이 하나 있어서 살육전이 벌어진 거야."
"그딴 거 전 몰라요!!"
"이게 압수한 물건이야."
"이런 건 필요 없어요!!"
찰싹!! 프레테가 델피네의 손을 쳐 냈다.
티셔츠가 팔랑거리며 땅에 떨어진다. 나도 저거 갖고 싶다——.
아니, 아니. 그게 아니지.
군 학교 재학생 중에 프레테 마스카렐&델피네 콤비를 모르는 사람은 없다. 학년은 에스텔보다 5개 정도 위. 같은 시기에 재적한 적은 없지만, 그 믿기지 않는 소문은 귀에 딱지가 앉을 정도로 지겹게 들었다.
성적 상위권에는 늘 이 둘이 있었다나. 둘은 당시의 있는 대로 해이해져 있던 군 학교 학생들을 하나씩 죽여 풍기를 바로 잡았다나 보다. 그것도 모자라 학생 신분으로 당시 칠홍천에게 결투를 신청해 이겼다고 한다. 그렇기에 교장조차도 복도에서 마주치면 고개를 조아리며 길을 내줬다나.

어쨌든 대단한 사람들이다.

그런 대단한 사람들을 앞에 두고 멀쩡할 만큼 에스텔은 순수하지 못했다.

"——이제 됐어요. 지금부터 건데스블러드 씨와 직접 담판을 지으러 갈 거예요. 지난번에는 동상 손질을 해야 한다느니 어쩌니 핑계를 대며 도망쳤거든요! 이번에야말로 지옥 끝까지 따라가서 추궁해 주겠어요!"

"말은 그렇게 해도 솔직히 이건 테라코마리가 감당할 만한 일이 아닌 것 같은데."

"뭐예요? 건데스블러드 씨 편을 들려고요?"

"그게 아니야. 테라코마리가 막강한 열핵해방을 지닌 건 사실이지만, 발동하지 않은 상태에서는 평범한 소녀에 불과해 보여. 그건 프레데도 알잖아?"

"그야 뭐…… 그렇지만요."

"군대의 군도 모르는 계집이 이 야수들을 어떻게 다루겠어. 즉 이 녀석들을 진짜 관리하고 다뤄야 할 사람은 테라코마리대의 간부들이야."

"그렇다고 해도요! 결국 건데스블러드 씨 책임이에요!"

"네 마음은 이해해. 이해하지만…… 난 특수반 반장인지 뭔지가 제대로 했더라면 이번 사건이 벌어지지 않았을 거라고 봐. 그렇지? 에스텔 클레르 소위."

그렇게 말하며 델피네는 이쪽을 돌아봤다.

가면 안쪽에서 날카로운 안광이 넘쳐난다. 갑자기 이름을 불려 나락에 떨궈진 듯한 심정이었다. 이 사람은 에스텔이 누구인지 정확하게 꿰뚫고 있는 것이다.

델피네는 당황하는 프레테를 방치하고 천천히 다가왔다.

"군 학교 후배에게 네 정보는 들었어. 전 과목에서 1등을 차지하고 졸업한 엘리트. 그리고 현재는 제7부대에 배속되어 소대를——저기 죽어 있는 특수반을 담당하고 있다던데. 즉 네가 부하 단속을 잘했더라면 살육전이 벌어지지 않았을 거란 뜻이지."

"죄…… 죄송합니다……!!"

"사과로 시간을 되돌릴 수 있다면 얼마든지 사과해도 돼——. 참고로 내가 통솔하는 제4부대는 황제 폐하께 '궁전 복구 담당'으로 임명되었어. 밤낮을 불문하고 자는 시간까지 아껴 가며 뮬나이트 궁전을 복구 중이었는데, 너희 반 녀석들이 날뛰는 바람에 다 망쳤지. 그냥 콱 긋고 싶어지네. 요즘 빈혈 때문에 난감한데도……."

"으음, 저, 빈혈에는 브로콜리가 좋다고 들었는데요……."

"그런 문제가 아니야."

분명 그런 문제는 아니었다. 칠홍천에게 직접 문책당할 줄은 생각도 못 했기에 사고회로가 이상해졌다.

"나는 네 직속상관이 아니니까 길게 말하지 않을게. 하지만 상응하는 대가는 치러야지——."

"——델! 너무 괴롭히지 말아요!"

프레테가 어이없다는 듯 델피네의 팔을 움켜쥐었다.
"후배라고 해서 너무 편하게 대하지 마요. 클레르 씨가 당황하잖아요."
"하지만. 내가 그렇게 고생해서 심은 잔디에 구멍이……."
"누구든 실패는 하는 법이에요. 넓은 마음으로 용서해 주는 게 장군으로서의 본분 아닐까요?"
"테라코마리는 용서 못 하면서?"
"그건 그거고요. ──클레르 씨. 델피네 장군도 당신을 책망할 마음은 없어요. 말이 지나쳤던 점은 용서해 주지 않을래요?"
에스텔은 정말이지 송구했다. 세간에서는 '콧대 높은 귀족'이라고 불리기도 하나 본데, 실제 프레테 마스카렐 각하는 의외로 다정했다.
"아, 아뇨! 저야말로…… 감독이 부주의해서……!"
"그러게요. 그 점은 분명 당신에게 잘못이 있어요."
"…………."
"델이나 나나 끈질기게 규탄할 생각은 없어요. 하지만 자기 실수는 직접 해결하는 게 사회적인 상식이에요. 그러니까── 이곳의 뒷정리는 당신에게 부탁하죠. 에스텔 클레르 소위, 그래도 되죠?"
눈앞에 펼쳐져 있는 건 엉망이 된 안뜰의 풍경이다.
그리고 산처럼 포개진 흡혈귀들의 시체. 특수반 사람들이 이 꼴이라면 어차피 엔터테인먼트 전쟁에는 참가할 수 없다. 이렇게 해서 에스텔의 첫 출진은 환상이 되었다.

결국 델피네를 돕는 식이 되었다.

'저 혼자 할게요!'라고 선언했지만, 델피네 왈 '건축 지식 없는 녀석에게 맡길 수 없다'라고 한다. 너무나도 맞는 말이어서 찍소리도 못 했다.

델피네에게 '이제 됐어'라는 말을 들을 때쯤에는 해가 완전히 저물어 있었다.

어찌어찌 정원은 복구했지만, 석재나 목재를 여러 번 옮긴 탓에 온몸이 비명을 지르고 있다.

에스텔은 자기 방 침대에 엎어져 깊은 한숨을 내쉬었다.

——그래서는 제6반은 전쟁에 나갈 수 없겠네요. 에스텔은 델피네 님의 지시에 따라 궁전을 복구하러 가 주세요.

빌헤이즈 중위에게 그런 말을 들었다.

기껏 처음 출진하는 거였는데. 군인의 역할을 다할 기회였는데. 코마링 각하의 용맹한 모습을 볼 기회였을지도 모르는데——. 모든 걸 망쳤다.

이게 다 제6반 흡혈귀들 탓이다.

"아—! 정말 열받아! 뭐야, 그 인간들!"

에스텔은 베개를 벽에 던졌다.

안다. 그들을 통솔하지 못하는 자기 수완에도 문제가 있다. 그러나 그 이상으로 제6반의 횡포는 거슬린다. 군인이라면 상관 말에 따르는 게 보통 아닌가? 아니, 그 왕바보들은 보통을 벗어났다. 보통이 아니니까 에스텔이 고민하는 것이다.

"내가! 이렇게! 고생하는데! 서로 죽이지 말라는데! 왜 모르는 거야! 윤리관이 이상해!"

매달아 뒀던 샌드백을 때린다. 몇 번이고 반복해서 때린다. 갔다가 돌아온 샌드백에 얼굴을 직격했다. 끄엑, 하는 비명이 터져 나온다. 뒤로 데굴데굴 구르고 나서 몇 초 침묵한다. 그렇게 바닥에 엎어져 있는 사이 점점 죄책감이 들어왔다.

그래. 책임을 남에게 전가해선 안 된다. 전부 자기가 미숙한 탓이니까——. 그렇게 조용히 생각하는데 옆 방에서 속삭이는 듯한 소리가 들려왔다.

시끄러웠나? 그렇게 불안해하는데 아니었나 보다.

이웃은 "코마리 씨, 코마리 씨, 코마리 씨, 코마리 씨……"라고 주문처럼 살육의 패자의 이름을 되뇌었다. 여기로 이사 온 지 일주일 하고도 조금. 아무래도 이웃도 상식을 벗어난 코마리의 팬인지, 벽이 얇은 탓에 빈번히 기묘한 목소리가 들렸다.

"코마리 씨. 제 오므라이스는 맛있나요?"

"에헤헤. 기뻐요. 언제든 만들어 드릴게요."

"제가 먹여 드릴게요. 자, 아—. ……안 돼요! 그건 오므라이스가 아니라 제 손가락이니까……! 가, 갑자기 피 빨지 마세요! 정말!"

가끔 대답하지 않는 누군가와 얘기하지만 신경 쓰면 지는 거다.

그보다 앞으로의 일을 생각해야 한다.

고향에는 병에 시달리는 여동생이 있다. 그녀는 뼛속까지 코마링의 팬이다. 에스텔이 제7부대에 배속되었다고 하자, 그때까지 무슨 말을 해도 건성으로 답하던 동생이 나이에 걸맞게 눈을 빛내며 '굉장해'라고 중얼거렸다.

언니가 꺾여선 안 된다.

동생에게 힘을 북돋아 주기 위해서는 자기가 노력하는 수밖에 없으니까.

☆

그로부터 3일 후.

에스텔을 비롯한 제7부대 위관은 건데스블러드 각하의 집무실에 모였다.

소집한 것은 빌헤이즈 특별 중위다. 매주 금요일에 간부 회의가 열리나 보다——. 하지만 지난주에는 싸움이 발발해서 벨리우스 이외의 멤버가 죽는 바람에 취소됐다나.

즉, 에스텔에게는 첫 간부 회의였다.

"——자. 그럼 바로 회의를 시작하겠습니다."

빌헤이즈가 어째서인지 코마링 각하의 의자에 당당히 앉으면서 입을 뗐다.

"참고로 코마리 님은 황제 폐하와의 식사를 위해 참석 못 하셨어요. 폐하의 홍차에 독이라도 타고 싶은 심정이지만, 지금은 참도록 하죠. 그리고 이번 의제 말인데요——."

"특수반의 현재 상황에 관한 거지?"

벨리우스 이누 케르베로 중위가 끼어들었다.

"프로헤리야 즈타즈타스키의 부대에 대항하기 위해서는 우리도 조직적으로 움직여야 해. 그리고 그걸 위해서는 제6반 특수반이 통솔되어야 하지."

에스텔은 기분이 가라앉는 것을 느꼈다.

그로부터 3일―― 프레테에게 살해당한 부하들은 마핵으로 전원 되살아났다.

그러나 그들에게 반성의 기색은 전혀 찾아볼 수 없었다. 낙엽만 굴러가도 패싸움을 시작할 기세다. 당연히 에스텔 지시를 들어줄 리 없다. 이대로라면 초살육 대감사제에서도 자멸할 각오로 공격할 게 뻔했다.

"그러는 벨리우스는 자기 부하를 잘 통솔하고 있나요? 얼마 전 만주 쟁탈전을 벌이다 전멸한 건 주로 당신 부대죠?"

도발적인 태도로 그렇게 말한 건 카오스텔 콘트 중위다.

제7부대에서는 홍보를 담당. 희귀한 공간 마법을 쓰는 에이스인 듯한데, 빌헤이즈 왈 '녀석은 어린 여자를 납치한다는 의혹이 있으므로 다가가지 않는 게 좋아요'라고 한다. 이 중요한 회의에서도 각하 티셔츠(부끄러워하는 코마리)를 입고 있다. 누가 봐도 위험한 냄새가 난다.

"우리 부대는 됐어. 문제는 특수반이야."

"애초에 제7부대는 통솔 따위 필요 없을 거 같은데요. 우리는 돌격과 폭주로 승리에 승리를 거듭해 온 최강의 부대거든요? 고작 창옥 때문에 굳이 방침을 바꿀 필요는 없다고요."

"너 그래도 제7부대 참모를 자칭하지 않았나……?"

“네, 참모죠. 참모로서 작전을 생각한 결과, 작전은 필요 없다는 결론에 다다랐어요.”

“콘트 중위는 아무 말이나 떠들고 있지만 프로헤리아 스타즈타스키 상대로 돌격해 봤자 총탄의 표적이 될 뿐이에요. 역시 이번에는 작전을 짜는 게 중요할 것 같은데요――, 에스텔. 특수반은 현재 어떤 상황인가요?”

깜짝 놀라고야 말았다.

현장에 있는 사람들의 시선이 자기 쪽으로 쏠린다. 에스텔은 의자에서 벌떡 일어났다.

“……종종 내부분열이 발생해요. 근무시간 중에 술을 마시거나 담배를 피우거나 문제 행동도 보이고요……. ……하지만! 제가 언젠가 통솔되는 반으로 만들어 보일게요! 적어도 지시를 무시하지 않을 정도로는…….”

“초살육 대감사제는 다음 주 일요일인데요?”

“윽……. 그건…….”

빌헤이즈에게 받은 명령은 ‘초살육 대감사제까지 제6반을 통솔하는 것’.

에스텔의 첫 임무는 이 시점에서 실패한 거나 다름없다.

아니――. 아직이다. 아직 시간은 조금 있다. 에스텔은 지금까지 다양한 고난을 극복해 왔다. 이번에도 죽을 각오로 노력하면 어떻게든 될 것이다. 꺾이지 마, 에스텔 클레르――.

“――하! 당연히 힘들겠지, 너한테는.”

에스텔 정면에 앉은 금발의 흡혈귀―― 요한 헬더스 중위가 이쪽을 노려보고 있었다.

"특수반 놈들이 너 같은 계집한테 복종할 리가! 이 나조차 그 녀석들 손에 맥없이 죽었거든! 너처럼 근성 없는 녀석은 반장은커녕 제7부대 대원도 못 돼. 아니, 아예 군인부터가 안 맞는 거 아닌가?"

"그, 그렇지 않아요! 군 학교에서 공부하고 왔으니까——."

"아아—. 안 돼, 안 돼. 못 해! 군 학교면 그거잖아? 예의범절이나 홍차 마시는 법을 공부하는 곳 맞지?! 인간을 하나도 죽여본 적 없는 꼬맹이가 빼기지 마."

"윽……. 그, 그럼 헬더스 중위님은 몇 명이나 죽여보셨는데요?!"

"너는 지금까지 죽인 사람 수를 기억하냐?"

"0명이에요! 왜냐하면…… 저는 아직 군인이 된 지 얼마 안 돼서요……."

"알 게 뭐야! 우리 부대는 군인이 되기 전부터 사람을 죽여온 범죄자들뿐이거든. 너 같은 어리광쟁이에게 제국군은 안 어울려!"

범죄를 자랑해서 어쩌려고. 바보. 멍청이. ——그렇게 생각은 했지만 말로는 하지 않았다.

물론 자신이 미숙하다는 건 안다. 하지만 왜 이런 말까지 들어야 하는지 모르겠다. 역시 제국군은 '공붓벌레'를 싫어하나 보다. 군 학교 출신이 많은 프레테 마스카렐 각하 등의 부대를 희망했어야 했나.

하지만 아니다. 에스텔은 코마링 각하 아래에서 일하고 싶었다.

제7부대에서 노력해보기로 결심했다.

그래도——.

"그래, 알았으면 그냥 번듯한 회사에 취직이라도 하든지."

"이봐, 망할 꼬맹이. 그쯤 해둬." 벨리우스가 말했다. "클레르 소위도 노력하고 있어. 알 생각도 없으면서 나무라는 건 옳지 않아."

"알 게 뭐야! 오히려 부족할 정도인데————, 응? 어?"

어라. 어쩌지. 눈물이—— 눈물이 멈추질 않네.

이깟 일로 울면 더욱더 놀림당할 뿐인데. 왠지 요즘 들어 여러 일이 잘 풀리질 않아서 감정 기복이 들쭉날쭉하다. 이제 틀렸어. 또 추태를 보이고야 말았어.

"으윽……. 히끅……. 보, 보지…… 마세요……."

요한이 동요하며 일어났다.

"……아니……, 저기. 그렇게 울 일인가?"

"안 울어요. ……그냥 눈에 먼지가 들어가서 그렇지……."

"——여성을 울리다니 최악이네요, 요한. 이건 목을 매고 사죄해야 할 일이라고 보는데요."

"뭐?! 나는 그러려던 게……."

"예—! 너는 요한. 볶음밥 좋아. 여자 울리기 좋아. 요한 엉덩이 몽고반점 좋아."

"뭔 헛소리야, 죽는다!!"

멜라콘시 대위가 "이런. 비가 오네" 하고 손수건을 건넸다.

뺨을 닦으면서 에스텔은 생각한다——. 나 이런 상태여도 될까?

나는 무엇 때문에 제7부대에 있는 거지? 동료나 부하들이 '고향으로 돌아가!'라고 중지 세우는 걸 보기 위한 건 절대 아니다. 아픈 동생을 위해, 코마링 각하를 위해, 그리고 무엇보다 '군인이 되어 나라를 위해 싸우고 싶다'라는 자기 자신의 꿈을 위해 여기 있는 것 아닌가.

그럼 이깟 일로 훌쩍거려선 안 된다.

그건 머리로 이해하고 있는데.

"——에스텔. 신입인 당신에게는 조금 버거운 짐이었네요."

빌헤이즈가 부드러운 투로 그렇게 말했다.

그러나 에스텔의 자존심은 엉망으로 상처 입었다.

"제6반 반장은 보류하기로 하죠. 우선 제 반의 부반장이 되어 주시겠어요? 제7부대의 일 처리를 직접 보고 배우는 게 좋겠네요."

"자, 잠깐. 빌헤이즈! 조금 더 지켜보면 어때……? 역시 아직 2주밖에 안 됐잖아? 나도 2주일 만에 그 녀석들을 길들이긴 힘들걸."

"응? 아까랑 말이 다른데요."

"뭐 어때! 의견이 달라지는 건 누구나 그래."

"하지만 에스텔은 신입이라 이 이상 무리하게 둘 수는——."

"——아뇨. 괜찮아요."

에스텔은 손수건을 주머니에 찔러 넣고 자리에서 일어났다.

가슴에 손을 얹고 마음을 진정시킨다. 그리고 눈앞에 있는 요한을 째릿 노려봤다.

"저는…… 저는 더 할 수 있어요! 바보 취급당한 채로 임무를 포기할 순 없다고요."

"아니, 딱히 난 널 바보 취급한 게."

"아뇨, 바보 취급했어요! 여기서 도망치면 군 학교 사람들을 볼 낯이 없어요! ——빌 씨! 저는 제6반 반장으로서 부하들을 통솔해 보일게요! 그리고 초살육 대감사제에서 승리에 공헌할 거예요! 그러니까 반장직에 남겨 주세요! 제발 부탁드려요!"

에스텔은 빌헤이즈를 향해 힘껏 고개를 숙였다.

그건 될 대로 되란 식의 용기였을지도 모른다.

그러나 빌헤이즈는 "알겠습니다"라고 쿨하게 말한다.

"당신이 그렇게까지 말한다면 맡길게요. 특수반을 잘 조교해 주세요."

"네! 반드시 어떻게든 해 보일게요! 그럼 실례합니다!"

다행이다. 아직 기회를 잃은 게 아니다. 바로 부하들이 있는 곳으로 가자——. 에스텔은 그렇게 결의한 뒤, 상관들에게 묵례하고 방을 뒤로했다.

"잠시만요. 아직 '두 번째 코마리 상을 세울지 말지'라는 의제가 남았어요."

"네……?! 죄, 죄송합니다!"

에스텔은 황급히 방으로 돌아와서 의자에 앉았다.

너무 창피해서 고개를 들 수도 없었다.

☆

그러나 에스텔의 생각이 실현되는 일은 없었다.

우눙가를 비롯한 특수반 멤버들은 끝끝내 에스텔을 인정하지 않았다. 그렇게 갈팡질팡하는 사이에 초살육 대감사제 날이 다가오고야 말았다.

결론부터 말하자면 제7부대 건데스블러드대가 승리했다.

프로헤리아 즈타즈타스키 육동량이 감기에 걸려 쉰 것이다. 대신 창옥들을 이끄는 피토리나 세레피나 소좌는 제7부대를 뼛속까지 얕보고 있었다.

"——제 계산에 따르면! 흡혈귀 따위는 굳이 전략을 짤 것까지도 없이 밟아 버릴 수 있어요! 거미! 말 그대로 모기 같은 존재죠! 침대에서 끙끙 앓는 언니에게 모기들의 단말마를 선물하겠어요! 자, 친애하는 창옥들이여! 조국과 언니와 오늘 저녁인 고르셔취케를 위해! 그 하찮은 목숨을 불태우도록!"

부하들의 '이 사람 제정신인가?'라는 시선을 무시하고 전군 돌격을 명령.

프로헤리아는 대책을 세우고 상대의 의표를 찌르는 게 특기인 타입이다. 그렇기에 창옥들은 피토리나의 돌격 전법에 익숙하지 않았다. 한편으로 제7부대는 대책이 필요 없는 말 그대로 무식한 돌격파다. 그런 놈들과 정면충돌한 창옥들이 산화하는 건은 자연의 섭리였다.

에스텔은 거의 아무것도 할 수 없었다.

특수반은 전투 개시와 동시에 돌진했다. 에스텔이 아무리 '잠시만요', '작전을 생각해 왔어요'라고 외쳐도 의미가 없었다. 그들은 귀가 막힌 듯하다.

그렇게 에스텔이 우왕좌왕하는 사이 피토리나 세레피나 소좌는 크게 폭발해 이 세상에서 모습을 감추었다.

순식간이었다. 너무 순식간이라 무슨 일이 벌어진 건지 알 수 없었다.

딱 하나 알 수 있는 건── 이 전쟁에서 에스텔 클레르 소위는 무엇 하나 달성하지 못했단 것. 그뿐이었다.

☆

에스텔은 터벅터벅 뮬나이트 궁전 부지 내를 걷고 있었다.

창고로 갔다 오는 길이다. 오늘 역시 그들을 설득하려 해 봤지만── 효과는 없었다. 그보다 너도 술이나 마시지! 라고 권해 오는 상황이다. 반장으로서 내리는 명령 이외의 부분은 의외로 친근하게 받아줘서 간신히 꺾이지 않고 있지만, 그래도 역시 한도라는 게 있다. 참고로 에스텔은 미성년이라 술은 못 마신다.

"하아……. 지쳐……."

칠홍부 인근 벤치에 앉았다.

태양이 저물려 하고 있다. 한동안 붉은 하늘을 바라보는데 괜히 울고 싶어졌다. 왠지 제국군에 들어온 이후로 울보가 된 것 같다. 이게 다 일이 잘 안 풀리는 탓이겠지.

지난번 초살육 대감사제에서도 성과를 내지 못했다.

분명 제7부대가 이기긴 했다. 그러나 거기 에스텔이 기여한 건 전혀 없다.

"……나는 필요 없는 존재일까?"

그렇게 생각하는 것도 무리는 아니었다.

매달 월급을 받는 것조차 미안해졌다.

빌헤이즈 중위에게 울며 매달려서 반장직을 내려둘까. 아니, 오히려 제7부대 말고 다른 부대로 바꿔 달라고 건의해 볼까——. 소극적인 마음이 고개를 치켜든다.

그때였다.

갑자기 차가운 바람이 불어 들었다.

"——왜 그래?"

에스텔은 놀라서 시선을 옆으로 돌렸다.

너무 놀라서 죽는 줄 알았다.

노을빛을 등지고 작은 소녀가 서 있었다. 긴 금발과 붉은 눈이 인상적이었다. 음식인 듯한 것이 잔뜩 든 종이봉투를 안고 있다. 옷은 제국군 제복——, 그리고 준 1위의 위계임을 뜻하는 '망월의 문장'.

그렇다는 건. 즉. 이 사람은……. 아니. 굳이 계급장을 확인할 것까지도 없지 않나. 이 사람 얼굴은 에스텔 자신이 가장 잘 안다.

"코마…… 건데스블러드 각하?! 어떻게 여기에?!"

"어라? 내 이름을 알아?"

테라코마리 건데스블러드 칠홍천 대장군.

대체 왜 이 사람이 여기 있지? 그러고 보니 제7부대에 들어온 후로 한 번도 얘기한 적이 없다. 아니, 내가 대원으로 인식되고나 있을까. 아니, 아니겠지. 왜냐하면 내 이름을 아냐고 묻잖아. 대원에게 그런 질문을 할 리가 없지. 그럼 왜 말을 건 거지? ——안 돼. 모르겠어. 긴장해서 머리가 깨질 것 같아.

하지만 계속 침묵하는 것도 상당히 무례한 짓이다.

에스텔은 순간적으로 일어나 경례했다.

"저, 저기! 저, 저, 저는 에스텔 클레르라고 합니다! 제7부대 특수반 반장직을 맡고 있습니다……!"

"제7부대?"

"네! 바로 2주 전쯤에 취임했어요! 이, 인사가 늦어져 죄송합니다."

자기가 말해놓고 에스텔은 전율했다.

부임하고 2주나 지났는데 부대장에게 인사도 하지 않다니 무례한 데도 정도가 있는 법이다.

살해당해도 불평할 수 없겠다——, 그렇게 생각했는데.

어째서인지 코마링 각하는 입을 떡 벌린 채 멍하니 있었다.

"어……? 우리 부대에 들어온 거야? 왜?"

"제7부대 배속을 희망했어요. 으음……, 군 학교 졸업 때 희망하는 곳을 묻길래요."

"하지만 에스텔 씨는 아무리 봐도 살인귀가 아닌걸."

"죄송합니다! 살인귀가 되는 게 나을까요?!"

"아니, 아니. 안 돼도 되거든?! 오히려 안 됐으면 해!!"

긴장한 나머지 코마링 각하가 무슨 말을 하는지 이해할 수 없

었다.

에스텔은 실례가 되지 않도록 슬쩍 동경하는 사람을 관찰했다. 가까이서 보니 상상했던 것보다 훨씬 작다. 키는 에스텔보다 머리 하나는 작다. 그리고 무엇보다—— 귀엽다. 예쁘다. 꽃처럼 좋은 향이 난다. 항간에서 1억 년에 한 번 태어나는 미소녀라는 말을 들을 만했다.

이런. 대체 무슨 얘기를 해야 할까. 실례가 되지 않게 해야 할 텐데——.

코마링 각하도 코마링 각하대로 에스텔을 빤히 관찰하기 시작했다. 머리끝부터 발끝까지 바라보면서 "그래", "그렇구나", "겨우 우리 부대에도 제대로 된 사람이……." 같은 말을 감탄한 듯 중얼거리고 있다. 그리고 미소를 띠더니 손을 내밀었다.

"자…… 잘 부탁해! 나는 테라코마리 건데스블러드야! 칠홍천 대장군이란 직책을 떠맡았지. 꼭 친하게 지내주면 기쁠 거야."

"무슨! 친하게 지내 달라뇨……! 저야말로 잘 부탁드립니다!"

에스텔은 송구해하며 악수에 응했다.

이런. 손에 땀이 배었다. 각하 손은 말랑말랑해.

"……그런데 왜 이런 데 앉아 있어? 안 추워?"

"괜찮아요. 추위는 익숙하거든요."

"무슨 고민이 있어 보이는 분위기였는데……."

"괘, 괜찮아요! 각하께 민폐를 끼칠 수는 없으니까요!"

"으—음."

코마링 각하는 종이봉투를 끌어안은 채로 난감하다는 듯 이쪽을 바라보고 있었다.

약한 모습을 보여서는 안 된다. 에스텔은 지겹도록 깨달았다. 제7부대가 어마어마한 실력 지상주의 집단이라는 걸. 약한 말을 하면 '넌 해고야!'라며 쫓겨날지도 모른다.

하지만 코마링 각하는 "미안" 하고 겸연쩍게 뺨을 긁적였다.

"실은 아까 메이드한테 들었어――. '저기 힘들어하는 사람이 있으니까 도와주세요'라고. 뭐, 내가 뭘 할 수 있는지는 모르겠지만……."

"네……?"

"저기 주방에서 만주를 만들어 왔는데 집무실에서 같이 먹지 않을래?"

부정할 여유도 없었다.

에스텔은 코마링 각하에게 이끌려 걸음을 뗐다.

"그래. 잘 알겠어."

칠홍부 7층. 테라코마리 건데스블러드 장군의 집무실이다.

에스텔은 결국 사정을 이야기하고야 말았다.

부하들이 이야기를 들어주지 않는다는 것. 학교에서 배운 게 아무 도움도 안 됐다는 것. 초살육 대감사제에서 멀뚱히 서 있을 수밖에 없었단 것.

동경하는 칠홍천을 앞에 두고 허세를 부릴 만큼 대담하진 않다.

그보다도―― 이 사람을 앞에 두면 속에 품고 있던 고뇌를 낱낱이 털어두고 싶어진다. 처음 상대한 테라코마리 건데스블러드에게서는 기묘한 다정함과 포용력, 그리고 친근함이 느껴졌다. 육국 신문에서 '살육의 패자', '케첩의 제왕', 'USB(얼티밋 스칼렛 버서커)' 등으로 불리는 게 거짓말 같았다.

에스텔은 만주를 갉작이면서 코마링 각하의 반응을 기다렸다.

실망했을까? ――그런 걱정은 전부 허사가 되었다.

"――미안! 정말 미안해!"

"흐에?"

왠지 코마링 각하에게 사과받았다.

"빌 녀석도 무슨 생각을 하는 건지. 모처럼 와 준 신입에게 영문도 모를 일을 떠넘기다니――. 아니, 그게 아니지. 내가 똑바로 했더라면 에스텔이 고민할 필요도 없었겠지. 정말 미안해."

"아, 아니에요! 이건 다 제 실력 부족 때문이에요."

"그렇지 않아. 그 녀석들을 제어할 수 있는 사람은 없거든."

"하지만…… 각하라면 쉽게 통솔하실 수 있을 거예요."

"에스텔이 못한다면 내가 어떻게 하겠어. 왜냐하면 넌 군 학교에서 착실히 공부해 온 우수한 흡혈귀잖아? 나는 군인이 되기 전엔 방에서 빈둥거리기만 했거든――. 아니, 아니지! 핵 영역을 누비며 길거리 싸움에 정열을 쏟았지! 새끼손가락으로 죽인 인간의 수는 1억 명을 훌쩍 넘겼고――, 아니, 아니지! 어쨌든 나보다 에스텔이 더 잘하고 있을 거야!"

무슨 말을 하고 싶은지 잘 모르겠다. 코마링 각하에게는 자기와의 거리감을 재기 어려운 듯한 분위기가 있었다. 뭐라고 할까……, 소중한 비밀을 얘기할지 말지 고민하는 느낌이다.

하지만 에스텔은 알 수 있었다.

이 사람은 배려해 주는 것이다. 이렇게 변변치 않은 대원을.

"……각하. 분명 전 학교 성적은 우수했어요. 2등 이하로 떨어진 적이 거의 없죠. 선생님이나 동급생들도 '대단하다'라고 자주 그랬고요."

"응. 나는 그런 인재를 원했어."

"윽……, 하지만! 현실의 부대에서는 아무 도움도 안 됐어요……!"

나라면 어떤 임무든 소화할 수 있다고 생각했다. 하지만 그건 착각에 불과했다. 에스텔의 하잘것없는 자존심은 특수반 흡혈귀들에게 산산이 짓밟히고 말았다.

"제가 여기 있는 의미를 모르겠어요. 실은…… 고향에 아픈 여동생이 있는데. 제가 제7부대에 배속되었다고 하니까 크게 기뻐해 줬거든요. 아실 수도 있지만 육국 대전 때 각하 덕에 저희 고향이 무사히 살아남았거든요?"

"엥? 그, 그래……?"

"네. 그래서 저와 동생은 건데스블러드 각하의 팬이에요. 그래서…… 그 아이에게 기운을 주기 위해서라도 저는 제7부대에서 노력해야 해요. 아뇨, 동생을 위한 것만은 아니에요. 저는 건데스블러드 각하 같은 군인이 되고 싶어요. 하지만 저에게는 그런 재능이 없나 봐요. 안 맞는 게 아닐까 해요. 순순히 집에서 하는 온천 여관을 이어받았으면 됐으려나."

아하하하, 에스텔은 메마른 웃음소리를 냈다.

뮬나이트 제국의 흡혈귀에게 군인은 동경하는 직업이었다. 수많은 사람의 기대를 짊어지고 외국과 싸운다——. 얼마나 빛나는 세계란 말인가.

아마 자기처럼 재능 없는 흡혈귀는 어울리지 않는다.

사람은 '적당한' 꿈을 품어야 한다. 분에 넘치는 꿈은 스스로를 속박하는 족쇄 같은 것이다. 이상과 현실의 차이를 확인할 때마다 절망적인 기분이 드니까.

"슬슬 이직을 생각하는 게 좋을 수도 있겠네요. 저에게는 좀 더 맞는 직업이 있을 테니까——."

"그, 그렇지 않아!"

꼬옥. 코마링 각하의 오른손이 에스텔의 오른손에 닿았다.

주저하는 듯한, 뭔가를 망설이는 듯한, 그러나 진심으로 에스텔을 걱정하는 따스한 눈길이 가까이 있었다.

"아니……. 그렇지 않다고 하면 실례일 수도 있지만……. 에스텔에겐 군인으로서 살 만한 소질이 있을 거야. 적어도 나는 에스텔이 필요하다고 봐."

"왜, 왜죠……? 오늘 처음 뵙는데……."

"그건 네가 제대로 된 인간이기 때문이야."

제대로 된 인간? 무슨 뜻이지?

"으음! 우리 부대는 삼시 세끼보다 살육전을 사랑하는 살육집단인데, 에스텔처럼 정식으로 학교에서 공부한 사람이 거의 없거든. 그래서 제7부대에 좋은 변화를 가져다줄 거라고…… 나는 생각해."

그 말은 빌헤이즈 중위에게도 들었다. 그러나 '학교에서 공부했다'라는 경력은 제7부대에 있어서는 오히려 기피 대상이 되는 요인에 불과하다. 즉 마이너스 요소인 것이다.

"안 돼요. 왜냐하면…… 공부만 잘해서는 군인으로 살 수 없으니까……."

"나는 네 꿈을 응원해."

에스텔은 퍼뜩 놀라서 고개를 들었다.

한없이 진지한 붉은 눈동자가 이쪽을 바라보고 있다.

"혼자 끌어안는 건 좋지 않아. 아마 에스텔은 '직접 뭐든 해내겠어!' 같은 마음가짐으로 특수반 사람들을 대했을 수 있지만, 그런 녀석들을 혼자 어떻게 통솔하겠어. 통솔할 수 있는 건 버서커를 초월한 초버서커일 게 분명해."

"하지만 특수반 반장은 저에게 주어진 임무예요."

"칠홍천 대장군도 나에게 주어진 임무야. 하지만 나 혼자서 하고 있는 게 아니거든."

"무슨 뜻인가요……?"

"연말의 소동으로 배웠어. 난 혼자서는 장군 노릇 못 해. 제7부대 사람들이나 다른 나라의 친구가 힘이 돼 주기에 간신히 소화할 수 있는 거야. 정말 소화하고 있는지는 모르겠지만……, 어쨌든. 에스텔은 나에게 상담했어. 그러니까 나는 에스텔이 꿈을 이룰 수 있도록 도울게. 아니, 애초에 난 에스텔의 상사니까. 직장 환경을 개선하는 것도 업무의 일환이지."

코마링 각하는 "영차" 하고 천천히 일어났다.

에스텔은 구원받은 듯한 심정으로 작은 장군을 올려다봤다.

이 사람이 그렇게 말해 주니 용기가 솟아나는 게 신기했다. 그래――, 흡혈 소란 때도 그랬다. 에스텔은 어둠 속에서 울려 퍼지는 그녀의 목소리에 감명을 받았다.

"내가 할 수 있는 일이라면 뭐든 할게. 바로 해 보자고."

"네? 저, 어디 가시나요?"

"특수반 창고야. 그래, 만에 하나의 경우를 생각해서 빌도 데려갈까――. 여보세요, 빌? 힘들어하는 사람 이야기 들었어. 이제 괜찮으니까 이리 와 줘."

"여기 있어요."

"와아아아아아아악?!"

냉장고 안에서 빌헤이즈 중위가 모습을 드러냈다. 처음부터 엿듣고 있었나 보다.

코마링 각하가 통신용 광석을 내던지며 소리쳤다.

"너 그런 데서 뭐 해?!"

"에스텔의 장래가 걱정돼서 엿듣고 있었죠. 하지만 괜찮겠네요. 코마리 님 덕에 안색이 좋아진 것 같아요."

왠지 부끄러워졌다. 자신과 코마링 각하를 만나게 해 준 것은 이 메이드다. 아무래도 이 사람 역시 에스텔을 걱정해 준 모양이다.

"아니, 그것도 그런데 안 추워?! 거긴 냉장고거든?!"

"냉각용 마법석은 파괴해서 문제없어요."

"뭐어어어어어?! 내 푸딩이 들어 있었는데!"

“제가 먹었으니 문제없어요.”

“문제가 아주 많거든!!”

빌헤이즈는 코마링 각하를 무시하고는 에스텔 쪽을 돌아섰다.

그리고 희미한 미소를 띠며 말했다.

“그럼 에스텔. 같이 창고로 가죠. ——괜찮아요, 그 녀석들이 덮쳐들더라도 코마리 님이 어마어마한 마법으로 눈 깜짝할 새에 죽일 테니까요.”

“이봐, 기대를 키우지 말아 줄래? 그건 빌의 역할이지…….”

“무슨 말씀이세요? 부하 앞인데요?”

“그, 그랬지! 걱정하지 마, 에스텔. 너에게는 내가 있으니까! 마음껏 특수반 녀석들과 대화하도록 해! 어디까지나 대화를 메인으로 해 줘! 폭발하진 말라고!”

이렇게 해서 코마링 각하에게 떠밀려 결전에 도전하게 됐다.

이 사람이 곁에 있다——. 그렇게 생각하기만 해도 무적이 된 기분이다.

☆

뮬나이트 궁전 외진 곳에 있는 창고.

에스텔은 코마링 각하와 빌헤이즈가 지켜보는 가운데 문에 손을 얹었다.

매일같이 드나드는 곳. 그럼에도 불구하고 특수반 흡혈귀들은 한 번도 에스텔을 반장으로 인정해 주지 않았다.

하지만 이번은 다르다. 코마링 각하께서 곁에 있으니까.

"안녕하세요! 에스텔 클레르 소위입니다!"

문을 힘껏 열어젖히며 목청을 높인다. 창고 내부에는 흡혈귀들이 평소처럼 흩어져 있었다. 그때까지 나누던 이야기가 뚝 끊긴다.

"——뭐야? 에스텔이잖아. 너도 같이 게임 할래?"

"안 해요! 오늘은 여러분께 드릴 말씀이 있어서 왔어요!"

에스텔은 척척 창고 안으로 발을 내디딘다.

그들은 서류상의 반장에게 살인귀도 주춤할 시선을 보냈다.

"여러분도 아시다시피 저는 제6반 반장입니다! 다음 전쟁에 승리하기 위해서는 통솔되는 반이 되어야 해요! 그래서 몇 가지 룰을 생각해 봤는데요——."

"하! 그런 얘기라면 딴 데서 해! 너 같은 계집을 따를 이유가 없거든!"

""""옳소, 옳소!!""""

흡혈귀들은 에스텔을 무시하고 대부호 대회를 재개했다.

역시 안 되겠다. 인정해 주지 않는다.

자신은 반장의 소질이 없는 거겠지——. 그렇게 나락 밑바닥으로 떨어진 듯한 심정을 느꼈다. 그러나 광명은 에스텔 뒤에서 갑자기 비쳐들었다.

"——이봐, 너희들! 에스텔 이야기를 들어 주지 않겠어?!"

우뚝.

죽은 것처럼 잡음이 사라졌다. 그러나 곧 술렁거림이 인다.

"각하……?" "각하다……!" "각하가 오셨어!" "왜 여기에?!" ——그런 식으로 경악과 환희가 퍼져 간다. 꼭 신의 강림을 목격한 신자들 같은 분위기다. 코마링 각하는 꽂혀 드는 시선에도 아랑곳하지 않고 말을 이었다.

"에스텔은 너희 반장이잖아! 반장을 너무 괴롭히지 마! 이 이상 말해도 안 듣는다면 이제 과자 안 만들어 줄 거야!"

""""""죄송합니다!!""""""

파앗!! ——흡혈귀들이 일제히 몸을 바닥에 붙이고 고개를 조아렸다.

그 풍압에 에스텔은 날아갈 뻔했다.

더러운 바닥에 조아린 채 정지한 흡혈귀 군단. 에스텔은 엄청난 광경에 간이 떨어지고야 말았다. 이게 그 말이 안 통하던 특수반의 버서커들 맞나……?

코마링 각하는 뚜벅뚜벅 소리를 내면서 그들에게 다가간다.

자세히 보니 엎어져 있는 흡혈귀들이 떠는 게 보인다. 상사에게 혼나는 게 어지간히 무서운 거겠지. 이런 점에서도 에스텔은 실감하게 된다——. 에스텔 클레르는 테라코마리 건데스블러드에 미칠 수 없다는 현실을.

"가장 계급이 높은 건…… 우능가구나! 왜 에스텔을 무시한 거야?"

"그, 그건……."

스킨헤드 남, 낫의 우능가가 불편한 듯 눈을 돌렸다.

"제6반에는 룰이 있기 때문입니다. 가장 강한 녀석이 반장이 된다는…….”

“그렇다고 계속 무시하는 건 그렇지 않나? 에스텔의 심정을 생각해 봤어?”

“다 에스텔을 생각해서 그런 겁니다! 기껏 군 학교에서 열심히 공부했는데 우리 같은 오물 집단에 들어오면 아깝잖아요! 쓰레기장에 학이 찾아든 격이에요!”

“너 용케 그렇게 본인들을 비하하는구나…….”

“이건 진심으로 하는 생각입니다만…… 리더란 건 리더에 걸맞은 사람이 해야 합니다. 그리고 제7부대 지도자에게 필요한 건 첫 번째도 두 번째도 ‘실력’. 실제로 저희 간부는 강한 흡혈귀뿐이잖아요? 요한은 예외라 나중에 죽일 거지만……. 즉, 에스텔 같은 아이는 우리 반에 있어 봤자 다칠 뿐이라는 거죠.”

“어머, 우눙가 조장. 코마리 님께 변명할 셈인가요?”

“네?! 아니, 그럴 의도는──.”

“아아─. 코마리 님을 화나게 했네요. 내일 아침이면 백골이 된 당신 시체가 칠홍부 입구에 걸리게 되겠죠.”

“이봐, 빌. 아무 말이나 하지 마?!”

“죄송합니다, 죄송합니다, 죄송합니다!!”

“당연히 거짓말이지!!”

우눙가는 통곡하며 용서를 빌었다. 다른 흡혈귀들도 전전긍긍하며 굳어 있다. 코마링 각하는 “어쨌든!” 하고 크게 당황하며 화제를 원래대로 되돌렸다.

“너희에게도 사정이 있다는 건 알겠어. 하지만 에스텔 사정도

참작해 줘."

"알겠습니다! 각하께서 그렇게 말씀하신다면 죽을 각오로 참작하겠습니다!"

특수반 흡혈귀들은 잘 훈련된 개처럼 납작 엎드려 있었다.

이로써 한 건 해결—— 이겠지.

그러나 에스텔은 내심 찝찝함을 느끼고 있었다. 정말 성가신 성격이라고 자신도 생각한다. 코마링 각하가 해결해 준 건 기쁘다——. 하지만 에스텔 클레르 자신이 인정받은 게 아니다. 코마링 각하에게 기대기만 하는 자신이 한심했다.

그런 에스텔의 속을 꿰뚫어 본 모양이다.

빌헤이즈가 "그렇군요" 하고 대담하게 웃으며 이렇게 말했다.

"——코마리 님. 저 벽보를 봐 주세요."

"응? 벽보?"

에스텔도 덩달아 벽으로 시선을 돌린다.

살벌한 먹글씨로 이렇게 적혀 있었다.

【강한 녀석이 반장. 계급은 상관없음. 어떤 인간도 이 규칙을 어길 순 없다.】

"고향에서는 고향의 법을 따르란 말이 있죠. 아무리 칠홍천 대장군이라지만 특수반의 룰을 멋대로 어기는 건 좋지 않아요."

"그런가……?"

"그런 이유로 에스텔. 특수반 사람들을 몰살해도 돼요."

"""어?!"""

에스텔과 코마링 각하의 목소리가 겹쳤다. 너무나도 뜻밖의 전개였다.

"애초에 제7부대는 무력을 가장 중요시하는 야만적인 부서입니다. 그럼 에스텔도 무력을 보임으로써 모두에게 인정받는 게 가장 좋지 않을까요? 그렇죠, 우농가 조장?"

"뭐, 그거야 그렇지만…… 그렇게 안 되게 하려고 우리가 에스텔을 무시한 건데."

"잠깐, 빌! 아무리 그래도 너무 잔인하잖아?! 그랬다간——."

"——그래도 되나요?!"

무심코 몸을 들이밀었다. 희귀한 야생 동물이라도 본 듯한 시선이 이쪽으로 쏠린다. 빌헤이즈는 "그러게요" 하고 턱을 짚으며 말했다.

"코마리 님이 승낙하시면 가능해요."

"그래?!"

"뮬나이트 제국에서 살인은 기본적으로 위법이에요. 하지만 제국 군법에 따르면 '칠홍천의 허가가 있을 때만은 살인을 인정한다'라는 조항이 있죠."

"뭐? 영문을 모르겠는데?"

"즉 코마리 님이 '죽여도 된다'라고 하면 죽여도 되는 거예요."

"왜 그런 권한이 나한테 있는데?! 나는 절대 허가 안 해!"

"하지만 코마리 님, 에스텔이 꿈을 이루기 위해서는 코마리 님의 도움이 필요해요."

특수반을 통솔하기에 가장 효율적인 방법은 '무력으로 제압하는 것'. 에스텔은 비교적 일찍 그 사실을 깨달았다.

그러나 에스텔은 완고하게 계속 대화를 시도했다.

괜한 싸움이 싫으니까——, 그런 이유도 물론 있었다.

그러나 그 이상으로 중요한 건 '살인이 법률로 금지되어 있으니까'다.

비록 그게 가장 유효한 수단이라고 하더라도 에스텔로서는 행사할 수 없다. 왜냐하면 에스텔 클레르 소위는 '소행 SS', '예의범절 SS', '규율 엄수 SS', '생활 태도 SS'의 성적을 유지한 채로 군 학교를 졸업한 엄청나게 성실한 우등생이었기 때문이다.

하지만. 허가만 내려지면.

이 상황을 바꿀 수 있을지도 모른다.

"——각하! 부탁드릴게요!"

에스텔은 필사적으로 각하에게 매달렸다.

"저에게 살인을 허락해 주세요! 그러면 특수반 사람들과 서로를 이해할 수 있을 것 같아요!"

"뭐……? 에스텔도 '그쪽' 사람이었던 거야……?"

"그쪽이 뭔지 잘 모르겠지만…… 저는 모두에게 인정받고 싶어요!"

"하지만……."

코마링 각하는 난감하다는 듯 주춤했다.

에스텔에게서 눈을 돌리고 우눙가 일행을 바라보더니 곧 심복인 메이드에게 매달리듯 시선을 보낸다. 보다 못한 빌헤이즈가 각하의 귀에 대고 "괜찮아요, 코마리 님. 무슨 일이 생겨도 제가 어떻게든 할 테니까요"라고 속삭였다. 그렇게 해서 코마링 각하는 결심한 듯했다.

붉은 눈이 에스텔을 똑바로 응시했다.

"……알았어. 실은 이런 말 하기 싫지만…… 꼭 해야 한다면……. 아무도 죽지 않을 정도로 해 줘. 어디까지나 죽지 않을 정도로."

그렇게 해서 전쟁의 도화선에 불이 붙었다.

다음 순간―― 짤랑짤랑짤랑!! 하고 에스텔의 군복 소매에서 마력을 띤 사슬이 튀어나왔다. 그 끝부분에서 반짝이는 건 예리한 날붙이다. 군 학교 모의전에서 수없이 많은 동기를 죽여 온 최강의 무기――《체인 메탈》이다.

그 자리에 있던 모든 사람이 어안이 벙벙해서 말을 잃었다.

에스텔은 마력으로 사슬을 공중에 띄우면서 흡혈귀들을 흘겨본다.

"'강한 녀석이 반장'――맞죠? 반장을 정하는 싸움에 저도 참가할게요!"

"이, 이봐. 에스텔. 딱히 싸우는 건 상관없거든? 하지만 그런 장난감으론 우리의 묵직한 일격을 감당할 수 없쿠헉?!"

우눙가의 머리에 빛의 속도로 날붙이가 명중했다.

사슬이 짤랑짤랑하며 공중을 선회한다. 스킨헤드의 몸이 망가진 허수아비처럼 무너져 내렸다. 죽은 건 아니다――. 의식을 잃는 혈을 찔렸을 뿐이지. 왜냐하면 코마링 각하가 '죽지 않을 정도로' 하라고 했기 때문이다.

사람을 죽여 본 적은 없다. 하지만 죽이기 위한 훈련이라면 질릴 정도로 받았다.

확실히 끝장을 내지 못하는 건 만에 하나라도 있을 수 없는 일이다.

"덤비세요. 전 당신들에게 인정받을 때까지 멈추지 않을 거예요!"

군 학교 교원은 이렇게 말했다고 한다.

——아아, 그 아이 말이지. 정말 말이 다 안 나오는 우등생이야. 성적만 보면 마스카렐 각하나 델피네 각하도 대단할 게 못 돼. 좀 규칙을 지나치게 지키는 느낌은 있지만.

에스텔 클레르 소위.

졸업 당시의 '전투 능력' 성적은—— SS.

빌헤이즈가 "호오" 하고 감탄한 듯 한숨을 내쉰다.

코마링 각하가 "이건 꿈인가?" 하고 웃으면서 뺨을 꼬집고 있다.

그리고 특수반 흡혈귀들은——.

""""""——꽤 하는데 이 자시이이이이이이이이이이이이이이이이이이이익!!""""""

격노해서 에스텔에게 덤벼들었다.

이렇게 해서 피로 피를 씻는 격전이 시작되었다.

달려드는 흡혈귀들을 《체인 메탈》로 찔러 나간다. 동작이 너무 단조로워서 오히려 빗나가기가 어려웠다. 이렇게 돌격하는 바보들뿐이라면 프로헤리야 즈타즈타스키의 군단을 이길 수 있을 리 없다——. 그렇게 냉정하게 생각하면서 에스텔은 창고를 핏물로 더럽혔다.

"죽어라!! ——끄엑."

뒤에서 덤벼든 긴 머리가 기절해서 바닥에 쓰러진 걸 확인한 에스텔은 《체인 메탈》에 묻은 피를 털어내며 주변을 둘러봤다.

겹겹이 쌓인 시체. 산더미 같은 시체와 피 웅덩이.

말은 이렇게 해도 한 사람도 죽지 않았다. 의식을 잃고 뻗은 것뿐이라 시간이 지나면 마핵으로 완전 회복하겠지. 어쨌든 더 공격하는 사람은 없었다.

고작 1분 걸렸다.

그리고 이 1분을 준 건 다름 아닌 테라코마리 건데스블러드다.

에스텔은 상쾌한 기분으로 동경하는 사람을 돌아봤다.

"——감사합니다! 각하 덕분에 서로를 이해하는 시간을 가졌어요!"

이 말을 들은 코마링 각하는——.

"……하하. 아하하하. 응. 다행이네……."

"코마리 님, 충격받으실 때가 아니에요. 이건 현실입니다."

어째서인지 멍한 눈치로 메이드의 부축을 받고 있었다.

☆

제7부대에 배속된 지 한 달이 지난 일요일.

에스텔은 제도 레스토랑에서 동생과 연락 중이었다.

개인 방에서는 그다지 통신용 광석을 쓰고 싶지 않다. 왜냐하면 너무 벽이 얇아서 다 들리기 때문이다. 옆집의 '코마리 씨, 코마리 씨'라는 주문은 매일 밤 똑똑히 들린다.

그런 점에서 낮 시간대의 레스토랑은 딱 적당히 시끄러워서 편했다.

스튜를 스푼으로 뜨면서 에스텔은 기쁘게 얘기했다.

"——얼마 전 제6반 사람들이 환영회를 열어줬어. 궁전 안뜰에서 파티를 연 거지. 다들 나를 반장으로 인정해 준 것 같아서 기뻤어."

[그래? 대단하네.]

"다들 좋은 사람들뿐이야. 툭하면 싸우는 건 좀 그래도——, 내가 '그만'이라고 하면 알아서 그만두거든. 처음에는 막막했는데 어떻게든 될 것 같아서 다행이야."

그 창고에서 벌인 전투 이후, 특수반 흡혈귀들은 에스텔을 대하는 태도를 바꿨다.

왠지 두려워하는 듯한 느낌이 든다. 우능가는 '지금까지 기어올라서 죄송합니다, 반장님!' 하고 레몬주스를 사 주었다. 다른 사람들도 작든 크든 비슷했다. 무시하거나 폭언을 뱉는 일도 더는 없다.

무력이 곧 정의——. 그런 풍토가 있기에 가능한 결과겠지.

듣자 하니 코마링 각하도 처음에는 부하를 살해함으로써 신뢰를 얻었단다. 에스텔이 쓴 '실력으로 입을 다물게 한다'라는 전법은 잘못되지 않았던 거다.

"전부 코마링 각하 덕분이지. 그분이 격려해 주신 덕에 꺾이지 않은 것 같아. 역시 '살육의 패자'는 다르네! 코마리 대에 들어오길 정말 잘했어——. 언니 힘낼게. 모니크 너도 응원해 주면 좋겠어."

[……응.]

여동생—— 모니크는 냉담한 답만 했다.

모니크를 좀먹고 있는 건 몸의 병보다는 마음의 병이다.

모든 것에 흥미와 관심을 잃어 가는 수수께끼의 병. 바로 반년쯤 전까지는 계속해서 웃는 천진난만한 소녀였는데, 지금은 하루 종일 침대 밖으로 못 나오는 생활을 보내고 있다.

[코마링 각하…….]

"모니크도 만나보고 싶어?"

[응. '그림자'가 그렇게 말하거든…….]

에스텔은 머리를 싸매었다.

아무래도 여동생은 환각을 보는 듯하다. 모니크와 이야기하다 보면 가끔 '그림자'라는 존재가 나온다. 그림자는 모니크 주변을 어슬렁거리며 다양한 말을 속삭인단다.

어머니 왈, '그런 건 본 적 없다'라나.

즉 누가 봐도 모니크 클레르의 상상 속 존재에 불과하다.

마음이 약해서 이상한 게 보이는 거겠지.

그렇다고 하나 동생이 코마링 각하를 보고 싶어 하는 건 분명하다. 어떻게든 해서 각하를 본가 온천 여관으로 초대할 수 있다면 모니크도 기뻐할 텐데——. 현실은 그렇게 녹록하지 않다. 칠홍천 업무는 죽도록 바쁘대고 애초에 에스텔과 코마링 각하는 '같이 온천 안 갈래?'라고 가볍게 부를 만한 사이가 아니다.

그때였다.

갑자기 다른 통신용 광석(업무용)이 빛났다.

"——미안, 모니크! 부대에서 연락이 왔어."

[신경 쓰지 마.]

"정말 미안해. 또 연락할게."

[응. ……힘내, 에스텔.]

잘 지내——. 작별 인사 후 통신을 끊는다. 이어서 업무용 광석에 마력을 실었다. 통신 경로가 구축되며 귀에 익은 쿨한 목소리가 귀에 닿는다.

[수고가 많아요, 에스텔. 빌헤이즈입니다.]

"수고가 많으세요, 빌 씨!"

상대는 코마링 각하의 심복인 메이드—— 빌헤이즈 특별 중위였다.

제7부대에서는 실질적인 에스텔의 교육 담당이다. 그녀는 "쉬는 중에 미안해요"라고 운을 띄우더니 바로 용건을 전했다.

[에스텔에게 중요한 볼일이 있어요. 이건 당신이 변태가 아니기에 부탁할 수 있는 건데…….]

"변태……, 네? 무슨 뜻인가요?"

[실은 알카 공화국의 네리아 커닝엄 대통령이 소집장을 보냈어요. 코마리 님의 생일을 기념하기 위한 회담이 있을 거라네요. 실은 무시하고 싶지만 생일 당일에 멋대로 소란을 피우면 곤란하니까요. 이렇게 된 이상, 소집에 응해서 못을 박아 두는 게 현명하겠죠.]

"네에……."

[그런 이유로 에스텔이 저랑 동행해 줬으면 해요. 당신은 다른 사람들과 달리 변태가 아니죠. 코마리 님에 근접한 평범한 감성을 가졌을 거예요. 그러니까 부디 이야기의 장에서 여러 의견을 주면 좋겠어요.]

그건 그야말로 하늘에서 내려주신 듯한 기회였다.

이 정도면 코마링 각하에게 보답할 수 있을지도 모른다.

그리고── 경우에 따라서는 각하를 자기 본가로 초대할 수도 있다.

빌헤이즈에게 일정과 위치 등의 상세한 정보를 들은 에스텔은 남몰래 주먹을 움켜쥐었다.

외 [1.5] 과거의 기억

"——멋진 곳으로 데려가 줄게. 코마리만 특별히."

겨울날이었다. 나는 엄마에게 손을 이끌려 눈길을 사박사박 걷고 있었다.

프레질 온천 마을—— 이었을 거다.

아빠 엄마의 휴가가 우연히 겹치게 되면서 실현된 기적이다. 건데스블러드가의 사람들은 온천 마을에서 최초이자 최후의 가족 여행을 즐기게 되었다.

그러나 어린 나는 온천이라는 데 흥미가 없었다.

아마 집에서 책을 읽고 싶었겠지. 나만의 시간을 방해당한 데다 강제로 끌려 나온 게 마음에 들지 않았다. 온천 마을 여관에서도 계속 창밖으로 눈이 내리는 풍경을 바라보면서 토라져 있었던 것 같다.

보다 못한 엄마가 말을 걸었다——. '따분하면 밖에서 놀자'라고.

다른 형제자매에게는 비밀이라는 말에 살짝 마음이 들떴다.

나는 엄마의 재촉으로 온천 마을의 거리를 산책하게 되었다.

어제까지는 심하게 눈보라가 친 모양이다. 거리는 깨끗했지만, 나무가 쓰러져 있거나 건물이 무너진 데다 곳곳에 재해의 흔적이 남았다. 딱 좋은 타이밍에 온 모양이다.

"멋진 곳이 어딘데? 펭귄이 사는 곳으로 데려가 주게?"

"으음. 좀 달라. 세상의 비밀을 알 수 있는 곳이야."

"세상의 비밀……."

잘 이해가 안 된다. 하지만 엄마와 단둘이 밖을 걷는 게 기뻤다.

잠시 후 엄마는 "'문'을 지나가자"라고 했다. 온천 마을 한구석에는 【전이】를 위한 입구가 설치되어 있다. 나는 목적지도 모른 채로 엄마를 따라갔다.

그렇게 【전이】한 곳은 약간 높은 언덕 위.

거기서는 프레질 온천 마을을 한눈에 볼 수 있었다. 천조낙토와 뮬나이트 제국의 건축 기술로 지은 이국적인 느낌이 가득한 석조 건물들이다. 그러나 내 눈길을 사로잡은 것은 지상의 거리가 아니라―― 상공의 거리였다.

온천 마을 바로 위. 하늘에서 뒤집힌 마을이 솟구쳐 있다.

거울로 반사한 듯한 풍경이다. 그러나 두 마을은 똑같지 않다. 반짝반짝 내리쏟아지는 눈송이로 물든 환상적인 '하늘의 거리'는 프레질 온천 마을보다 훨씬 고풍스럽고 아담했으며, 꼭 동화책 삽화에서 튀어나온 것처럼 생겼다.

"……이게, 뭐야?"

"저건 여기와는 다른 곳의 풍경을 은색 스크린에 비춰주는 거야. 재해가 발생해서 조건이 맞을 때만 나타나지――. 이런 현상은 프레질 특유의 것이지만."

이계의 풍경이 투영되는 자연 현상. 현지 사람들은 이것을 '황천 사본'이라고 부른다나 보다.

그러나 엄마 왈, "저긴 사후 세계가 아니야"라고 한다.
"이 온천 마을은 핵 영역 한가운데 있어. 여기와는 다른 곳——'외국'에 가장 가깝지. 그래서 이런 신비한 풍경을 볼 수가 있는 거야."
"외국이 어딘데? 동물의 나라?"
"동물의 나라도 선인의 나라도 아니야. 전 세계 모두가 모르는 나라지. ——우리는 좁은 곳에 틀어박혀 사는 걸지도 몰라. 세계는 사람들의 상상보다 훨씬 넓거든."
뭐가 뭔지 모르겠다.
당시의 나에게 세계는 여러 의미로 좁았다. 자기와 친한 사람들과 맛있는 과자로 구성된 자그마한 폐쇄 공간. 그러나 따스한 공기로 가득한 행복한 곳.
딸이 곤혹스러워하는 걸 감지했는지, 엄마는 "그렇지" 하고 부드럽게 내 머리를 쓰다듬어 주었다.
"사소한 일은 아무래도 상관없어. 엄마는 이 광경을 코마리에게 보여주고 싶었거든. ——굉장하지? 3년에 한 번 정도밖에 못 보는 거야."
"응, 예뻐."
엄마는 미소 지었다.
나도 덩달아 미소 지었다.
"——맞다. 코마리, 뭐 원하는 건 있니?"
"원하는 거?"
"이제 곧 생일이지? 말해 보렴."

자기가 뭘 원했는지 못 떠올리겠다.

당시의 나라면, 과자나 장난감이나 책을 원했을지도 모른다.

그러나 엄마의 반응은 기억한다. 엄마는 난감하다는 듯 웃으며 이렇게 말했다.

"그래. 알았어……. 하지만 그것만으로는 생일 느낌이 안 나니까 다른 선물도 생각해 둘게."

선물을 받은 기억은 없다.

엄마는 가족 여행 직후부터 한동안 집에 오지 않게 되었다.

전쟁 때문에 바쁘다고 아빠가 그랬다. 그대로 얘기 몇 번 못 해 보고 세월은 흘러── 유린 건데스블러드는 핵 영역 전장에서 모습을 감추었다.

외 [2] 느긋하게 온천 여행

목적지인 온천 마을은 핵 영역 거의 한가운데 있었다.

위치상으로는 작년 사쿠나나 밀리센트와 함께 잠입한 성도 레하이시아 근처다.

빌이 말하길 '전부터 뮬나이트 제국과 천조낙토가 공동으로 관리하는 관광지'라는 듯하다. 그렇기에 마을 전체에서 어쩐지 고풍스러운 분위기가 느껴졌다. 건물은 대부분 기와지붕이고 강에 놓인 다리는 다 목조이며, 거기 서 있는 가로등은 등롱 같이 생겼다.

나는 눈에 뒤덮인 거리를 걸으면서 주변 풍경을 둘러본다.

온천 여관은 물론이고 음식점이나 기념품 가게, 유흥시설까지 뭐든 있다.

다양한 종족의 사람들이 즐겁게 이야기를 나누며 걷고 있다——.

"——흐음. 나쁘지 않네. 나쁘지 않은걸. 이건 창작 의욕을 자극하는 광경이야."

2월 17일. 금요일. 날씨는 싸라기눈.

나는 유급휴가를 내어 프레질 온천 마을에 와 있었다.

멤버는 나와 사쿠나와 빌과 에스텔 넷이다. 원래 뽑기로 얻은 건 3인까지. 그러나 여기서 놀라운 사실이 밝혀졌다. 우리가 머무를 숙소가 에스텔의 본가라는 것이다. 이런 우연이 다 있구나——

라고 감탄하는데 빌이 “그럼 에스텔도 같이 갈래요?”라고 제안했다. 그렇게 해서 에스텔도 일행이 된 것이다.

나는 문득 뒤를 돌아봤다.

오리 새끼처럼 따라오는 소녀, 에스텔 클레르 소위다.

그녀는 군 학교를 수석으로 졸업한 엘리트다. 빌에게 특수반 반장직을 임명받고 여러모로 고생한 것 같은데, 최종적으로는 부하를 흠씬 두들겨 패는 식으로 신뢰를 얻었다.

그렇다고 하나 그건 부하를 통솔할 수단이 그것뿐이었기 때문이다. 이 소녀는 다른 사람들처럼 머리의 나사가 빠진 게 아니다. 앞으로는 그녀를 중심으로 제7부대에 일반적인 윤리관이 침투하기를 기대해 보자. 썩은 귤은 다른 귤까지 썩게 한다지만, 아름다운 귤이 다른 귤을 맛있게 할 수도 있지 않은가(희망사항).

“저기……! 어떠세요? 프레질 온천 마을은…….”

시선을 느꼈는지 에스텔이 불안스레 물었다.

“정말 근사한 곳이네. 걷기만 해도 설레는 것 같아.”

“다행이다……. 실은 각하께서 마음에 들어 할지 걱정했어요. 마음에 안 드는 온천 마을을 흔적도 없이 파괴하는 게 취미시라고 하길래…….”

“누가 그래?!”

“저예요.”

옆에서 만주를 먹던 빌이 맥없이 고백했다.

따끈따끈하게 김이 피어오르는 게 맛있어 보인다——. 아니,

그건 아무래도 상관없다.

"너는 또 아무 말이나 떠들고! 에스텔이 믿으면 어쩔 거야."

"농담이에요. 에스텔도 알 테니까요――. 그나저나 좋은 마을이네요. 음식도 맛있는 게 최고예요."

"……그 만주는 뭐야?"

"저 노점에서 팔던 '초코 만주'예요. 부드러운 반죽 안에 달고 걸쭉한 초콜릿 크림이 들어 있어요. 사르르 녹는다는 게 이런 뜻이군요."

"내 몫은?"

"없습니다."

"…………."

"꼭 드시고 싶으면 제 말을 들어 주세요. 그렇지……. 우선 오늘 목욕할 때는 코마리 님 몸을 제가 맨손으로 씻겨드릴까요."

뭐 이런 녀석이 다 있지. 이 녀석에겐 주인을 존경한다는 마음이 조금도 없는 듯하다.

물론 빌의 요구를 받아들일 수는 없다. 하지만 초코 만주는 먹어보고 싶다. 참고로 내 지갑은 어째서인지 메이드가 관리 중이라 군것질도 맘대로 할 수 없다. 장난하나――, 그렇게 생각하는데 반대쪽에서 사쿠나가 "코마리 씨" 하고 말을 걸었다.

"저도 샀는데 드실래요?"

"어, 정말?! 먹을래, 먹을래."

"잠시만요, 메모아 님! 코마리 님께 먹이 주지 마세요!"

"내가 야생동물이냐! 이봐, 방해하지 마!"

"방해하지 마세요, 빌헤이즈 씨. 코마리 씨에게는 좋아하는 것을 먹을 권리가 있어요. 자, 아—."

"아앗! 코마리 님!"

덥석! 사쿠나가 들고 있던 만주에 달려들었다.

우물거리며 씹는다. 초콜릿의 단맛이 부드럽게 입 안에 퍼졌다. 너무너무 맛있다. 내가 이 땅에 오게 된 건 이걸 먹기 위해서일지도 모른다.

"코마리 님, 안 돼요. 제 초코 만주가 더 맛있어요."

"어때요? 맛있나요."

"응, 맛있어! 역시 내 부탁을 들어 주는 건 사쿠나뿐이네."

"코마리 님, 이거 보세요!! 제 것에는 벌꿀이 뿌려져 있어요!!"

"에헤헤……. 그럼 제가 코마리 씨 몸을 맨손으로 씻겨 줄게요."

"코마리 님, 이쪽을 보세요!! 방금 생크림도 끼얹은 참이에요!!"

"와아아아아?! 밀지 마?! 토핑이 너무 많잖아!!"

그런 식으로 옥신각신하면서 온천 마을을 걷는다. 다른 관광객들이 "저거 각하 아니야?"라고 주목하지만 신경 쓰지 않는다. 요즘은 모르는 척하는 게 최선이란 걸 깨달았다.

잠시 걷자 갑자기 에스텔이 "도착했어요"라고 말했다.

"여기예요. 여러분이 묵으실 숙소이자 제 본가인 '홍설암(紅雪庵)'이요."

"오오……!"

나는 무심코 감탄하고야 말았다.

그곳에는 거대한 여관이 서 있었다. 천조낙토와 뮬나이트의 스타일이 또렷하게 뒤섞인 외관은 거리에서 봤던 그 어떤 건물보다 크고 호화로웠다.

설마 에스텔은 좋은 집 아가씨였나……?

"들어오세요. 종업원에게 각하 이야기는 전해놨어요."

"그렇다네요. 코마리 님, 바로 옷을 벗겨드릴게요."

"아직 이르지! 이봐, 만지지 마!"

이 메이드와 함께 온천에 온 건 실수였을지도 모른다.

그때 문득 나는 시선 비슷한 걸 느꼈다.

2층 창문에서 이쪽을 바라보는 그림자가 있었다. 파자마를 입은 소녀다. 소녀는 나와 눈이 마주치자 '아차' 하는 느낌으로 그 자리에 주저앉았다.

뭐지. 늘 만나는 야단스러운 녀석들과 좀 다른 것 같은데. 뭐 됐나——. 그렇게 적당히 생각하면서 나는 오늘 묵을 곳으로 발을 내디뎠다.

"——뭐?! 대절이 아니란 게 무슨 소리죠?! 돈이라면 얼마든지 낼 테니까 다른 손님은 내쫓아 주세요! 이러면 언니가 편하게 쉴 수 없다고요!"

"하지만…… 다른 손님께 폐가 돼서요."

"다른 손님이 우리한테 폐가 된다고요! 정말 못 써먹을 숙소네——. 여행 잡지에서 ☆5 평가를 받았길래 일부러 멀리서 왔는데! VIP를 대하는 태도가 영 아니네요! 책임자 나오세요, 책임자!"

숙소로 들어가자마자 클레이머를 맞닥뜨렸다.

접수처에 폭풍우처럼 불평을 쏟아내는 소녀가 있다.

반짝반짝 빛나는 백은색 머리카락. 누가 어떻게 보나 창옥종이다. 그녀는 접수 담당원이 쩔쩔매는 데도 "대절로 해 주세요!" "아니면 여행 잡지에 '이 숙소에는 바퀴벌레가 2만 마리 정도 산다'라고 올릴 거예요!"라고 무모한 요구를 하고 있다.

그러나 나는 이 이상야릇한 말투에 기시감을 느꼈다.

왠지 저 애는 전장에서 본 적 있는 것 같은데. 그것도 바로 얼마 전에.

"아—, 정말! 이렇게 되면 내가 직접 다른 손님을 처리해야——."

"거기 계신 분. 거슬리는데 비켜 주지 않으실래요? 코마리 님이 곤란해하고 계세요."

"뭐? 당신이야말로 내 방해를——."

창옥 소녀가 뒤를 돌아보았고—— 그 붉은 눈동자가 내 얼굴을 포착했다.

그녀는 어째서인지 "어?" 하고 놀란 듯한 소리를 내더니 움직임을 멈췄다. 그러나 바로 재기동했다. 갑자기 내 쪽에 검지를 들이밀며 새된 목소리를 낸 것이다.

"아…… 아아아아아아아앗?! 테라코마리 건데스블러드?!"

"응. 테라코마리인데…… 넌 누구야?"

"누구냐니! 얼마 전에 싸웠잖아요?! 기억 못 해요?! 그보다 왜 테라코마리가 여기 있지?! 혹시 온천 마을을 오므라이스로 만들러 왔나?!"

"그럴 리가 있나……. 그래! 생각났다……!"

이 녀석은 얼마 전 있었던 '초살육 대감사제'인지 뭔지, 뭐가 감사한지 모를 이벤트에서 싸웠던 아이다. 육동량 대장군 프로헤리야 즈타즈타스키의 오른팔인지 뭔지인데, 감기로 앓아누운 장군 대신 부대를 통솔하고 있었다.

이름은 분명── 피토리나 세레피나.

쓸데없이 돌격 전법을 감행하는 과격한 버서커라는 인상뿐이다.

실제로 접수처를 향해 과격하게 돌격한 것 같고.

"왜 이런 곳에……. 다른 손님이란 게 설마 테라코마리였나요……?!"

"맞습니다. 세레피나 님. 저희는 초살육 대감사제에서 당신의 군세를 완전히, 철저히, 처절하게 짓밟아서 울린 기념으로 온천 여행을 온 거예요."

그만해. 아니잖아. 그냥 뽑기에 당첨된 거잖아. 숨 쉬듯이 자극하지 마. 발끈하면 어쩌려고──, 그렇게 생각하는데 아니나 다를까 '빠직' 하고 화내는 소리가 들렸다.

"아아─, 좋네요. 태평하게 여행이란 말이죠! 승자의 기분인가요! 하지만 그건 우물 안 개구리 같은 거예요! 그거 아세요? 언니가 건강만 했더라면 코마리대 같은 모기떼나 다름없는 오합지졸은 단숨에 끝장낼 수 있었는데!"

"네? 개구리인지 모기인지 새인지 잘 모르겠네요. 욕도 센스가 없어요."

"센스 유무가 상관있나요? 우리에게 중요한 건 말이 아니라 전쟁의 결과인데요?"

"진 건 당신이잖아요? 그야말로 패배자의 아우성이네요."

"제 이야기 들었어요?! 언니가 건강했더라면 이겼을 거예요! 뭘 어떻게 하더라도 즈타즈타스키대가 이겼을 거라고요! 그러니까 그 전쟁은 우리가 이긴 거나 다름없어요! 우연히 전쟁 전날 언니의 파자마가 올라가서 배가 드러나는 바람에 잘못된 운명을 걷게 됐을 뿐이죠!"

"무슨 말을 해도 안 통하겠네요. 코마리 님, 얼른 방으로 가실까요."

"뭐야, 도망치는 건가요! 현실을 인정하세요, 현실을! 이봐, 메이드! 테라코마리를 데려가지 말아요! 그 모기는 제가 끝장낼 거라고요!"

왈칵.

옆에 있는 빌에게서 살의의 파동이 부풀었다.

"——코마리 님. 살인을 허가해 주세요."

"살벌한 소리 하지 마. 오늘은 평화로운 휴일이라고——."

"흥! 살인도 허가 못 하는 얼간이가 칠홍천이라면 앞날이 걱정스럽네요! ——응? 거기 있는 건 사쿠나 메모아 칠홍천 대장군 아닌가요? 창옥의 피를 이은 당신이 고작 모기 따위에게 종속할 필요 없는데요? 테라코마리 건데스블러드 따위와 함께 있으면 더러워진다고요! 당신도 즈타즈타스키대에 들어오지 않겠어요?"

왈칵.

옆에 있는 사쿠나에게서 살의의 파동이 부풀었다.

"코마리 씨. 이 사람과 얘기 좀 해도 될까요? 종족으로 차별하는 사람을 보면 못 참겠거든요. 별자리를 고쳐 써서 사상을 교정하는 것도 좋을지 모르겠네요……."

"엥? 그거 정말 이야기 맞아……?"

"저……, 각하……. 여기서 전투를 벌이는 건 조금……."

"아, 알아! 아—. 정말 하는 수 없지."

나는 빌과 사쿠나를 밀치고 앞으로 나섰다.

빌이 "안 돼요, 코마리 님. 손을 깨물릴 거예요!"라고 어깨를 잡길래 무시했다. 피토리나가 낭패라는 듯 반걸음 물러나서 이쪽을 노려봤다.

"뭐…… 뭐죠?! 살육전이라면 기꺼이 받아들이죠……?!"

"아니야! 딱히 우리는 너를 적대할 생각 없어. 엔터테인먼트 전쟁의 승패는 잊고 사이좋게 지내지 않을래? 모처럼 온천에 왔으니까."

나는 조금 긴장하면서 오른손을 내밀었다.

빌과 사쿠나와 에스텔과—— 피토리나까지 눈이 동그래져 있었다.

최근에 나는 깨달았다. 성의를 가지고 대하면 상대도 그에 걸맞은 성의를 보인다는 걸.

피토리나는 우주인이라도 본 듯한 눈으로 나를 봤다. 그러나 그녀도 이해한 모양이다. 눈처럼 흰 손을 천천히 뻗더니——.

찰싹.
내 손을 때렸다.
"——흥! 우리는 친구가 아니에요! 흡혈귀 따위와 어울리는 걸 들켰다간 공산당 본부에 무슨 말을 들을지 모른다고요!"
"그럼 죽일까요?"
"세뇌할게요."
"잠깐, 잠깐, 잠깐, 잠깐, 잠깐!! 분쟁을 일으키면 손님들에게 민폐잖아!!"
하지만 사태는 점점 악화될 뿐이었다. 빌이나 사쿠나는 제7부대 사람들과 달리 전투를 크게 좋아하지 않는데. 왜 이렇게 화를 내는 거지?
"알겠어요! 그쪽이 그럴 생각이라면 이 숙소에서 살인 사건을 일으켜 드리죠! 범인은 물론 저고요! 미리 자백할게요! 자, 덤비세——."
"——아아아아아아아아, 추워, 추워, 추워, 추워, 추워, 추워, 추워, 추워!! 화장실에 난방이 안 돼 있던데!! 죽는 줄 알았네!!"
갑자기 익숙한 목소리가 울려 퍼졌다.
그 자리에 있는 사람이 모두 돌아본다.
자기 몸을 감싼 채로 종종걸음으로 달려오는 소녀가 있다.
아니, 피토리나가 있는 시점에서 있을 거라고 생각은 했는데.
"피토리나! 바로 방으로 가자! 체크인은 마쳤지……. 응?"
상대도 코마리 일행을 본 듯했다.
흰 머리와 루비처럼 붉은 눈이 트레이드 마크인 창옥종——

프로헤리아 즈타즈타스키다.

그녀는 여우에 홀린 듯한 얼굴로 이쪽을 바라봤다.

"테라코마리 건데스블러드……? 왜 여기 있지."

"왜기는…… 그냥 관광하러 온 건데. 뽑기에 당첨됐거든. 오히려 프로헤리아가 여기 있는 게 놀라운데."

"놀랍다니, 너무하네! 아무리 창옥종이 강한 육체를 가졌더라도 보양은 필요해. 이 땅에는 따뜻한 온천이 많다고 하길래. 난 그렇게까지 큰 기대는 없었는데 부하가 가자고 가자고 노래를 불러서 왔지."

어째서인지 프로헤리아는 빠르게 우다다다 떠들었다.

오프모드인 걸까. 늘 입는 군복이 아니라 복슬복슬한 코트와 복슬복슬한 머플러를 착용해서 따뜻해 보였다. 내 시선을 알아차린 것인지, 프로헤리아는 "이쪽 보지 마!"라고 부끄러운 듯 고개를 팩 돌렸다.

"어, 어쨌든 기우네! 오늘은 휴가야. 전쟁 따윈 잊고 편히 쉬자고. ……아아, 맞다. 참고로 화장실은 추우니까 조심해. 머플러 하나로는 부족하거든."

"그러고 보니 감기는 다 나았어?"

"애초에 감기 같은 건 안 걸렸어! 지난번 초살육 대감사제에 참가 못 한 건 사정이 안 돼서야! 결코 열이 나서 앓아누운 게 아니라고!"

잘 모르겠다. 하지만 나는 아주 조금 기뻤다.

이 소녀는 작년 흡혈 소란 때 뮬나이트 제국을 도우러 와 줬다.

돌이켜 보면 천무제 때도 최종적으로는 카루라 편을 들어 주었다. 그런데 나는 만족스레 답례조차 못 했네. 그 전에 나는 프로헤리야를 전혀 모른다. 이건 친해질 기회일지도 모른다——. 그렇게 생각하는데 어째서인지 옆에 있던 빌이 "이건 뜻밖이네요" 라고 중얼거렸다.

고개를 돌리니 사쿠나나 에스텔의 표정에도 왠지 험악함이 느껴졌다.

어? 혹시 사이가 안 좋은가? 프로헤리야는 착한 애인 것 같은데.

"——프로헤리야 님. 흡혈귀들의 존재를 용인해서는 안 돼요."

깜짝 놀라고야 말았다.

피토리나다. 지금까지의 떽떽거리는 말투와는 정반대였다.

"저희 휴가에 흡혈귀라는 이물질은 필요 없어요. 원하신다면 제가 대절할 테니 우선 테라코마리 건데스블러드 일행을 무력으로 추방하고——."

"무슨 소리를 하는 거야? 나와 테라코마리는 대등한 손님이지, 싸워야 할 사이가 아니야. 네 발상은 도적이나 할 법한 거고. 그다지 칭찬할 게 못 되겠는걸."

"실례했습니다. 옳은 말씀이에요."

피토리나는 꿔다 놓은 보릿자루처럼 인사했다.

뭐야, 얘. 프로헤리야를 대하는 태도랑 우리를 대하는 태도가 천지 차이다.

어느 쪽이 본성이지? ——그렇게 고민하는데 프로헤리야가

"그럼!" 하고 이야기를 정리했다.

"오늘은 딱히 너와 싸우려고 온 게 아니야. 서로 휴가를 마음껏 즐기자고. ――피토리나, 가자. 얼른 온천이란 걸 관찰하고 싶어."

"알겠습니다."

그렇게 말한 2인조는 떠나갔다.

――그런 줄 알았더니 피토리나만 맹렬한 스피드로 돌아왔다.

그녀는 나를 째릿 노려보면서 목소리를 낮추었다.

"이걸로 이겼다고 생각하면 오산이에요! 메롱!"

"어느 쪽이 본성이야."

"언니 앞에서는 '모범적인 연방 군인'을 연기하고 있어요! 실망하면 싫으니까요! 만약 내 본성을 언니에게 전하면―― 이렇게 될 줄 알아요."

피토리나는 두 손으로 피스를 하더니 게처럼 짤칵짤칵했다. 무슨 동작이지. 애초에 왜 스스로 약점을 들먹이는 건지 모르겠다.

"――이봐, 피토리나! 꾸물거리지 마! 온천이 식으면 어쩌려고."

"죄송합니다, 프로헤리야 님. 바로 갈게요."

피토리나는 한 번 더 "메롱"이라고 하더니 가 버렸다.

왠지 여러모로 개성적인 사람이네. 뭐, 나는 나대로 여행을 즐기도록 할까――. 그렇게 태평하게 생각하는데 문득 옆에 있는 빌이 히죽히죽 웃고 있는 게 보였다.

"즈타즈타 님에게 전하도록 하죠. 녀석의 본성을."

"그만해……."

이렇게 해서 2박 3일의 온천 여행이 시작됐다.

☆

우리에게 주어진 건 2층의 3인실.

나와 빌과 사쿠나 셋이서 사용하게 될 방이다. 참고로 에스텔은 자기 방이 있어서 따로다. 온천 여관이 본가라니, 대단하네. 온천에 마음껏 들어갈 수 있잖아——. 그렇게 부러운 마음을 품으면서 나는 창가에 있는 폭신폭신한 침대로 쓰러졌다.

"코마리 씨는 창가예요? 그럼 정중앙은 제가 쓸게요."

그렇게 말한 사쿠나가 한가운데 있는 침대에 앉는다.

그리고 의기양양한 눈길로 빌을 바라보았다.

그걸 본 메이드는 "이거 참" 하는 식으로 한숨을 내쉰다.

"코마리 님 옆 침대를 뺏겼네요. 이거 하는 수 없겠어요."

"빠른 사람이 승자예요. 빌헤이즈 씨는 벽 쪽 침대를 쓰세요."

"아뇨. 저는 코마리 님과 같은 침대를 쓸 겁니다."

"?!?!"

사쿠나가 벼락을 맞은 듯한 표정을 지었다.

무슨 계획이지? ——그렇게 의아해하는 사이, 빌이 내 침대에 앉았다. 아니, 왜 그렇게 되는데. 그냥 구석 쪽 침대에서 자면 되잖아.

"이봐, 기왕 3개 있는 거, 하나씩 안 쓰면 아깝잖아."

"핵 영역은 뮬나이트보다도 기온이 낮아요. 코마리 님 몸이 식지 않도록 제가 밤새 끌어안아 드릴게요."

"됐어! 이봐, 사쿠나! 뭐라도 말해 봐!"

"빌헤이즈 씨는 부정을 타서 안 돼요. 대신 제가 덥혀 드릴게요……."

"뭐? 왜 사쿠나까지 내 침대에 앉는 거야?"

"맞아요, 메모아 님. 이 침대와 코마리 님은 제 거예요."

"네 거 아니거든."

"독점하는 건 옳지 않아요. 게다가 빌헤이즈 씨는 늘 코마리 씨와 함께 있잖아요? 가끔은 제가 코마리 씨와 함께해도 좋다고 보는데요."

"그래요? 그럼 스모로 결판을 내죠."

"이봐, 그만해. 무슨 스모야."

"바라는 바예요! 안 질 겁니다……!"

"그만해, 사쿠나. 빌 도발에 넘어가지 마."

"먼저 침대에서 떨어진 쪽이 지는 거예요. 코마리 님은 심판을 맡아 주세요."

"맡겠냐! 나는 잠깐 나갔다 올게!"

뒤에서 발발한 싸움을 무시하고 나는 방을 뒤로했다.

기껏 멋진 여관에 온 거, 혼자 넓게 침대를 쓰면 될 것을. 아니, 내가 혼자 쓰고 싶다고. 사쿠나는 빌의 민폐 행위를 막기 위해 스모 승부에 응한 걸까? 그렇다면 역시 사쿠나는 무해한 미소녀임이 분명하다.

그렇게 사쿠나의 평가를 상향 수정하면서 복도를 걷다가, 자기 방에서 나온 에스텔과 딱 마주쳤다.

"아……, 각하! 무슨 일이세요?"

"산책 중이었어. 방에서는 싸움이 벌어져서……. 그나저나 여긴 괜찮은 여관이네. 아직 온 지 얼마 안 됐지만."

"감사합니다……!" 에스텔은 정말 기쁜 듯이 미소 지었다. "각하 마음에 들었다는 사실만으로도 기뻐요. 사실 홍설암은 프레질 온천 마을에서도 최고의 평가를 받는 숙소예요. 여관 인기투표에서 1위로 뽑히는 일도 잦죠."

"그래? 확실히 서비스가 좋더라. 방이 반짝반짝했어."

"맞아요. 저도 어릴 적에는 여관집 딸로서 엄격하게 교육받았는데──, 앗. 죄, 죄송해요! 제 신상 이야기는 아무 재미도 없겠죠! 잊어주세요……."

"오히려 듣고 싶을 정도인걸. 장래 에스텔은 홍설암의 여주인이 되는 거야?"

"으음……. 저는 군인의 길을 선택해서요. 뒤를 잇는다면 여동생이겠죠."

그때 에스텔의 표정에 살짝 그림자가 졌다.

그녀는 긴장한 표정으로 "각하" 하고 이쪽을 바라봤다.

"사실…… 제 동생이 각하의 팬이에요."

"엥? 그래?"

"네. 각하가 오신다는 말에 크게 기뻐했어요. 혹시 불편하지 않으시다면…… 만나주실 수 없을까요? ──아뇨! 저, 각하의 시간을 빼앗는 게 얼마나 큰 죄인지 잘 알아요! 사정이 안 된다면 거절하셔도 전혀 상관없어요……! 아니, 그보다 거절하시는 게 편한데……."

에스텔은 송구하다는 듯 그렇게 말했다.

무서워할 필요 없는데……. 에스텔은 신입이니 별수 없는 일일지도 모른다. 사쿠나의 부탁이라면 거절할 이유도 없었다. 아니, 그냥 만나보고 싶기도 하고.

"——알았어. 여동생이 있는 곳으로 데려가 줘."

안내받은 곳은 '관계자 외 출입 금지'라고 적힌 공간이었다.

나는 그 내부에서도 깊숙한 곳에 있는—— 문에 '모니크'라는 플레이트가 걸린 방까지 함께했다.

"모니크! 코마링 각—— 건데스블러드 각하께서 와 주셨어."

에스텔이 노크하면서 말했다.

곧이어 안쪽에서 철컥하고 문이 열렸다. 모습을 드러낸 건 흰 옷을 입은 소녀였다. 이 아이가 모니크? ——그렇게 생각했는데 아닌가 보다. 에스텔이 "앗" 하고는 한 발짝 물러났다.

"쿠야 선생님……! 계셨군요."

"그래. 토요일이라 방문 진료 중이었지."

머리에 경단 두 개를 올려놓은 듯한 헤어스타일의 신선종이다.

쿠야라고 불린 소녀는 누가 봐도 졸려 보이는 눈으로 에스텔을 올려다봤다.

"너는 휴가야? 그럼 모니크를 만나 줘. 가족과 이야기하는 것도 마음 요양에는 중요하니까."

"네. 저…… 모니크는 어떤 느낌인가요?"

"여전하다고 해야겠지. 주에 한 번 신구를 사용해서 치료 중인데 효과를 보일 기미가 없어. 치료 방법이 확립되지 않았으니——, 그런데."

요선이 내 쪽을 응시한다. 왠지 신비한 분위기를 띤 사람이네——라고 생각하는데 에스텔이 황급히 "죄송합니다!" 하고 사죄했다.

"각하. 이분은 모니크의 주치의 쿠야 선생님이세요. 그리고 이쪽은 테라코마리 건데스블러드 각하세요. 쿠야 선생님도 아시겠지만요——."

"물론 알고말고."

쿠야 선생은 미소를 띠며 나에게 다가왔다.

"제국을 구한 영웅이잖아. 활약은 익히 들었지. 뵙게 돼서 영광입니다."

"으음……. 저야말로. 저는 영웅 같은 게 아니지만……, 그보다 의사 선생님이세요?"

의아하다고 생각했다.

의사란 사람의 병이나 부상을 치료하는 직업이다. 아주 오래 전에는 많았던 것 같은데—— 세상이 마핵의 영향을 받게 된 후로는 모습을 감췄다고 들었다.

쿠야 선생은 살짝 자학하듯 웃으며 말했다.

"시대에 뒤처진 직업이지만 수요는 있어. 예를 들어 마핵으로 낫지 않는 상처를 입었을 때. 혹은 자국의 마핵 효과 범위 밖에서 다쳤을 때. 그리고 이번 모니크처럼── 마핵으로는 어찌할 수 없는 '마음의 상처'가 났을 때처럼."

"마음의 상처……?"

"그래. 모니크 클레르는 몸이 안 좋은 게 아니야. 점점 의욕을 잃고 꼼짝할 수 없는── 그런 마음의 병에 걸린 거지. 나는 '소진병'이라고 불러."

"모니크는 반년쯤 전까지는 평범하게 학교도 다녔는데……. 지금은 방에 틀어박힌 채로 잠만 자는 생활을 보내고 있나 봐요……."

그런 병이 존재하나 싶어서 나는 놀라고야 말았다.

쿠야 선생은 "흐음" 하고 턱을 짚더니 시선을 위로 들었다.

"하지만 모니크는 코마링 각하의 팬이지. 각하 이야기를 하면 조금 기운을 되찾아. 마침 잘됐네──. 만나게 해 주면 모니크에게 힘이 될 거야."

"죄송합니다, 각하. 모니크를 위해서라도 잠깐 얘기를 나눠 주시면 기쁠 거예요."

"왠지 압박감이 드는데……."

본인을 보면 싫어지지 않을까 걱정됐다.

하지만 뭐, 에스텔이나 선생님이 그렇게 말한다면 만나 줘야지──. 그런 뜻을 전하자, 에스텔은 "감사합니다" 하고 희미하게 웃으며 고개를 수그렸다.

"모니크는 깨어 있어. 자, 들어와."

쿠야 선생이 문을 활짝 연다.

따뜻한 공기가 넘쳐났다. 난방용 마법석이 가동하고 있겠지. 그리고 내가 본 건 전혀 특별할 게 없는 소녀의 방이었다.

책장이나 테이블이나 관엽식물이 놓여 있고, 창가 침대에는 한 소녀가 앉아 있었다.

"어……, 누구야?"

놀라움으로 가득한 중얼거림이 새어 나왔다.

에스텔과 똑같이 적갈색 머리카락을 가진 흡혈귀 아가씨다. 생김새는 비슷하지만 만지면 부서질 듯한 허무함이 느껴지는 듯했다.

"이쪽은 칠홍천 대장군 테라코마리 건데스블러드 각하셔. 모니크를 만나러 와 주셨지. ──각하, 여동생 모니크 클레르예요."

"만나서 반가워. 테라코마리 건데스블러드야. 제국군에서 언니와 함께 일하고 있지. 잘 부탁해──, 모니크."

순진무구한 눈이 가만히 이쪽을 바라본다. 하지만 어깨 부근을 보는 듯한 느낌이 난다. 눈을 맞추는 게 창피한 걸 수도 있겠다.

그건 둘째 치고 나는 경악스러운 사실을 깨닫고야 말았다.

선물을 전혀 준비하지 못했다. 무슨 재주라도 부려야 하나? 하지만 내가 할 수 있는 건 고양이 울음소리를 흉내 내는 것 정도가 다인데──. 그렇게 생각했지만 기우였나 보다. 모니크는 감격한 듯 "본인이다……"라고 중얼거리며 얼굴을 새빨갛게 붉혔다.

"저기. 정말 칠홍천이세요?"

"그래. 세계 최강의 칠홍천 장군이야."

"언젠가 세계를 정복한다는 게 사실인가요?"
"그래. 뭐, 지금 당장은 아니지만."
"새끼손가락으로 5조 명을 죽였단 게 사실인가요?"
"그래! 내 새끼손가락에는 5조 명의 피와 비명이 묻어 있지!"
거짓말은 하기 싫다. 하지만 어린아이의 꿈을 망치기도 싫다.
그보다 5조 명은 또 뭐야. 숫자를 대체 얼마나 늘려야 만족할는지. 전 세계 인구를 초월했잖아. 육국 신문 녀석들에게 나중에 정식으로 항의해야겠군——. 하지만 항의해 봤자 효과는 제로겠지. 젠장할.
모니크가 존경스럽다는 듯 바라봤다.
시선이 따갑다. 그런 눈으로 날 바라보지 마. 아니, 그보다 깨달은 게 있다.
"——쿠야 선생? 왠지 멀쩡해 보이는데? 아픈 사람 같지 않아."
"평소에는 대답조차 하지 않는 경우가 많아. 아까도 그랬고. 애초에 깨어 있는 시간이 극단적으로 짧거든……. 하루 중 15, 16시간은 자고 있어. 그렇게 생각해 보면 이건 쾌거라 해도 되겠지."
"네. 오랜만에 동생 표정이 움직이는 걸 봤네요. 각하 덕분이에요."
그래. 자세한 사정은 모르겠지만, 도움이 된 모양이다.
나는 모니크 쪽으로 다가갔다. 가능한 한 연상답게 포용력 있는 미소를 띠며 말한다.
"응원해 줘서 고마워. 나도 모니크를 만나서 기뻐. ——괜찮으면 나와 함께 놀지 않을래? 평소에 뭘 하면서 놀아?"

湯

"독서……."

"그래? 나도 독서를 좋아하는데."

"하지만 요즘은 못 읽었어. 다들 바쁘니까 읽어 주지 않거든."

"그럼 내가 읽어 줄게. 모니크는 어떤 책을 좋아해?"

"아마 모를 거야. '초저녁 숲의 하이킹'이나……."

"알아! 마지막 수수께끼 풀이에서 깜짝 놀랐지! 설마 맨 처음에 나온 여우가 복선이었을 줄은 생각도 못 했어."

"……!!"

모니크의 눈이 동그래졌다.

그 후로 그녀는 나에게 조금 마음을 허락한 듯했다.

'초저녁 숲의 하이킹' 화제를 비롯해 좋아하는 책, 좋아하는 작가, 추천하는 시리즈 등으로 이야기가 퍼져 간다. 모니크는 첫인상보다 훨씬 수다쟁이였다. 쿠야 선생 왈, '점점 의욕을 잃어 가는 병'이라는데—— 도저히 그런 병에 걸렸다고 볼 수 없을 만큼 잘 떠들고 잘 웃었다.

"각하가 쓴 소설도 읽어 보고 싶어. 책으로 나오면 꼭 살게."

"고마워. 좀 창피하지만 기대해 줘."

취미 이야기로 신나게 떠들 기회는 많지 않다. 그래서 그만 내가 소설을 쓰고 있다는 얘기까지 해 버렸다. 모니크는 "너무 굉장하다"라면서 기뻐해 주었다. 너무 순수해서 살짝 낯간지러운 심정을 느꼈다.

"각하, 슬슬 시간이……."

"뭐?"

에스텔의 귀띔에 퍼뜩 깨닫는다.

모니크의 방에 온 지 20분 정도 지났다. 역시 너무 오래 있었나? 모니크도 졸린 듯이 하품하며 눈을 비비고 있다.

"미안. 이야기가 길어졌네."

"아냐……, 재미있었어. 하지만 졸려……."

하루 열몇 시간씩 잔다는 게 사실인 모양이다. 나중에 빌에게 물어볼까. 독이나 약을 잘 아는 빌이라면 치료법 같은 것도 아는 게 있을지 모른다――. 그렇게 생각했지만 의사가 본업인 사람도 모르니까 기대는 안 하는 게 좋겠지.

"그럼 모니크. 난 이만 가 볼게. 모레까지는 있으니까 보고 싶으면 언제든 불러 줘. 아니, 내가 먼저 만나러 오겠지만."

"응. 아……, 하지만……."

모니크가 말하기 껄끄럽다는 듯 눈을 내리뜨며 말했다.

"……아마 코마링 각하는 죽을 거야."

"……………………."

……응?

왠지 뜻밖의 말이 들린 것 같은데?

"모, 모니크 너도 참! 무슨 소리니? 그럴 리가 없잖아!"

"아니야, 에스텔. 왜냐하면 '그림자'는 코마링 각하에게 와 달라고 하고 있어."

"또 그 소리다! 그런 게 대체 어디 있다는 거야?"

"있어! 어제도 내 침대로 왔는걸."

아니, 잠시만. 둘이 무슨 이야기를 하는 거지? 그림자? 그림자라면 사람 그림자? ──내가 곤혹스러워하는 것을 알아차렸는지, 쿠야 선생이 슬쩍 귓속말로 알려주었다.

"상상 속 친구의 일종일지도 몰라. 모니크는 '그림자가 말을 걸어온다'라고 자주 주장하거든. 정신이 약해져서 이상한 환각을 보는 걸 수도 있고."

"그런 일이 가능한가……?"

"모니크 왈, 홍설암에 '그림자'가 어슬렁거린다나 본데. 하지만 모니크 말고는 본 사람이 없어. 물론 나도 그렇고. 하지만 무리하게 부정하는 것도 좋지 않으니까 조심해 줘."

"배려하실 거 없어요, 쿠야 선생님. 이건 모니크의 망상이니까……."

모니크가 "망상 아니야!"라고 크게 외쳤다.

심장이 멎는 줄 알았다. 모니크는 절실한 눈으로 에스텔을 바라보고 있었다.

"그림자는 있어. 나를 행복한 곳으로 데려가 주겠다고 했는걸."

"없대도. 엄마도 본 적 없다고 하잖아."

"나 말고는 안 보여. 그림자는 부끄러움을 많이 타서……."

이건 정말 망상 같은 걸까?

아니면 모니크의 농담? 혹은 진짜 호러?

왠지 단숨에 이야기의 흐름이 바뀌었는데.

"으음……, 모니크? 왜 내가 죽는데?"

"모르겠어. 하지만 그림자는 코마링 각하에게 화가 나 있었어……."

"…………."

이런. 이거 쿠야 선생님의 추측이 맞나 보군.

왜냐하면 난 그림자라는 걸 만난 적조차 없다. 만난 적도 없는 사람(?)이 분노를 쏟아낼 이유가 있나? 그러니까 이건 모니크가 나를 놀라게 하려고 생각한 조크겠지. 분명 그럴 거다.

"하하핫. 그래, 그래. 그럼 그림자하고는 내가 얘기해 볼게. 아무 걱정할 거 없어. 난 우주 최강의 칠홍천 대장군이니까——."

쨍그랑!! ——선반 위에 있던 꽃병에 금이 갔다. 나는 비명을 지를 뻔했다. 누가 따로 만졌다거나 그런 건 아니다. 아무 전조도 없이 깨진 것이다.

모니크가 중얼거렸다.

"그림자가 화났어. 오늘 밤 누가 죽을지도 몰라."

이거 액막이를 하는 게 좋을지도 모르겠네.

빌에게 부탁해서 제구를 가져오라고 하자.

"신경 쓰지 마세요, 각하. 세월이 지나서 약해진 것뿐이에요."

"그래. 뭐, 그림자인지 뭔지가 나타나도 내가 어떻게든 할 테니까 괜찮아. ——모니크, 다시 올 테니까 푹 쉬어. 잘 자고."

"응. 잘 자, 코마링 각하……."

모니크는 침대에 눕더니 조용히 눈을 감았다.

10초도 채 지나지 않아 곤한 숨소리가 들린다.

쿠야 선생님이 "그럼" 하고 한숨을 내쉬더니 근처에 있는 의자에 앉는다.

"나는 모니크 용태를 보고 나서 갈게. 고마워, 코마링 각하…….

당신 덕분에 그녀의 '의지력'이 조금 회복된 것 같아."

"의지력……?"

"마음 말이야. 자, 둘은 여행을 즐기도록 해."

잘은 모르겠지만 의사가 곁에 있다면 괜찮겠지.

나는 에스텔과 함께 모니크 방에서 나왔다. 나온 순간, 에스텔이 "죄송합니다" 하고 고개를 숙였다.

"신경 쓰지 마세요. 그건 모니크의 헛소리니까……."

"끄응……."

그렇게 말해도 말이지.

대체 그림자가 뭐지. 쿠야 선생 말처럼 환각일 가능성은 완전히 배제할 수 없다. 하지만 모니크의 표정은 너무나도 진지했다. 환각이란 그런 걸까? 또 듣다 보니 '그림자'라는 건 그다지 좋지 않은 존재 아닐까 하는 생각도 들기 시작했다.

예를 들어 '그림자는 나를 행복한 곳으로 데려가 준다'라는 말.

왠지 위험한 느낌이 나는데 기분 탓일까?

게다가 왠지 나에게 분노를 품고 있는 듯한데 괜찮은가?

"……생각해 봤자 별수 없지. 우선 여행을 즐기자고."

"네. 홍설암에서의 시간을 즐겨주시면 좋겠어요."

나는 마음을 다잡고 모니크의 방을 뒤로했다.

그림자인지 뭔지 하는 수수께끼의 존재도 걸리지만——, 지금은 온천을 만끽하는 게 먼저다.

☆

방으로 돌아가 보니 스모의 결판이 나 있었다. 메이드가 두 손 두 다리를 벌린 채 바닥 위에 쓰러져 있다.

"말도 안 돼……. 내가 졌다고……? 대체 왜……."

이해할 수 없는 세계다. 충격을 받은 듯하니 그냥 두자.

갑자기 사쿠나가 "어서 오세요, 코마리 씨" 하고 미소 지었다. 어째서인지 내 침대 위에 앉아 두 주먹을 쥐고 있다. 귀엽다.

"이겼어요! 약속이니까 오늘 잘 때 같이 잘게요."

"뭐? 약속? 뭐였더라."

"잊으셨어요? 이긴 쪽이 코마리 씨와 함께 잘 수 있다는 약속이에요."

사쿠나는 순진무구하게 웃었다.

그런 약속을 했던가? 하지만 사쿠나는 성실하고 좋은 애니까. 같이 자는 것 정도야 상관없나. 빌처럼 이상한 짓을 하는 것도 아니고. 좋은 냄새도 날 것 같고.

"에스텔 씨랑 같이 계셨어요?"

"응. 에스텔이랑 에스텔 여동생을 만나고 왔어. 좀 아파서 몸져누워 있는 것 같은데……."

"그렇군요……. 제가 회복 마법을 걸어드릴까요?"

"아니, 아마 그런 문제가 아닐 거야……."

회복 마법은 쿠야 선생이 진즉 시험했겠지. 아마 모니크는 몸이 다친 게 아니니까 마핵은 효과가 없다. 즉 마핵의 마력 공급 속도를 높이는 회복 마법도 효과가 없다. 사쿠나는 "그런가요"

라고 유감이라는 듯 말했다.

"제가 할 수 있는 일이 있다면 뭐든 말해 달라고——, 에스텔 씨에게 전해 주세요. 이래 봬도 보조계 마법은 꽤 잘 쓰거든요."

"응. 고마워."

사쿠나처럼 착한 애가 빌처럼 사악한 짓을 할 리 없다.

오늘은 마음 놓고 사쿠나를 끌어안고 자자.

"……코마리 님. 메모아 님이 침대에서 밀어서 떨어졌어요."

어느새 빌이 울상으로 이쪽을 보고 있었다.

나는 안다. 저건 분명 가짜 눈물이다.

"보세요. 온몸의 뼈가 하나도 남김없이 산산조각 났어요."

"그래? 그거 힘들었겠네."

"정말요. 메모아 님은 싫다고 울부짖는 저를 가차 없이 밀어 떨어뜨렸어요. 저는 그냥 코마리 님 침대에서 자고 싶었을 뿐인데……. 너무하지 않나요? 불쌍한 메이드를 품에 안고 위로하고 싶지 않으세요?"

"그보다 오늘의 계획을 짜자. 나는 온천 오므라이스를 먹어보고 싶어."

"알겠습니다. 코마리 님이 위로해 주지 않으신다니 지금 당장 코마리 님 옷을 찢어 버린 뒤 온천에 던져넣고 싶네요."

"와—! 그만해, 옷 잡지 마! 벗더라도 내가 벗어!"

"그럼 코마리 씨. 기왕 온 거…… 온천에 들어가지 않을래요?"

사쿠나가 머뭇거리며 그렇게 말했다.

나는 빌의 머리를 누르면서 생각한다—— 분명 온천에 안 들어가면 아깝다. 하지만 이제 와서 망설임 비슷한 것이 싹텄다.

왜냐하면. 냉정하게 생각해 보면 친구랑 같이 욕탕에 들어가는 거잖아.

뭔가 창피하지 않나? 아니, 뭐. 창피해하는 게 더 이상할 수도 있지만.

"왜 그러세요? 온천에 들어가면 소설 소재가 떠오를지도 몰라요."

"끄으으……."

듣고 보니 맞는 말이다. 하루에 가장 망상이 잘 되는 건 자기 전과 목욕할 때다. 애초에 내가 이 여행에 온 이유는 슬럼프에서 빠져나가기 위함이니까.

"알겠어. 사쿠나 말이 맞아. 그럼 바로 욕탕에——."

"잠시만요, 코마리 님."

빌이 내 배에 매달리며 막았다.

옆구리를 꼬집으며 불만스레 말한다.

"온천에 들어가는 건 대찬성이에요. 하지만 그 전에 해야 할 일이 생겼습니다."

"그게 뭔데? 혹시 준비운동? 그리고 떨어져."

"수영장이 아니니까 필요 없어요. ——실은 홍설암에 온 건 저희나 즈타즈타 님 일행뿐만이 아니었어요."

"그야 다른 손님이 있는 게 당연하지. 또 배 주무르지 마. 간지러워."

"그게 아니에요——."

빌은 통신용 광석을 꺼낸 뒤 놀라운 '우연'을 알려주었다.
"알카나 천조낙토 분들도 와 있나 봅니다. 조금 전 연락을 받았어요——. '1층 휴게실에서 기다릴 테니까 어서 와라'라나 봅니다."

"——코마리! 정말 이게 무슨 우연이래!"
휴게실인지 뭔지에 들어가자마자 돌진해 온 그림자가 있었다.
"엥? 왜 네가——."
인사할 새도 없었다.
왠지 모르게 예상은 하고 있었다. 그 사람은 탄환 같은 속도로 그대로 돌진하더니—— 꼬옥!! 하고 나에게 매달렸다. 뒤에 있는 사쿠나와 빌이 비명을 지르는 데도 아랑곳하지 않고 뺨까지 부벼 온다.
그 정체는 두말할 것 없이—— 분홍빛 머리카락을 투 사이드업으로 묶은 소녀다.
알카 공화국의 대통령 네리아 커닝엄.
"코마리도 온천에 와 있었구나! 엄청난 우연이네! 이건 운명 같지 않아?"
"우, 운명인지 뭔지는 몰라도 별난 우연이네. 우선 떨어져 주지 않겠어?"
"싫어! 나와 당신은 피를 나눈 자매잖아? 자매가 사이좋게 끌어안는 건 당연한 일 아닐까? 하물며 2달 정도 못 봤잖아."
부비부비부비부비부비부비.

네리아는 계속해서 뺨을 비빈다. 창피하니까 그만해. 여러 사람이 보고 있거든——. 그렇게 생각했지만 네리아는 오히려 주변에 과시하듯 나에게 밀착했다.

"요즘 들어 춥지. 내가 덥혀 줄까?"

"돼, 됐어! 이제 온천에 들어갈 예정이야."

"그래! 그럼 같이 들어가자! 언니로서 책임지고 씻겨 줄게!"

"왜 네가 언니인데?! 애초에 너와 난 자매도 뭣도 아니고, 만약 자매였다고 해도 내가 지적으로 성숙한 분위기잖아! 언니는 나야!"

"무슨 소리야? 난 벌써 16살이 됐는데."

"…………."

엥? 그럼 네리아가 더 언니였어? 그보다 언제 16살이 됐는데? 축하해 주고 싶었는데——. 그런 식으로 아쉬운 감정을 느끼는데 빌이 강제로 나와 네리아를 떼어놓았다.

"그만하세요, 커닝엄 님. 코마리 님 뺨 피부가 닳으면 어쩌려고요."

"뭐야? 질투해?"

"질투가 아니에요. 코마리 님과 가장 가까운 건 당연히 저니까요. 커닝엄 님은 피를 교환한 사이라고 자만하셨지만, 저도 앞선 소동에서 서로 피를 빨았다고요."

"그래. 당신은 나보다 '나중'에 코마리와 서로 피를 빨았지."

"……그게 무슨 뜻이죠? 앞뒤가 무슨 상관이 있나요? 혹시 닭이 먼저인지 달걀이 먼저인지 궁금해서 잠도 설치는 타입이신지? 참고로 저는 순번보다 횟수가 중요하다고 보니까 지금 당장 코마리 님 피를 빨겠습니다."

"와아아아아아아아악?! 뭐야! 들러붙지 마, 변태 메이드!! 도와줘, 네리아!!"

"네네, 미안해. 농담이니까 그만해, 빌헤이즈."

네리아는 우습다는 듯 웃더니 나에게서 떨어졌다.

아무래도 빌을 놀린 모양이다. 게다가 네리아 옆에는 게르트루드가 뺨을 부풀린 채 날 노려보고 있다. 싸움의 불똥이 튀는 것만은 사양하고 싶다. 왜 싸움이 벌어진 건지 잘 모르겠지만.

"네리아 님. 이런 녀석의 축하 파티에……."

"뭐 어때, 게르트루드. 당신 때도 성대하게 축하해 줄게."

"하지만…… 하지만…… 기쁘긴 한데요……."

네리아와 게르트루드가 뭔가 소곤소곤한다. 축하라는 단어가 들렸는데 무슨 소리지? 뭐 됐나. 그보다──.

"왜 네리아가 여기 있어? 혹시 뽑기가 당첨됐다거나?"

"그런 거지. 참고로 우리만 온 게 아니야."

"──안녕하세요, 코마리 씨. 잘 지냈나요?"

짤랑, 방울 소리가 났다.

휴게실 테이블에 차를 홀짝이는 소녀가 있었다. 평소처럼 전통틱한 옷을 걸친 천조낙토의 오오미카미 아마츠 카루라다. 그 옆자리에는 닌자 복장을 한 미네나가 코하루가 푸딩을 먹고 있었다. 나도 먹고 싶은걸.

"카루라도 뽑기로 온 거야?"

"네. 평생의 운을 다 쓴 것 같네요."

"……왠지 우연치고는 지나치지 않나? 같은 시기에 뽑기에 당첨돼서 같은 여관에 묵는다는 게 있을 수 있는 일인가?"

"보통은 불가능하지. 보통이 아니라서 가능했어."

"잠깐, 코하루! 괜한 말 하지 말아요! 들키면 어쩌려고요!"

들켜……? 무슨 소리지.

고개를 갸웃하는데 "신경 쓰지 마세요"라고 카루라가 억지웃음을 지으면서 다가왔다. 뭔가를 감추는 느낌이 나지만 카루라 말대로 신경 쓰지 말도록 하자.

"잘 지냈어요? 뮬나이트 제국은 순조롭게 재건 중이라고 들었는데요."

"응? 아아——. 딱히 문제는 없는 것 같아. 나도 평범하게 생활 중이고."

뮬나이트 제국 제도는 작년 말에 있었던 테러 때문에 막대한 피해를 입었다.

그러나 현재는 황제의 주도로 급속히 재건을 진행 중이다. 파괴된 거리도 거의 복구를 마쳐서 흡혈귀들은 평화로운 일상을 되찾고 있었다.

이게 다 테러리스트 진압에 도움을 준 네리아나 카루라 덕이겠지.

이 둘에게는 아무리 감사해도 부족하다.

"뒤집힌 달 녀석들은 참 하찮았지. 마핵을 부수고 싶다는 것 같은데——. 그랬다간 세계가 혼돈에 휩싸일 게 뻔히 보이잖아."

“혼돈을 바라기에 테러리스트 아닐까요? 할머님도 그러셨지만, 그런 패거리는 애초에 파괴나 살육이 주목적인 경우가 많다나 봐요.”
“정말 하찮네. 이념은 있었던 매드할트가 차라리 더 나아.”
네리아가 어이없다는 듯 한숨을 내쉬었다.
둘의 대화를 들으며 나는 스피카 라 제미니를 떠올렸다.
스피카는 대체 무슨 생각으로 제국에 선전포고한 걸까. 단순히 ‘마핵을 파괴한다’ 이상의 목표가 있는 듯도 했지만── 모르겠다. 그 녀석과는 속을 터놓고 이야기해 볼 필요가 있을 듯하다. 속을 터놓기 전에 속을 찔릴 가능성도 있지만.
“커닝엄 님. 그런 답답한 이야기는 아무래도 좋아요. 지금은 어떡해야 그 작전을 진행할 수 있을지가 중요하죠.”
“맞다!” 네리아는 쾌활하게 웃으며 내 손을 움켜쥐었다. “그럼 코마리, 바로 온천에 들어가자.”
“아니……, 하지만…….”
“뭐야, 부끄러워? 괜찮아. 내가 잘 에스코트할 테니까!”

☆

애초에 난 욕탕은 혼자 들어가는 것이라고 본다.
아무도 방해할 수 없는 힐링의 시간. 평소 고된 업무 탓에 쌓인 스트레스를 씻겨낼 수 있는 건 욕실뿐이다. 메이드도 그런 점은 배려해 주는지, 일단 내가 입욕하는 동안에는 침입하지 않는다. 아니, 있긴 한데 3번에 1번 꼴이다.
하지만—— 오늘은 다르다.
다 같이 온천. 메이드뿐만 아니라 다른 친구들도 함께다.
새삼 생각해 보면 부끄럽기 짝이 없었다. 나만 따로 씻겠다고 할까? ——탈의실 구석에서 뻣뻣하게 굳으며 그렇게 생각한다.
"——코마리 님? 거기서 가만히 뭐 하세요?"
"그냥……."
"아앗! 샴푸 햇을 깜빡했네요. 죄송합니다. 코마리 님 눈에 거품이 들어가겠어요."
"그딴 거 필요 없어! 그게 아니라……."
빌이 "그렇군요" 하고 납득한 듯 고개를 끄덕였다.
"요약하자면 부끄러우신 거군요. 제가 벗겨드릴게요."
"와아아아아아아아아아?! 이리 오지 마! 됐어, 내 일은 내가 알아서 할게!"
"하지만 이미 아마츠 님과 커닝엄 님은 들어가셨어요."
빌은 이미 옷을 다 벗고 있다. 부끄럽지도 않나? 아니, 빌에게 수치심 같은 걸 기대하는 게 괜한 짓이지. 이 녀석은 변태 메이드니까. 그보다 어딜 봐야 할지 모르겠는데 어떡하면 좋지.
"저……, 수건 같은 건 없어?"
"자, 여기요. 욕탕까지 가지고 들어가는 건 엄금이에요."
배스 타월을 받는다. 그러나 나는 꼼짝할 수 없었다.
"……저기, 빌. 먼저 가 주지 않을래?"
"안 돼요. 코마리 님이 도망칠 수도 있으니까요."

"안 도망쳐! 그냥…… 부끄러워서 그래."

"무슨 애 같은 소리세요. 수치심 따위는 백해무익이에요. 온천을 즐기기 위해서는 자연으로 돌아가는 게 중요합니다——. 기억하세요? 작년 여름 다 같이 바다에 갔던 때를."

"기억하는데…… 그게 왜?"

"맨 처음 코마리 님은 수영복 차림을 보여주기 부끄러워하셨죠. 하지만 한번 보이고 나니 수치심 따위는 잊으셨잖아요?"

"그건 그런데……."

"지금은 수영복 차림으로 거리를 활보할 수도 있으시죠?"

"당연히 있지."

"그거랑 같은 이치예요. 일단 벗고 나면 벗었다는 게 평범하게 느껴질 거예요. 그래도 코마리 님이 싫다고 하신다면 제가 벗겨드릴게요. 자, 코마리 님, 가만히 계세요. 지금 당장 태어났을 적과 똑같은 모습으로 만들어 드릴게요——."

"그만해! 알아서 벗을게! 빌은 저쪽 봐!"

이제 될 대로 돼라——, 그런 심정으로 나는 옷에 손을 댔다.

빌 말은 엉망이지만 일리는 있다. 요약하자면 적응이다. 적응하고 나면 남들과 온천에 들어가는 데 저항감이 사라질 것이다. 즉 첫걸음만 잘 떼면 뒤는 어떻게든 된다는 것이다.

나는 염불을 외면서 옷을 벗어 나갔다.

잡념은 버리자. 온천이라는 지복의 시간이 코앞에 있으니까——.

"——코마리 님? 준비 다 되셨나요?"

"으, 응……."

주저하며 고개를 끄덕인다. 그때까지 등을 돌리고 있던 빌이 뒤를 돌아봤다.

그리고 빌은 "어머!" 하고 놀란 듯한 목소리를 낸다.

"어찌 이렇게 아름다울 수가! 오랜만에 밝은 데서 코마리 님의 알몸을 봤더니 당장 코피가 터질 것 같네요. 카메라를 가져올까요?"

"그건 범죄지!! 난 먼저 간다!!"

"안 돼요."

뛰어가려는 순간, 뒤에서 꼬옥! 하고 안아서 붙든다.

거미줄에 걸린 나비가 이런 심정일 것이란 걸 순식간에 이해했다.

"――그만해, 이거 놔! 이봐, 이상한 데 만지지 마! 이 이상 변태 같은 짓을 하면 사쿠나에게 일러바칠 거야!"

"딱히 변태 행위는 아닌데요."

"그럼 뭔데!"

"욕탕에서 뛰면 큰일 나요. 저기도 주의문이 있고요."

벽에 포스터가 붙어 있었다.

데포르메된 토끼가 '넘어지면 위험! 달리지 마!'라고 말하고 있다.

왠지 다른 의미로 창피해졌다.

"신나신 건 이해해요. 하지만 다치지 않게 조심하세요."

"……신난 게 아니야. 네가 이상한 말을 해서 그렇지."

"그러게요. 죄송합니다. 그럼 같이 가시죠."

"응."

나는 빌 뒤에 숨어 욕실 쪽으로 발을 내디뎠다.

홍설암에는 여러 욕탕이 있는 듯하다.

우리는 그중에서도 눈을 보며 즐길 수 있다는 노천탕으로 향했다. 욕탕에 들어가자마자 몸도 마음도 얼려 버릴 듯한 한풍이 불어 들었다. 긴장 때문에 후끈거리는 몸에서 열기가 날아갔다. 얼른 따뜻한 탕에 몸을 담그고 싶다——, 그렇게 생각하며 앞을 바라본다.

"코마리! 여기 따뜻해서 좋아."

다른 사람들은 이미 탕에 들어가 있었다. 게르트루드나 카루라나 코하루나 사쿠나 모두 부끄러워하는 기색이 전혀 없다. 아직도 꾸물거리는 내가 더 이상할지도 모르겠다.

뭐, 괜찮겠지. 수증기가 이만큼이나 있으면 곳곳이 가려질 테니까.

몸에 물을 끼얹고 나서 바위들로 둘러싸인 욕조로 향한다.

발끝부터 천천히 몸을 담그다—— 곧 어깨까지 들어가는 데 성공했다.

그리고 나는 무심코 한숨을 내쉬고야 말았다.

"기분 좋다……."

"그렇지?!"

갑자기 네리아가 고속으로 다가왔다.

어깨와 어깨가 밀착한다. 빛나는 듯한 미소로 바라봐서 주춤하고야 말았다.

"저 간판에 효능이 적혀 있었어. 피로회복, 스트레스 해소는 물론이고 피부 미용 효과도 있다나 봐. 탕에 마력이 포함되어 있대."

"호오. 여긴 핵 영역 중심이니까."

"또 키가 크는 효능도 있다나 봐."

"정말?!"

나는 놀란 나머지 벌떡 일어났다. 뜨거운 물보라가 네리아에게 끼얹혔고 "잠깐, 코마리~!"라는 불평을 들었다. 나는 "미안, 미안"이라고 사죄하면서 다시 앉는다.

좀 예의가 아니었나.

요즘 들어 생각하는 건데, '키가 크는 음료'나 '키가 크는 체조'에 과도하게 반응하는 건 좋지 않은 것 같다. 왜냐하면 작다는 걸 신경 쓰고 있다는 게 다 티 나니까. 오히려 '키 따위는 아무래도 상관없습니다만?' 같은 태도를 일관하는 게 더 멋있다.

그런 이유로 겉으로는 쿨한 느낌으로 가자고.

이 온천에는 실컷 몸을 담글 거지만.

"——아, 그러고 보니 요즘 마사지를 배우기 시작했어."

"마사지? 왜 갑자기."

"게르트루드가 지쳤다고 하길래. 책을 읽으며 공부했는데——그중에 '키를 키우는 마사지'라는 게 있더라. 여기서 나가면 해줄게."

"정말?!"

나는 놀란 나머지 벌떡 일어났다. 뜨거운 물보라가 네리아에게 끼얹혔고 "역시 바로 달려드네!" 하고 비웃음을 샀다. 나는 절망했다. 뭐지, 이 조건 반사는. 키를 원하는 몸이 말을 듣지 않는다.

"커닝엄 님. 마사지라면 충분히 하고 있으니까 괜찮습니다."

"어머, 그래? 코마리는 키를 원하는 것 같은데?"

"코마리 님께 키는 필요 없어요. 휴대할 수 있을 정도의 크기가 딱 좋습니다."

"맞아요, 네리아 님. 테라코마리의 키 따윈 세상에서 가장 아무래도 상관없다고요. 원래 제 피로를 덜기 위한 마사지였으니까……."

"피로가 쌓인 거야? 게르트루드."

내가 말하자 흠칫! 게르트루드의 어깨가 흔들렸다.

말을 걸 줄 몰랐다는 얼굴이다. 잘 생각해 보면 나는 이 메이드 소녀와 말을 섞어 본 적이 거의 없다. 늘 네리아가 사이에 끼어 있었고.

"……그러네요. 지쳤어요. 팔영장 일은 중노동이니까요."

"게르트루드는 팔영장뿐만 아니라 내 메이드로서도 일해 주고 있어. 또 뭐, 레인즈워스의 도우미로서 수도 시찰도 했고. 우리나라는 아직 안정과는 거리가 머니까……. 살인 사건이 매일 수 없이 발생해."

"그래, 힘들겠네."

아무 생각 없이 한 그 말이 거슬린 모양이다.

게르트루드가 눈꼬리를 치켜세우며 노려봤다.

"일단 말해두겠는데요! 저와 테라코마리…… 씨는 동격인 장군이에요! 왜 제가 이렇게 고생하는데 당신은 매일 빈둥거리며 노는 거죠?!"

"뭐?! 나…… 나도 나름대로 바쁜 하루하루를 보내고 있는데?!"

"거짓말하지 마세요! 그 증거로── 보세요!"

꼬옥!! ──게르트루드가 팔을 잡았다.

갑작스러웠기 때문에 무심코 소리를 냈다.

"──위팔이 말랑말랑하잖아요! 이건 고생을 모르는 사람 몸이에요! 네리아 님께 마사지 받고 싶다면 근육을 좀 붙이고 오세요!"

"잠깐……, 주무르지 마! 간지럽잖아!"

"게르트루드만 치사하게! 나도 코마리의 부드러운 팔을 주무르고 싶어."

"전류들은 물러나 주세요. 코마리 팔은 양쪽 모두 제 거니까요."

"너나 물러나 있어!! 이봐──, 주무르지 말라고오오오오오오오오오오오!!"

네리아와 빌은 아무런 거리낌 없이 달라붙었다.

나는 물보라를 튀기면서 힘겹게 변태들의 마수에서 벗어나려 했다. 게르트루드가 어째서인지 부럽다는 눈으로 노려보고 있다. 그런 표정 지을 거면 네리아는 네가 전담해 주지 않을래? ──그렇게 생각했더니 그 네리아가 "아하하하핫!" 하고 즐겁다는 듯 폭소했다. 이 녀석은 변태 행위 그 자체가 목적이 아니라, 나를 놀리는 게 목적이었던 거다.

못 참겠어! ——마침내 분노의 파동을 억누르고 있던 둑이 무너졌다.

나는 일어나면서 떨어지는 물로 네리아와 빌의 시야를 막았다. 그리고 녀석들이 주춤하는 틈에 물을 촥촥 가르며 지옥에서 이탈했다.

"아앗! 코마리 님, 너무하세요! 좀 더 즐기고 싶었는데!"

"이런—. 빌헤이즈 탓이야. 삐졌잖아."

"무슨 말씀이세요. 커닝엄 님의 성희롱 때문이죠."

뒤에서 벌어지는 언쟁 따윈 아예 무시해 버리자.

나는 그대로 서둘러 욕조 반대쪽으로 향했다. 우리 대화를 지켜보고 있던 카루라가 쓰게 웃으며 맞아 주었다.

"코마리 씨는 사랑받고 있네요."

"사랑받는…… 건가? 이상한 데를 만지는 녀석들뿐인데……?"

"그거야말로 사랑받고 있다는 증거라고 보는데요——. 뭐, 빌헤이즈 씨나 네리아 씨는 하는 짓이 과격하긴 하죠."

카루라 근처에는 사쿠나와 코하루밖에 없었다.

여기 있으면 안전하겠지. 참고로 맞은편에서는 아직도 네리아와 빌이 언쟁을 벌이고 있다. 그걸 막으려 했던 게르트루드의 얼굴에 빌의 물대포가 명중했다. 갈팡질팡하는 사이 메이드 간의 싸움이 시작되었다. 여행까지 왔으니 사이좋게 좀 지내지.

"……여기엔 변태가 한 명도 없어서 안심이야."

"에헤헤……, 코마리 씨. 나중에 몸을 씻겨드릴게요."

"어? 으, 응……."

사쿠나가 슬금슬금 다가오더니 내 옆에 앉았다.

상기된 피부 위로 물방울이 흘러내린다. 너무나도 아름다워서 눈 위의 요정이라도 보는 건가 싶었다. ——응? 왠지 가깝지 않나? 팔과 팔이 맞닿아 있는데?

하지만 사쿠나는 갑자기 주무르지 않으니까 해가 없겠지. 가까운 거리에서 빤히 보는 느낌이 나긴 하지만, 무해하다면 무해한 거다.

나는 황급히 카루라 쪽을 돌아봤다.

"그, 그나저나 여행은 오랜만이네! 카루라는 온천에 자주 와?"

"천조낙토에는 온천이 많으니까 남는 시간에 자주 이용하고 있어요. ——아, 하지만 프레질 온천 마을에 온 건 처음이에요. 눈 오는 풍경이 매우 아름다운 곳이네요."

"그렇지? 오길 잘했어."

노천탕에서는 내리 쌓이는 눈을 볼 수 있었다.

세계 한 면이 온통 은빛이다——. 문득 나는 기시감 비슷한 것을 느꼈다.

역시 여기에 온 적이 있다.

아직 엄마가 뮬나이트 제국에 있었던 시절의 이야기다.

당시의 나는 온천 따위에 아무런 흥미가 없어서, 모처럼 온 여행임에도 방 안에서 창밖만 바라보았다. 보다 못한 엄마가 '같이 나가자'라고 해서——.

"——코마리 씨? 잠깐 별자리가 빛난 것 같은데요."

"별자리? 아직 낮인데……."
"아뇨, 기억의 형태 얘기예요."
사쿠나의 말에 정신이 들었다. 점점 과거의 기억이 돌아오는 걸지도 모르겠다.
근데 사쿠나는 상대의 배를 관통하지 않아도 기억을 읽을 수 있나?
그렇다면 위험한 정도가 아닌데. 내가 평소의 복수로 빌 간식을 훔쳐 먹은 걸 들킬지도 모른다.
아니, 뭐 그건 둘째 치고.
과거 일은 크게 중요하지 않다.
지금은 이 온천에 가능한 한 몸을 담금으로써 키를 키우는 것만 생각하자.
"아~~~~. 그나저나 살 거 같아. 속세의 피로가 씻겨 내려가……."
"코마리 씨도 바빠 보이니까요. 앞으로도 전쟁을 벌일 예정은 있나요?"
"있지. 나는 잘 모르지만 무조건 빌이 예정을 잡거든. ──뭐, 그보다 내 걱정거리는 슬럼프에 빠졌다는 점이야."
"슬럼프?"
"소설 말이야. 출판사 사람과 대화하는 사이 뭘 써야 할지 길을 잃었어. 이 2박 3일 동안 슬럼프를 이겨낸다면 좋겠는데……."
"그거 힘들겠네요──." 그때 카루라가 떠올랐다는 듯 옆을 돌아봤다. "그러고 보니 코하루. 코마리 씨에게 하고 싶은 말이 있지 않았어요?"

"!!"

그때까지 말없이 탕에 몸을 담그고 있던 닌자 소녀—— 코하루가 이쪽을 돌아본다.

코하루는 살짝 주저하는 듯한 동작을 보였다. 그러나 무슨 결의를 한 모양인지, 닌자답게 소리 하나 내지 않고 내 쪽으로 다가왔다.

"테라코마리."

"왜 그래?"

"이거……."

어째서인지 펜을 넘겨받았다. 이런 걸 어디 숨겨두고 있었던 거지? ——그렇게 생각하며 코하루를 본다. 그녀는 어째서인지 부끄럽다는 듯 머뭇머뭇했다. 그리고 모깃소리 같이 작게 중얼거린다.

"……사인해 줘."

"어……, 사인? 내?"

"칠홍천 대장군으로서가 아니라. 작가로서의 사인을 원해."

나는 엄청난 충격을 받았다. 분명 군인으로서는 사인회를 연 적이 있다. 하지만 소설가 테라코마리 건데스블러드로서 사인을 한 적은 없었다.

심장이 빠르게 뛴다. 온몸에서 땀이 흐른다.

뭐지. 뭐지, 이 감정은……?!

"——코하루는 코마리 씨의 '황혼의 트라이앵글'을 읽었어요.

아직 책으로 나오진 않았지만, 우리 집에 원고가 있으니까요. 그리고 팬이 된 모양이에요."

"부탁드립니다, 선생님."

"?!?!?!?!"

선생님. 선생님. 선생님――.

그건 신세계의 시작을 알리는 복음임이 분명했다.

그리고 나는 신의 목소리를 들은 듯했다. 반드시 코하루에게 혼신의 사인을 선물해야겠다는 사명에 눈을 뜬 것이다.

나는 손 떨림을 최대한 억누르면서 펜을 들었다.

사인. 사인이다. 지금까지 남몰래 연습해 온 성과를 발휘할 때가 왔다.

"차, 참고로 '황혼의 트라이앵글'을 읽은 거야? 어, 어, 어땠어……?"

"재미있었어. 모든 신이 좋아. 하지만―― 마지막에 손을 잡고 황혼의 하늘을 바라보는 신이 특히 좋았어. 감동했어."

코하루의 소박한 감상은 내 이성을 완벽하게 박살 냈다.

나는 펜을 움켜쥐고 절규했다.

"――알았어! 코하루를 위해 심혈을 담아 사인해 볼게!"

"으음……, 어디 하게요?"

사쿠나의 말에 깨달았다. 보통 사인이라면 책이나 용지에 한다. 하지만 그런 물건은 여기 없었다. 아니, 욕탕이니까 당연하긴 하지만.

코하루도 그 사실을 깨달았는지 절망적인 표정을 지으며 바들

바들 떨기 시작했다.
"용지 들고 오는 걸 깜빡했어……. 펜은 준비했는데……."
"어머나. 그럼 뭔가 개인 물건에 사인받으면 어때요?"
"개인 물건……, 여기엔 없는데……."
"방에 있잖아요. 나가면 받자고요."
"……아니. 역시 있었어."
코하루가 카루라의 팔을 꼭 움켜쥐었다.
"어?"——카루라가 당황한 듯 숨을 내뱉었다. 그러나 코하루는 아랑곳하지 않고 그대로 휘익! 하고 잡아당겨 내 쪽으로 주인을 들이밀었다.
"나의 카루라 님이야. 여기 사인해 줘."
"잠깐——, 코하루?! 저는 당신 개인 물건이 아니거든요?!"
"좋아! 잠시만……. 지금 소원을 들어 줄게……!"
"코마리 씨?! 코하루의 농담이니까 진지하게 받아들이지 마세요!!"
"농담이 아니라 진심."
"웃기지 말아요! 그거 유성 맞죠? 잘 안 지워지죠?!"
"엉덩이에 해 줘. 그러면 눈에 안 띄니까."
"그게 무슨 의미가 있죠?!"
"으음……, 코하루? 엉덩이에 하긴 역시……."
"부탁드립니다. 선생님."
"?!?!?! ——맡겨 둬! 지금 당장 코하루의 카루라에게 내 사인을 해 줄게!"

"잠깐……. 그만……. 꺄아아아아아아아아아아아아아아아아아아아아아아아아?!"

날뛰는 카루라에게 매달리면서 나는 펜을 휘갈겼다.

팬의 부탁이라면 거절할 수 없다. 게다가 기념비적인 사인 제1호. 절대 실패는 용납될 수 없다——. 그렇게 사명에 불타고 있을 때였다.

드르륵. 탈의실로 가는 문이 열렸다.

"즈, 즐기시는 중에 죄송합니다!"

나타난 것은 적갈색 머리의 소녀—— 에스텔이다.

탕에 몸을 담그고 있던 사람들은 (나까지 포함해) 움직임을 멈추고 그녀를 주목했다.

"프레질의 기상예보사 말로는 곧 심한 눈보라가 몰아친대요. 안전을 확보하기 위해 노천탕은 일단 폐쇄할 텐데요……. 죄송합니다. 찬물을 끼얹는 것 같아서 정말 송구하지만, 나올 준비를 해 주시겠어요……?"

나는 자연스레 머리 위를 올려다봤다. 잿빛 하늘에서 눈이 살랑거리며 떨어진다. 바람도 강해진 듯했다. 조금 더 만끽하고 싶은 마음도 있지만……, 지금은 하는 수 없지. 에스텔 말대로 슬슬 나가자.

그렇게 생각하며 일어나려 한 순간, 내가 카루라 가슴을 힘껏 움켜쥐고 있단 걸 알아차렸다. 나는 빛의 속도로 손을 떼었다. 이래서는 변태 메이드와 똑같지 않나.

카루라는 뺨을 붉히면서 "그러네요"라고 중얼거렸다.

"그럼 눈보라가 오기 전에 해산할까요? 욕탕은 더 있고요."

"사인……."

"사인은 제 엉덩이 말고 다른 데 해 주세요! ――네리아 씨, 빌헤이즈 씨, 일단 방으로 가죠."

빌이나 네리아에게서는 "에이――" 하는 야유가 날아들었다.

아마 장난이겠지. 그러나 에스텔이 이걸 진지하게 받아들여 "죄송합니다, 죄송합니다, 죄송합니다!!" 하고 최선을 다해 사과하기 시작했고, 오히려 민망함을 느낀 듯 빌과 네리아가 "장난이야, 장난!" "에스텔 말에 따를게요"라고 진지한 분위기를 띤 게 인상적이었다. 에스텔 같은 타입은 두 사람에게도 신선한 모양이다.

어쨌든―― 이렇게 해서 첫날의 노천욕은 막을 내렸다.

참고로 나는 모르고 있었다.

사인할 때의 이야기다. 코하루 왈 '펜만은 준비했다'――, 그건 즉 내가 온천에 올 것을 알았다는 뜻이다. 그러나 카루라를 처음 만났을 때는 그런 내색이 없었다. 무슨 비밀이 숨겨져 있는 게 명백했지만, 이때의 나는 온천이나 사인 때문에 내심 무지 들떠 있느라 그것을 간과했다.

※

프로헤리아는 세계 최강임이 분명하다――, 피토리나 세레피나 소좌는 생각한다.

세간에서는 아마츠 카루라나 테라코마리 건데스블러드의 인기가 높다. 그러나 프로헤리아가 다른 장군들에 비해 뒤떨어진다고는 볼 수 없었다. 프로헤리아를 세상이 과소평가하는 이유는 간단——. 속해 있는 조직이 이른바 '악역의 나라'이기 때문이다.

백극연방은 그 음습한 외교 정책 때문에 전 세계 사람들이 백안시한다.

그렇기에 육동량 대장군은 칠홍천이나 오검제에 비하면 나쁜 말을 듣기 쉽다.

웃기지 말란 생각밖에 안 든다. 프로헤리아 즈타즈타스키가 최강인 건 사실인데.

요약하자면 피토리나는 불쾌한 것이다——. 자신의 경애하는 상관이 테라코마리 건데스블러드보다 얕잡아 보이는 것이.

"——프로헤리아 님. 물 온도는 어떠세요?"

"음. 좋아."

프로헤리아는 머리에 타월을 얹으면서 황홀한 표정을 지었다.

홍설암의 히노키탕. 노천탕도 있다는 듯하지만 프로헤리아 왈, "밖은 추워!"라길래 실내에 있는 욕탕을 쓰기로 했다. 참고로 다른 손님은 없어서 대절한 거나 다름없다.

"온 보람이 있었네. 여기 있는 내내 이러고 있는 것도 괜찮겠어."

"그럼 종일 이용할 수 있도록 여관 사람을 협박해 둘게요."

"그렇게까지 할 건 없어. 규칙은 지켜야지."

육국 내에서의 평판은 둘째 치고 백극연방에서는 절대적인 인기를 누리는 즈타즈타 각하다.

평소에는 연방 군인에 걸맞게 당당하고 씩씩하게 굴지만, 사적으로는 의외로 너글너글한 면을 보이는 경우가 잦다. 온과 오프 변환이 잘 되는 거겠지.

피토리나는 '쿨한 부하'를 가장하며 신중히 입을 열었다.

"……그런데 프로헤리야 님. 요전번에는 아프셨다는데."

"그건 하는 수 없잖아. 기온이 내려갔는걸……."

"압니다. 프로헤리야 님 허가 없이 내려가다니 용서가 안 되네요."

"누구 상대로 화내는 거야."

"세계를 향한 증오입니다. ——현재는 좀 어떠세요?"

"나는 괜찮으니까 문제없어. 완전히 나았거든. ……그보다 너야말로 어때? 식사는 잘하고 있어? 또 여윈 거 아닌가?"

"걱정을 끼쳐 죄송합니다. 하지만 저는 먹고 마시지 않고 노동할 각오가 돼 있거든요."

"안 돼. 쉴 때는 푹 쉬어……. 휴가는 중요하니까……. 게다가 네 일은 어떤 의미로는 장군보다 힘드니까……."

"그렇지 않아요. 정보 수집은 취미이기도 합니다."

"하지만 그거잖아. 지난번 라페리코 일을 마친 후에도 힘들어했잖아."

"짐승의 공기가 안 맞았던 것에 불과해요. 일 자체에는 지장 없습니다. ——'연방 보안위원회' 멤버로서 당연하죠."

피토리나 세레피나는 연방 군인 소좌이지만 '연방 보안위원회' 라는 조직에도 속해 있다. 오히려 이쪽 활동이 주체라고 해도 과언이 아니겠지.

그 일은 요약하자면 스파이다.

타국에 잠입해 여러 정보를 캐오는 것이다. 지난달에는 동면 중인 라페리코 왕국에 숨어들어 불온한 움직임이 없는지 조사했다. 그때 곰 모피를 벗겨서 변장했는데, 짐승 털 때문에 알레르기 비슷한 게 생겼는지 지독히도 고생했다. 그게 다다.

"라페리코의 닭 국왕에게 이상은 없습니다. 상태를 보아 백극연방 따윈 안중에도 없겠죠. 아침을 알리는 것 말고 다른 생각은 없는 것 같습니다."

"그 일은 거절해도 되는데. 서기장이 시킨 거잖아."

"서기장님의 신임을 얻기 위해서는 필요 불가결한 일이거든요."

"하지만 넌 좀 무리하는 것 같기도 해."

"실례지만…… 오히려 프로헤리야 님이야말로 쉬셔야 하지 않나요? 매주 일요일에 군과는 무관한 노동을 하고 계신다고 들었는데요."

"피아노 선생 말이야? 그건 취미 같은 거야. 기술을 가진 자는 그걸 후진에 전할 의무가 있거든. 요즘은 새로운 아이가 늘어서 떠들썩해졌어. 다들 착한 애들이야……. 지난번에는 나한테 비즈 공예품을 주었거든. 선생님 고마워, 하면서. 기뻤지."

"멋진 활동이십니다. 주제넘은 말을 용서해 주세요."

두서없는 대화가 이어진다.

프로헤리야는 “흐아암—” 하고 작게 하품했다.
그나저나 온과 오프의 차가 너무 심한 것 같기도 하다.
의외로 이 창옥 소녀는 괜찮은 집안의 아가씨인 듯하다.
피아노나 바이올린, 뭐든 연주할 수 있다. 댄스도 출 수 있고 노래도 잘한다. 휴일에는 사냥을 즐기거나 독서에 힘을 쓰고 있다. 게다가 ‘황야에 녹음을 늘리는 모임’ 회장을 맡고 있다나. 환경 문제에도 관심이 있는 것이다. 연방 군인으로서는 꽤 이질적인 인재다.
백극연방 서기장은 프로헤리야를 평가하며 자주 이렇게 말한다——. ‘그 아이는 정의의 편을 동경하고 있다’라고. 그게 무엇을 뜻하는지 지금의 피토리나로서는 잘 알 수 없었다.
그때 문득 먼 곳에서 웃음소리가 들렸다.
아마 테라코마리 건데스블러드 일행이 떠드는 거겠지.
“테라코마리는 쌩쌩해 보이네. 설마 이런 데서 마주칠 줄은 몰랐는데.”
“테라코마리뿐만 아니라 아마츠 카루라나 네리아 커닝엄 등의 각국 요인이 모여 있어요. 테러리스트에게는 사냥하기에 딱 좋은 곳이죠.”
“흐음…….”
프로헤리야는 팔짱을 끼며 하늘을 올려다봤다.
수증기가 뭉게뭉게 피어올라 시야를 가린다.
“손님은 우리와 테라코마리 일행 말고는 없어. 아무래도 무슨 음모가 도사리고 있는 것 같은데. 뭐, 우리는 방관자로서 온천을 즐기자고."

"네. 처음부터 그럴 생각이었어요."

프로헤리야는 "그나저나" 하고 한숨을 내쉬며 말했다.

"백극연방의 이런 아싸 기질도 참 문제야. 나도 불러주면 좋았을걸……."

"?? ――실례지만 백극연방은 '영광스러운 고립'을 유지 중이지 않나요?"

"그런 생각은 요즘 시대에 안 맞아. 아마 진짜 필요한 건 테라코마리 건데스블러드나 네리아 커닝엄이 내세우는 융화 사상이겠지. 그건 서기장도 알아――. 알기에 초조해하는 거야."

"초조……?"

"이건 내 예상이지만. 올해 중으로 백극연방에 소동이 벌어질 거야."

"…………."

프로헤리야 말이라면 틀림없다.

어쨌든 피토리나가 해야 할 일은 단 하나――.

"――저만 믿으세요. 무슨 일이 벌어지더라도 프로헤리야 님의 적은 제가 몰살하겠습니다."

"믿음직한걸. 하지만 부하를 고생시키긴 싫어――. 흡혈 소란 때 사람들을 다치게 한 점은 미안하게 생각해. 다음에는 아무도 다치지 않는 쪽으로 조정해 보자고."

피토리나는 존경의 뜻을 한층 더 키웠다.

역시 이 소녀는 테라코마리 따위와 비교도 안 될 만한 인재다.

"……프로헤리야 님은 여전하시네요. 그런 점이 멋지세요."

"무슨 소리야? 난 일진월보하고 있을 텐데. 애초에 변하지 않는 사람은 없어. 너도 오늘은 꼭 다른 사람 같은걸."

"무슨 뜻이세요?"

"? 숙소 접수처에서 테라코마리의 메이드와 말싸움을 벌였잖아. 말싸움이라기보다 꼭 애들 싸움 같았지만……. 너도 나이에 맞게 순진한 면이 있었구나."

"……………………."

진정하자, 피토리나 세레피나.

아직 본성을 들킨 건 아니야. 얼마든지 얼버무릴 수 있어.

"……기분 탓이겠죠. 추위도 도가 지나치면 환각이 보인다니까요."

"그런가? 분명 그때는 화장실이 너무 추워서 냉정하지 못했는데."

"모두 환각입니다. 연방 군인인 제가 아이처럼 말싸움을 벌일 리가 없지요. 애초에 제가 프로헤리야 님께 뭘 숨길 것 같으신가요?"

"그것도 그러네. 환각인 걸로 해 두지."

"큰일 날 뻔했네……."

"뭐라고 했어?"

"아무 말 안 했어요."

프로헤리야 앞에서는 '모범적인 연방 군인'을 연기 중이다——. 아니, 정확히 말하자면 다르다. 이 소녀 앞에서는 긴장해서 진정한 자신을 내보일 수 없다.

도가 지나친 존경이 가져온 비극임이 분명했다.

본래 자신의 괄괄한 성격을 들키면 실망하지 않을까? ——그런 공포 때문에 행동에 제한을 두는 것이다. 어미를 딱딱하게 해서 고지식한 군인을 연기하는 이유는 오로지 프로헤리야에게 '감점'당하지 않기 위한 응급 처치다. 그리고 그건 자기 뜻으로 변환할 수 없는 발작 같은 것이기도 했다.

즉, 프로헤리야가 없는 데서는 '모범적인 연방 군인' 따위 연기할 수 없다는 거다.

무슨 수를 쓰지 않으면 피토리나의 본성이 프로헤리야에게 들키는 건 시간문제다.

그렇기에 피토리나는 주변 사람들을 협박하고 농락하고 살해하고 혹은 싹싹 빌고 뇌물을 건네고 울며 매달리는 식으로 자신의 까불거리는 성격을 존경스러운 상관에게 들키지 않게 조작 중이었다.

늘 생각한다. 대체 뭐 이렇게 힘든 삶을 사는 걸까, 라고.

"——뭐, 무슨 일이 생기더라도 내가 어떻게든 할게. 뒤숭숭한 이야기는 나중에 하고 온천을 즐기자고. 제대로 된 휴가를 즐기는 건 이게 마지막일지도 몰라."

"알겠습니다."

"그래——."

그때 프로헤리야가 천장을 올려다봤다.

그녀의 귀가 쫑긋 움직인다.

"……오늘 밤은 폭풍설이 오겠네. 꼭 클로즈드 서클 같아."
"모처럼의 위안 여행을 망치겠어요."
"그렇게 아쉬워하지 마. 망치는 것 역시 묘미니까~."
프로헤리야는 눈을 감고 "하아아아~. 좋은 탕이야~" 하고 한숨을 내쉬었다. 그리고 백극연방에서 인기인 아이돌 노래를 흥얼거리기 시작했다. 음악은 클래식을 좋아하지만, 요즘은 피아노 교실 아이들에게 배워서 유행가도 즐기고 있다.
프로헤리야의 노랫소리에 귀를 기울인다.
문득 깨달았다. 욕실 문 부근에서 그림자가 스쳐 지나간 듯했다.

※

해가 저물 무렵에는 완전히 궂은 날씨가 되어 있었다.
바람이 살벌한 소리를 낸다. 창밖을 보니 무시무시한 기세로 눈이 흩날리고 있다. 이런 상태로 밖을 돌아다니면 나처럼 빈약한 흡혈귀 따윈 순식간에 날아가 버리겠지.
결국 실내에 틀어박혀 있으면 아무 문제 없지만.
현재 우리는 네리아 방에 모여 게임에 집중하고 있었다.
게임이라고 해봐야 트럼프다. 같은 그림을 뽑으면 패를 버릴 수 있으며, 먼저 패를 다 버린 쪽이 승자……. 그런 단순한 룰이다.
그러나 이게 의외로 어렵다. 어째서인지 전혀 못 이기고 있다.

녀석들은 꼭 내 손 안을 꿰뚫어 보는 것처럼 조커를 피해 간다. 참고로 현재 5판째인데 나와 코하루가 최하위를 걸고 치열한 경쟁을 벌이고 있었다. 내게 남은 패는 2장. 조커와 하트 5다.

코하루가 무표정하게 가만히 내 얼굴을 바라봤다.

"테라코마리 선생님. 어느 쪽이 꽝이야?

"그걸 말하겠냐! 이건 내 운명을 짊어질 중요한 싸움이거든!"

"이쪽이야?"

"글쎄다."

"그럼 이쪽?"

"……아니야."

"테라코마리 선생님은 거짓말을 못하는 타입이네. 그럼 이쪽으로."

"아아아아아아아아아아아아아아아!!"

정말 맥없이 하트 5를 뺏기고야 말았다. 코하루는 "이겼다"라고 감흥 없이 말하면서 카드를 침대에 내던졌다. 나는 절망적인 심정으로 손에 남은 조커를 내려다봤다.

말도 안 돼. 왜 이렇게 차가 생기는 거지. 이건 운이 전부인 게임 아닌가……?

"총 5판짜리 승부의 결과가 나왔네요. 1회전 최하위 코마리 님. 2회전 최하위 코마리 님. 3회전 최하위 코마리 님. 4회전 최하위 코마리 님. 5회전 최하위 코마리 님. 종합 최하위—— 코마리 님입니다. 이걸로 코마리 님이 가장 못한다는 게 판명됐네요."

“그렇게 콕콕 집어 말할 건 없잖아?! 그건 나도 알아!!”
“저처럼 포커페이스를 익히시는 걸 추천드려요. 코마리 님은 얼굴에 너무 다 드러나요.”
“거짓말. 나처럼 연기 잘하는 사람이 또 어디 있다고. 제7부대 사람들도 내 정체를 모르는데.”
“그건 제7부대 사람들이 멍청해서예요.”
“멍청하다고 하지 마. 험담은 좋지 않아.”
“실례했습니다.”
“그보다 벌칙을 줘야지!” 네리아가 만면의 미소를 띠며 다가왔다. “종합 최하위가 되면 다른 참가자의 명령을 뭐든 듣는 게 규칙이야. 설마 잊은 건 아니겠지?”
“잊지 않았어. 하지만 없었던 일로 할까 하는 중이야.”
“코마리의 패배는 확실해! 뭘 시킬까──.”
다른 녀석들도 각각 명령을 생각하기 시작했다. 규칙에 결함이 있다는 건 분명하다. 최하위 하나에게 모든 사람이 명령하는 건 이상하지 않나? 내 부담이 너무 크지 않아? ──그렇게 커다란 불만을 품는 사이 각각 생각을 정한 모양이다.
“내 메이드가 돼!”라는 네리아.
“그럼 신작 과자를 맛봐 주시겠어요?”라는 카루라.
“내일은 제가 몸을 씻겨 줄게요”라는 사쿠나.
“‘황혼’ 이전에 쓴 소설을 읽게 해 줘”라는 코하루.
“저와 결혼해 주세요”라는 빌.
“각하께 명령이라니 송구해요……!”라는 에스텔. 여기 반응한 건 가방에서 메이드복을 꺼내려던 네리아다. 네리아는 "무슨 소리야!" 하고 웃으면서 에스텔의 등을 짜악! 때렸다.

"모처럼 코마리를 마음껏 다룰 수 있는 기회인걸? 잘 쓰지 않으면 손해지."

"커, 커커, 커닝엄 대통령님……! 무슨…… 안 돼요! 애초에 저 같은 일개 군인이 동석하는 게 이상한 일인데……!"

"군인이든 대통령이든 오오미카미든 상관없어. 왜냐하면 오늘은 일과는 전혀 무관한 여행이니까."

"하지만…… 하지만……."

참고로 에스텔은 도중부터 참가했다. 2회전이 끝날 때쯤 갑자기 게르트루드가 '욕탕에 뭘 두고 왔으니 가져올게요'라고 말하며 사라졌고, 그대로 계속해도 됐겠지만 마침 에스텔이 차를 가져와서 대신 강제 참가시킨 것이다.

네리아에게 어깨를 잡힌 에스텔은 송구하기 그지없다는 듯 경직되어 있었다.

나는 무심코 미소를 지었다. 역시 이 소녀는 보기 드물게 제대로 된 감정을 지니고 있다. 주변에 널려 있는 변태들과는 비교가 안 된다.

"——봐! 너희처럼 무리한 요구는 안 하잖아. 아니, 카루라와 코하루와 사쿠나는 빼고. 어쨌든 에스텔은 내 편이야!"

"제가 안 되는데 메모아 님이 OK라는 건 기준이 이상하지 않나요?"

"사쿠나는 순수하고 착한 애니까 OK지. 그리고 에스텔도 착한 애야."

"어, 어버버, 각하……."

나는 에스텔의 머리를 쓰다듬었다. 쓰담쓰담하면서 생각한 건데 에스텔은 몇 살이지? 완전히 연하처럼 대하고 있는데. 그렇게 생각하는데 빌이 절규했다.

"아아아아아아앗! 치사해요, 에스텔! 착한 아이인 척 코마리 님께 쓰다듬을 받다니……! 용서 못 해요!"

"네에?! 그러려던 게……."

"이거 수상하네. 코마리 근처에 변태가 아닌 사람이 있을 리 없는데. 당신도 실은 사쿠나 메모아처럼 그냥 내숭인 거 아니야?"

"저……, 저는 내숭이 아닌데요……."

"아, 아니에요! 상관에게 명령하는 걸 주저하는 건 당연한 감정 아닌가요!"

"장황한 말은 듣고 싶지 않아요. 자, 변태의 모습을 보이세요."

"잠깐…… 빌 씨?! 그마…… 아하하하하하하하하하하하!!"

빌과 네리아가 에스텔에게 간지럼 공격을 하기 시작했다.

나는 말려들지 않도록 잽싸게 회피한다. 에스텔도 이래저래 모두와 친하게 지내는 것 같아 안심이다. 빌 같은 사람에게 물들지 않으면 좋겠는데.

갑자기 바람이 살벌한 소리를 내며 불었다. 날아온 무언가가 벽에 세게 부딪쳤는지—— 까앙!! 하고 어마어마한 충격이 실내에 울려 퍼진다.

옆에 있던 카루라가 "날씨가 많이 궂네요"라고 냉정하게 중얼거렸다.

"이러면 온천 마을도 못 걷겠네요. 모처럼의 생이…… 가 아니라 온천 여행인데."

"기상예보사에게 들었어. 3년에 한 번 오는 수준의 눈보라라고."

코하루는 뺨을 부풀리고 있었다. 노천탕에 못 들어가서 좀 불만인 듯하다.

"【전이】 마법석도 못 써. 마력이 흐트러져 있어."

"그래? 그럼 못 돌아간단 말이지."

"실내에 가만히 있는 수밖에 없겠네요――. 아, 경단 드실래요?"

"응, 고마워." 풍전정의 미타라시 경단을 받아들면서 나는 창밖을 바라본다. "내일 아침에는 나아져 있으면 좋겠는데. 좀 가 보고 싶은 곳이 있거든."

"가 보고 싶은 곳이요? 오므라이스 가게라든가?"

"그것도 있는데……. 이 근처에 있는 언덕 위에 가 보고 싶어."

온천 마을의 풍경을 바라보며 떠오른 게 있다.

과거 가족끼리 프레질을 찾았을 때, 나는 엄마 손에 이끌려 약간 높은 언덕 위로 갔다. 그리고 뒤집힌 마을이 공중에 떠 있는 영상을 목격했다. 그게 대체 뭐였는지는 아직 알 수 없지만, 지금도 볼 수 있는지 매우 궁금했다.

그리고 엄마는 그 현상을 '세계의 비밀'이라고 불렀다.

기왕 프레질까지 온 거 세계의 비밀을 찾아봐도 좋겠지.

그 이야기를 요약해서 전하자 카루라는 "그렇군요" 하고 신음하며 접시 위에 있는 경단 꼬치를 집어 들었다.

"뒤집힌 마을이요……. 나중에 할머님께 물어볼까요."

"몇 년에 한 번밖에 못 본다나 봐. 또 프레질 특유의 현상이랬던 거 같아."

"그, 그 이야기라면! 알아요!"

갑자기 에스텔이 목소리를 높였다. 빌과 네리아의 마수에서 간신히 도망친 모양이다. 아니, 그보다 도망치기 위한 구실로 후다닥 나선 감이 있다. 에스텔은 숨을 고르면서 "뒤집힌 마을이란 말이죠"라고 입을 열었다.

"각하 말처럼 프레질 특유의 현상이에요. 이 주변 사람들은 '황천 사본'이라고 부르죠. 3년에 한 번 정도의 주기로 뇌우나 폭풍 같은 큰 재해가 발생하는데, 이게 잠잠해지면 이계의 풍경이 떠올라요."

"이계……? 이계가 뭔데?"

"죄송합니다. 자세한 건 아무도 모르나 봐요……. 어떤 사람은 '사후 세계'라고 하고 또 어떤 사람은 '다른 차원의 이세계'라고도 해요. 이건 프레질에 국한된 얘기는 아니지만, 핵 영역 중앙부에는 이 세계에 관한 전설이 수없이 남아 있어요. 사람이 갑자기 모습을 감추거나 어떤 나라도 쓰지 않는 문자의 메모가 발견되는 등……."

왠지 낭만 있는 이야기다.

그리고 나는 그 이계인지 뭔지에 조금 짚이는 게 있었다. 내 펜던트에 금이 갔을 때 등장한 초승달이 뜬 세계. 그것과 무슨 연관이 있는 게 아닐까.

"어쩌면…… 이번 눈보라로 '황천 사본'이 발생할지도 몰라요. 지난 황천 사본은 마침 3년 전이었다고 하거든요."

"뜬금없는 소리 하지 마! 나한테서 도망치려는 거지?!"

"그, 그만하세요. 커닝엄 대통령! ——아하하하하하하하하!!"

에스텔이 네리아에게 잡혀 희롱당하고 있었다. 게르트루드가 보면 질투해서 이를 갈 광경이다. 그 메이드는 정말 네리아를 너무 좋아하니까.

카루라가 경단을 우물우물하더니 삼키고 나서 말한다.

"——뭐, 결국 이 눈보라가 계속되면 꼼짝도 못 하겠죠. 언덕을 보러 갈 수도 없고요."

"그러게. 분위기를 보아 노천탕에도 못 들어갈 테고……. 아니, 그보다 두고 온 걸 가지러 간 게르트루드는 괜찮은가? 바람에 날아간 건 아니겠지?"

네리아가 "아—" 하고 생각났다는 듯 천장을 올려다봤다. 참고로 네리아의 두 손은 에스텔의 옆구리를 파고들고 있다. 언제 이렇게 친해진 거지?

"어떤지 보고 올까? 미끄러져 넘어져서 기절이라도 했다면 딱하니까."

"밤도 깊어졌으니 슬슬 해산하도록 할까요?"

"그러게. 그럼 오늘 밤은 이 정도로 할까. 늦게까지 시끄럽게 굴면 다른 손님에게 민폐일 테고——. 뭐, 다른 손님이라고 해도 창옥 둘밖에 없지만."

그렇게 말한 네리아는 일어났다.

현재 홍설암에 숙박 중인 건 우리 일행을 제외하면 프로헤리야와 피토리나뿐인 듯했다. 즉 거의 대절이나 다름없다. 눈보라가 올 것을 예측하고 예약하지 않은 건가? 잘 모르겠다. 잘 모르겠지만 그건 둘째 치고── 나는 안도하고 있었다. 왜냐하면 벌칙 게임이 흐지부지됐기 때문이다.

"아, 맞다. 벌칙 게임은 내일 하자."

흐지부지된 게 아니었다. 절망에 떠는 나를 무시하고 카루라 일행도 방으로 돌아갈 채비를 시작했다. 아무래도 오늘은 이만 해산하나 보다. 곧 둘은 잘 자라는 인사를 하고 나서 차례차례 방을 나갔다.

홍설암의 첫째 날은 이렇게 끝난다.

여러모로 즐거웠지. 온천도 오랜만에 가 보고. 내일은 프레질 마을을 산책하고 싶은데── 눈보라가 멎을까?

나는 그렇게 살짝 불안해하면서 취침 준비를 시작했다.

※

네리아 커닝엄이 게르트루드를 찾으러 욕실로 갔을 때의 일이다.

네리아는 문득 2층 복도에서 낯선 요선과 엇갈렸다.

"──거기 당신."

말을 걸자 요선은 "응?" 하고 뒤를 돌아봤다.

경단 머리가 특징적인 신선종이다. 이런 손님이 있다는 말은 못 들었는데. 하지만 그보다 걸리는 게 있었다——. 그녀가 들어가려는 곳이다.

"그쪽은 '관계자 외 출입금지'라고 되어 있는데."

"아아."

소녀는 나른한 듯 머리를 긁적이며 말했다.

"나는 관계자야. 코마링 각하께 못 들었어?"

"못 들었어. 왠지 당신 수상한데?"

"무리도 아니지. 나는 유달리 수상한 '의사'라는 일을 하니까. 이름은 쿠야. 에스텔 클레르의 여동생 주치의지."

아아——. 네리아는 납득했다.

그러고 보니 이 여관에는 병상에 누워 있는 소녀가 있다는 듯하다. 분명 에스텔 클레르의 여동생이랬나.

그렇다면 의사가 있어도 이상할 게 없겠지.

"——고생이 많네. 갑자기 폭풍이 와서."

"그러게. 진찰을 마치면 돌아가려고 했는데. 어제부터 철야 때문에 너무 졸려서 못 참겠거든. 아니, 미안. 당신에게 푸념해도 하는 수 없는 일인데……."

"눈 밑에 기미가 생겼어. 분명 힘든 거겠지? ——여동생 병이 그렇게 중해?"

"뭐, 그렇지. 사생활에 관련된 거라 자세히 말할 수는 없지만. 못 가는 김에 상태를 좀 보려고 했는데."

네리아는 가만히 쿠야 선생을 관찰했다.

그녀는 주춤한 듯 시선을 돌린다.

"……뭐, 뭐야. 내 얼굴에 뭐가 묻었어?"

"아니, 그냥. 제대로 된 의사 선생님을 보는 게 처음이라."

"그래."

"의사는 의외로 마법을 잘 쓰나 보네. 옷 아래 지팡이를 숨기고 있지?"

쿠야 선생의 표정이 살짝 굳었다.

"게다가 그건 전투에 쓰는 거 아니야? 내 기분 탓인가?"

"――역시 커닝엄 대통령이야. 숨겨도 소용없나."

문득 표정이 누그러진다.

"사실 나는 원래 요선향의 군에 있었어. 그때 쓰던 지팡이를 지금도 치료용으로 쓰고 있지. 절약하는 기질이 있어서――. 쓸 수 있는 동안에는 바꾸고 싶지 않아."

"뭐야, 그런 거였나."

"참고로 외모가 젊은 소녀라고 해서 착각하지 말아줘. 군에 있던 건 30년도 더 된 얘기야. 난 이래 봬도 50년은 살았다고."

순수하게 놀랐다. 요선은 장수한다고 하지만 외모까지 젊을 줄이야.

뭐, 어쨌든 제대로 된 신분을 가진 인물인 듯하다. 더 이상 의심의 눈길을 보내는 건 실례겠지――. 그렇게 생각하며 네리아는 발길을 돌렸다.

"잡아서 미안해. 그럼 힘내."

"그래. 그쪽이야말로 여행을 즐기길."

서로 손을 흔들며 헤어진다.

우선 지금은 게르트루드를 데리러 가는 게 우선이다. 어쩌면 이미 방에 갔을 수도 있지만——, 그렇게 생각하면서 네리아는 복도를 걷는다.

뒤에서 마력이 꿈틀거리는 느낌이 났다.

뒤를 돌아본다. 이미 쿠야 선생은 사라지고 없었다.

"……?"

기분 탓이겠지. 깊게 생각해도 별수 없기에 네리아는 무시하기로 했다.

밖에서는 바람 소리가 나고 있다.

※

모니크 클레르는 문득 잠에서 깼다.

아무래도 몇 년에 한 번 온다는 재해가 찾아온 모양이다. 내가 이 시간에 깨는 건 드문 일인데——, 모니크는 생각한다.

어둠 속에 가만히 있는데 눈물이 뚝뚝 떨어졌다.

아직 감정이 있다는 증거일지도 모른다.

모니크를 좀먹는 병은 '소진병'. 선생님이 그렇게 말했다.

머릿속이 안개로 채워져 가는 듯한 느낌. 늘 나른하다. 뭘 해도 마음이 긍정적인 쪽으로 가지 않는다. 침대에 웅크린 채 천천히 멸망이 찾아오길 기다리는 듯한 병.

난 이대로 죽어가는 게 아닐까——. 그렇게 생각하면 무서움에 눈물이 났다.

하지만. 그렇지만.

오늘은 특별한 일이 있었다.

테라코마리 건데스블러드 칠홍천 대장군이 만나러 와 준 것이다.

모니크는 오랜만에 가슴이 뛰는 것을 실감했다.

그 사람과 이야기하다 보면 어째서인지 희망이 샘솟는다.

"코마링 각하……."

그 세계 최강의 흡혈귀는 2박 3일로 홍설암에 묵는 모양이다. 자기가 깨어 있는 사이 다시 볼 수 없을까――. 그렇게 생각하고 있을 때였다.

갑자기 '그림자'가 다가오는 기척이 났다.

"왜 그래?"

그림자는 답이 없었다. 책장 쪽에 웅크린 채로 이쪽을 바라보고 있다.

저게 나타난 건 모니크가 아프고 난 직후였다. 새카만 그림자는 '행복한 곳으로 데려가 줄게'라고 했다. 그건 즉 모니크를 위로해 주려는 것이겠지.

"……화난 거야?"

역시 그림자는 답이 없었다. 어쩌면 답한 걸지도 모른다. 하지만 폭풍 때문에 그녀의 말은 가끔 무언가에 끊긴 것처럼 들리지 않았다.

그림자는 코마링 각하에게 화나 있는 듯하다. 그 이유는 알 수 없다. 그러나 틈만 나면 '테라코마리 건데스블러드를 만나고 싶다'라며 원망하듯 말했다.

뭐, 상관없나. 모니크는 생각한다. 왠지 졸리기도 하고.

"잘 자, 그림자."

모니크가 중얼거리자 '그림자'는 천천히 다가왔다.

실체가 없는 손으로 부드럽게 쓰다듬는다. 에스텔은 그녀가 존재하지 않는다고 주장한다. 부모님도 '혹시 사신 같은 거 아니냐?'라며 의혹의 눈길을 보낸다.

하지만 둘 다 아니었다.

그림자는 여기 있다. 사신은커녕 모니크를 위로해 주는 존재다.

그때였다.

"모니크, 깨어 있니?"

문밖에서 쿠야 선생님 목소리가 들렸다.

※

바람 소리에 잠에서 깼다.

나는 침대 속에서 꾸물거리며 귀를 기울인다. 아니, 기울일 것도 없었다. 내리치는 듯한 폭풍 때문에 창문이 덜컹덜컹 흔들리고 있다. 오늘도 밖에 나가긴 힘들겠군――. 그렇게 생각하면서 나는 베개에 얼굴을 묻는다.

다시 자자. 아마 아직 해도 안 떴을 거고.

그나저나 따뜻하네. 마법석으로 난방이 되고 있나. 눈보라 때문에 위험한 밖을 생각하면서 만끽하는 따끈따끈함은 각별하구나——. 아니, 잠깐. 뭔가 좀 갑갑한데? 꼭 누가 힘껏 끌어안고 있는 것 같아.

"코마리 님……. 이렇게 큰 밀 과자가 다 있네요……. 잘 먹겠습니다……."

"와아아아아아아아아아아?! 난 밀 과자가 아닌데?!"

매달리는 빌을 힘껏 밀치며 속박에서 벗어났다.

녀석은 "밀 과자……. 밀 과자……"라고 잠꼬대처럼 중얼거리며 꾸물꾸물했다. 왜 변태 메이드가 내 침대에 있는 거지. 어젯밤엔 스모 승부의 약속을 어긴 빌이 내 침대에 침입해서 에스텔의 중재로 셋이 따로 자기로 했는데.

그러고 보니 사쿠나는? ——나는 벽 쪽 침대로 눈을 돌렸다.

사쿠나는 보이지 않는다. 화장실이라도 간 걸지 모른다.

"……이봐, 빌. 왜 내 침대에서 자고 있어?"

"코마리 님이 한 마리……, 코마리 님이 두 마리……, 코마리 님이 세 마리……."

물어도 헛수고였다. 엉뚱한 잠꼬대를 중얼거린다.

뭐, 이번엔 눈감아 주자. 깨우기도 딱하니까. 우선 나도 한숨 더 자자고——, 그렇게 생각하면서 하품했을 때였다.

갑자기 빌의 목덜미로 눈길이 갔다.

창문으로 비쳐드는 희미한 빛을 받은 흰 목덜미. 처음에는 그냥 멍하니 지켜보기만 했다. 그러고 보니 이 녀석 피를 빨았었지. 그런 생각을 하면서 시트 가장자리를 움켜쥘 뿐이었다.

"…………."

그러나, 바라보는 사이에 왠지 목이 말라왔다.

그렇게 작년 말의 기억이 되살아난다. 기억이라고 할까? 감각이었다.

이 녀석 피부를 이빨로 깨물었을 때 머릿속으로 빠르게 퍼진 그 달콤한 자극——. 어떤 음료보다도 맛있게 느껴졌던, 그렇게 싫어했을 새빨간 피.

자는 자연스레 잠들어 있는 빌 쪽으로 다가갔다.

물론 안다. 나에게는【고홍의 애도】라는 정체 모를 슈퍼 파워가 있다. 내 뜻에 따라 자유자재로 컨트롤할 수 있는 능력이 아니라서, 피를 섭취한 순간 테라코마리 건데스블러드는 세계를 모조리 파괴하는 운석으로 변한다——, 라는 느낌이다.

그러니까 피를 마시는 건 권장하지 않는다.

권장하지 않지만……, 조금 정도는 괜찮지 않을까?

냉정하게 생각해 보자. 뮬나이트 궁전 때는 정신없이 빌의 피를 빨았다. 아마 컵으로 한 잔 분량 이상은 빨았던 것 같다. 그렇다면 한 방울 정도는 괜찮지 않을까?

아니, 아니, 아니, 아니지. 내가 무슨 생각을 하는 거지. 너답지 않아, 테라코마리 건데스블러드. 나는 피 대신 토마토 주스를 마시겠다고 평생을 걸고 맹세했잖아. 다시 꿈의 세계로 떠남으로써 이 이상한 생각을 버리자——.

"으응……."

빌이 뒤척였다. 하늘을 보고 누운 탓에 목덜미가 다 보인다.

입 안에 있던 군침이 흘러넘쳤다. 안 돼. 목이 말라서 못 참겠어.

이 녀석이 깨면 '피를 빨게 해 줘!'라고 부탁할 수 없다. 왜냐하면 창피하기 때문이다. 그러니까 기회는 지금뿐이다. 애초에 빌이 이렇게 무방비한 모습을 보일 때가 있었나? 아니, 없다. 역시 지금뿐이다.

깨지 않도록 세심한 주의를 기울여가며 빌 쪽으로 다가갔다.

그리고 빌의 목에 천천히 고개를 들이밀었다.

괜찮아. 조금뿐이니까. 들키지 않게 잘하면 돼――. 그렇게 심장이 두근거림을 느끼면서 빌의 피부에 이빨을 가져다 댔을 때였다.

벌컥!! 방문이 열렸다.

"――코마리 씨!! 큰일 났어요!!"

순간적으로 위기를 감치한 나는 프로펠러 장난감처럼 그 자리에서 도약했다.

그대로 옆 침대에 머리부터 착지한다. 방으로 난입한 소녀――사쿠나 메모아가 파랗게 질린 얼굴로 "괜찮으세요?!"라고 물었다.

"……괘, 괜찮아. 잠이 좀 덜 깼나 봐. 내가 피를 빠는 일은 천지가 뒤집혀도 있을 수 없는 일이니까……. 사쿠나야말로 어쩐 일이야? 트럼프라도 할래?"

"그, 그게……."

사쿠나는 아직 믿기지 않는다는 듯한 표정으로 이렇게 말했다.

나는 그야말로 천지가 뒤집힌 듯한 충격을 받았다.

“네리아 씨와 게르트루드 씨가. 누군가에게 습격당해 돌아가셨어요…….”

외 [2.5] 아이란 린즈와 흡혈귀들

로로코 건데스블러드는 제국군에 흥미를 가졌다.

딱히 군인이 되어 살육을 즐기려는 게 아니다. 로로코가 마음에 둔 흡혈귀—— 헬데우스 헤븐이 거기 있기 때문이다.

"교회도 자주 갔으니! 슬슬 만나러 가 볼까!"

언니 코마리에게는 '행동력의 화신' 소리를 들은 적도 있다.

생각나면 즉시 실행. 그게 성공의 비결이라고 로로코는 생각한다.

2월 18일. 토요일.

언니나 그 스토커들은 핵 영역의 온천 마을에 가 있다. 동생에게 허락도 받지 않고 여행이라니 웃기지 말란 생각만 든다. 집에 오면 코마 언니의 양말에 생크림을 발라두자——. 그렇게 장난칠 계획을 세우면서 로로코는 뮬나이트 궁전까지 왔다.

여긴 기본적으로 관계자 말고는 출입이 금지되어 있지만 "아버지가 두고 간 걸 전해드리러 왔어요!"라고 했더니 쉽게 들여보내 주었다.

건데스블러드라는 가명(家名)은 궁정에서 절대적인 권력을 발휘한다.

위병들은 송구하다는 듯 길을 터 주었다.

"후후후……. 헤븐 님이 기뻐하실까?"

로로코는 고급 과자점에서 산 쿠키 상자를 내려다보면서 미소를 띠었다.

헬데우스 헤븐과 만난 건 작년 겨울이었다.

그는 실연 때문에 울적해 있던 로로코를 다정하게 위로해 주었다.

지금까지 만난 어떤 흡혈귀와도 달랐다.

그 신부님은 로로코의 마음을 녹이고도 남을 따스한 분위기를 띠고 있었다.

그리고 그때 약속했다——. '답례로 과자를 선물하겠다'라고.

그러니까 이건 무단 방문이 아니다. 그 사람도 화를 내진 않겠지——. 그렇게 자기 행동을 정당화하면서 로로코는 궁전을 걷는다.

칠홍천은 전쟁이 없을 때는 칠홍부라는 건물에서 생활한다고 한다.

헬데우스 헤븐도 거기 있을까? 아니, 칠홍부는 대체 어디지.

길을 잃은 로로코는 근처에 있는 사람에게 길을 물어보기로 했다.

주변을 두리번두리번한다.

그러자 궁전 한편—— 휴식용 정자의 벤치에 앉은 소녀가 보였다.

온화한 햇살 아래서 꾸벅꾸벅 졸고 있다. 왠지 미덥지 못한 느낌이 들었지만 달리 사람이 없으니까 하는 수 없다. 로로코는 거침없이 소녀에게로 다가갔다.

"——거기 당신. 헬데우스 헤븐 님이 계신 칠홍부가 어디야?"

소녀가 반짝 눈을 떴다.

로로코는 '앗' 하고 소리칠 뻔했다.

왜냐하면 소녀가 흡혈귀가 아니라는 걸 알아차렸기 때문이다.

공작처럼 팔랑팔랑한 옷을 입은 녹색 요선. 그 우주처럼 맑은 눈동자가 자신을 향하자 어울리지 않게 가슴이 두근두근했다.

"……누구세요?"

녹색 소녀가 고개를 갸웃했다. 바람을 타고 살구 같은 근사한 냄새가 난다. 요선종을 가까이서 본 건 처음인데——, 꼭 식물처럼 조용한 사람이라고 로로코는 감탄한다.

"당신은…… 테라코마리 건데스블러드…… 아니야?"

"나는 로로코야. 테라코마리는 언니고."

"그래……. 역시 여기에는 없구나."

어째서인지 녹색 소녀는 풀이 죽었다.

언니와 비교하며 실망했다. 그 사실이 로로코 안에 짜증이 쌓이게 했다.

그러나 소녀는 상대의 그런 사소한 변화를 민감하게 알아차린 듯했다.

"미안. 나는 아이란 린즈. 당신은 칠홍부라는 곳에 가고 싶은 거야?"

"그래. 헬데우스 헤븐 님을 만나려고!"

"당신은 그 사람을 정말 좋아하는구나."

"뭐……? 당신이 뭘 안다고?"

“그냥. ——여기서 기다리다 보면 좋은 일이 있을 거야. 선물로 가져온 월병이 있으니까 먹으면서 얘기하지 않을래?”
“………….”
아이란 린즈는 미스터리어스한 미소를 띠면서 벤치를 툭툭 쳤다. 옆에 앉으라는 거겠지. 이런 엉뚱한 아이와 이야기할 여유는 없는데——. 그러나 어째서인지 로로코는 린즈에게 끌리는 것을 느꼈다.
정자 천장에는 온방용 마법석이 설치되어 있다. 일단 다른 사람이 지나갈 때까지 상대해 줄까. 요선종이 흡혈귀의 총본산에서 졸고 있는 이유도 궁금하고.

☆

“삼룡성 아이란 린즈……! 대체 어디로 간 거죠?!”
뮬나이트 궁전 복도를 걸으면서 프레테 마스카렐은 거친 말을 내뱉는다.
엇갈린 관리들이 “히익!” 하고 비명을 지르며 복도 한쪽으로 피했다. 그런 건 안중에도 없다. 지금 프레테의 머릿속을 가득 메운 건 ‘전쟁’ 두 글자다.
사건의 발단은 남쪽의 유토피아 요선향에서 온 서한이다.
[이계로 가는 문에 관해 이야기하고 싶습니다].
황제 폐하에게 들었다. 연말의 소동 때 뮬나이트 궁전의 알현실에 이계로 가는 문이 열렸다고 한다. 아니, 이계로 가는 문이

뭔데――. 프레테는 회의적인 기분이었지만, 경애하는 카렌 님이 '사실이다'라고 하니 의심하는 것은 바람직하지 않다.

그리고 본래라면 테라코마리 건데스블러드가 외교 사절을 상대하게 되어 있었다.

왜냐하면 그 흡혈 공주는 실제로 이계에 갔던 모양이니까.

그러나 연락에 착오가 있었던 모양이다.

테라코마리는 친구와 함께 온천 여행을 가 버렸다.

바보 같다. 그리고 더 바보 같게도 요선향에 대한 대응이 프레테에게로 넘어왔다.

재상 왈 '한가해 보이길래'라고 한다.

"――나도 바쁜데! 왜 내가 건데스블러드 씨의 '대역'이 되어야 하냐고요?!"

"그건 마스카렐 님이 우수하기 때문이겠죠!"

그렇게 낙관적으로 외친 것은 사제복을 입은 남자―― 헬데우스 헤븐 장군이다.

이 사람도 '한가해 보이길래'라는 이유로 동원된 모양이다. 프레테와 함께 요선향을 상대하게 됐다.

"평범한 칠홍천이라면 건데스블러드 님의 대역을 맡을 수 없죠. 그런 점에서 마스카렐 님이라면 합격점에 들 만하다고 평가받는 인선이겠죠."

"그건 제가 건데스블러드 씨만 못하다는 뜻인가요?"

"아아, 신이시여! 저의 실언을 용서하시길!"

"신이 아니라 저에게 참회하지 그래요! ――아니, 딱히 상관은 없지만요! 그건 그렇고 그분들은 어디로 간 거죠. 정말, 요선들은 수뇌진까지 태평하다니까요."

요선향에서 온 두 사람은── 공주(公主) 아이란 린즈와 그 종랸 메이파.

15분쯤 전의 일이다. 귀빈실에서 두 사람을 맞이한 프레테와 헬데우스는 넷이서 싱거운 담소를 나누고 있었다. 잠시 후, 두 요선은 '화장실에 다녀올게요'라는 말을 남기고 방을 나가서는 돌아오지 않았다.

프레테의 머릿속을 스쳐 지나간 건 흡혈 소란의 발단이 된 율리우스 6세다.

길을 잃고 테라코마리와 만나 이러쿵저러쿵하다가 선전포고를 당했었지.

지금이야 율리우스 6세에게 처음부터 사악한 꿍꿍이가 있었단 걸 알지만, 아이란 린즈 역시 그런 식으로 누군가를 만나 기분이 상해 전쟁을 선포할지도……. 그 정도는 아니더라도 안 좋은 인상을 남길 수 있다.

"──나눠어서 찾아보죠. 저는 바깥을 확인할 테니까 헤븐 님은 궁전 내부를 찾아봐 주세요."

"춥잖아요. 바깥은 제가 보도록 하죠."

"어머, 그래요? 그럼 그렇게 할까요?"

프레테는 이동복도를 빠른 걸음으로 걸으면서 초조감에 휩싸였다.

얼른 찾지 않으면──, 내가 카렌 님께 혼날지도 모르잖아.

☆

아이란 린즈는 묘한 포용력을 가진 녀석이었다.

말수는 적다. 그러나 로로코의 두서없는 이야기를 조용히 들어 준다.

아무래도 이 선녀는 테라코마리 건데스블러드를 만나러 온 모양이다. 그런 녀석을 만나서 어쩌게? 싶었지만, 기왕이면 언니 이야기를 해 주기로 했다.

"——코마 언니는 사람을 난감하게 해. 그 인간은 옛날부터 덜렁이에 얼빠진 데다 우유부단해서 내가 없으면 아무것도 못 해. 지금까지 쭉 내가 그 인간을 이끌며 놀아줬다고. 누가 언니고 누가 동생인지 모르겠다니까. 키도 내가 더 크고."

"그래."

"하지만 요즘의 코마 언니는 좀 변했어. 왜냐하면 내가 모르는 새에 수많은 친구를 사귀었거든?! 코마 언니 주제에 건방져. 은둔형 외톨이일 적과는 다르게 왠지 차분하고."

"은둔형 외톨이였어?"

"그래. 그 인간은 패기가 없으니까. 하지만 뭐, 어쩔 수 없지. 딱히 코마 언니도 방에 틀어박히고 싶어서 틀어박힌 게 아니니까. 그렇게 몰아붙인 인간이 문제야. 나로서는 그 인간이 장군이 된 게 좀 내키지 않아."

"장군……, 밀리센트 블루나이트 칠홍천?"

"이름이 그랬나? 뭐, 어쨌든 지금의 코마 언니가 있는 건 내 덕이야! 푸딩은 맛있잖아? 그 인간도 푸딩을 좋아하거든. 그래서 방에 여러 번 던져넣어 줬지. 얼굴이 엉망이 된 게 웃겼어."

"?"

"내가 관심을 준 덕에 코마 언니가 부활한 거야! 그 밖에도 해준 게 많지. 그런데 은혜도 모르고……. 나를 두고 온천에나 가버리고! 칠홍천 대장군이 되어 여러모로 활약했다고 기어오른다니까. 슬슬 따끔한 맛을 보여줘야겠어. 그 인간 신발에 매미를 넣어둘 계획을 짜고 있어."

"적당히 해. 싸우면 안 돼."

"알아――. 그러고 보니 칠홍천 대장군 하니까 생각난 건데! 코마 언니는 같은 데서 일하는 다른 칠홍천을 전혀 몰라! 도움이 안 된다니까, 정말!"

"……??"

"헬데우스 헤븐 님에 관해 하나도 모른다고!"

"아아……."

"오늘도…… 실은 코마 언니에게 전해 달라고 하려 했는데. 없어서 혼자 돌입하게 됐잖아."

녹색 소녀는 머리에 물음표를 띄우고 있었다.

조금 당황스럽다. 로로코는 화제가 자꾸 바뀌는 녀석이라고 언니에게 자주 지적당한다.

그러나 린즈는 로로코가 가진 종이봉투를 보고 깨달은 듯, 온화한 미소를 띠며 이렇게 말했다.

"괜찮아. 만날 수 있을 거야."

"뭐?"

"먼저 행동하는 자에게는 반드시 좋은 일이 있으니까."

근거 없는 격려. 하지만 어째서인지 구원받은 심정이었다.

솔직히 로로코는 긴장 중이었다. 헬데우스 헤븐이 기뻐할까? 달콤한 걸 싫어하면 어쩌지. 애초에 잊고 있었다면 어쩌지. 그런 불안을 떨칠 수가 없었다.

하지만 린즈 덕분에 조금 긍정적으로 변했다. 이제 만날 사람을 찾기만 하면 된다.

"단순 접촉 효과라는 게 있어. 여러 번 만나는 게 중요할지도 몰라."

"잘은 모르겠지만 알겠어! 고마워, 린즈!"

"응. ――온 것 같네."

린즈의 시선 끝을 아무 생각 없이 봤다.

가슴이 철렁했다. 안뜰에 찾던 사람이―― 헬데우스 헤븐이 있었기 때문이다. 그도 이쪽을 봤는지 조금 다급한 기색으로 달려온다.

로로코는 순간적으로 자리에서 일어났다. 우선 인사를 해야――.

"헤, 헤븐 님……!"

"――오오! 이런 곳에 계셨군요, 아이란 린즈 님."

무시당했다.

헬데우스는 어째서인지 린즈 쪽으로 다가와 미소 지었다.

"마스카렐도 걱정하고 있습니다. 자, 방으로 가시죠."

"죄송합니다. 잠깐 산책 중이었어요. 하지만 조금 더 시간을 주시면 좋겠는데요――. 여기 로로코에게요."

"응?"

지금 깨달았다는 듯한 눈이었다.

그러나 로로코는 굴하지 않고 인사했다.

"아…… 안녕하세요. 헤븐 님! 그 후로 별다른 일은 없으세요?"

"이게 누구야. 건데스블러드 씨 아닙니까! 잘 지내는 것 같아 다행입니다."

"기억하고 계셨군요!" 로로코는 들뜬 심정으로 헬데우스를 올려다봤다. "덕분에 기운이 넘쳐요! 헤븐 님을 본받아 요즘은 교회에도 다닌답니다."

"오오! 그거 훌륭하군요! 당신도 신의 위대함을 깨달았나요?"

"네, 신은 정말 최고죠!"

"그야말로 신이십니다!"

뭐가 신인지 잘 모르겠다. 하지만 헬데우스가 말한다면 신이겠지.

우선 함께 차라도 마시고 싶지만――. 로로코는 나름대로 상식을 가진 흡혈귀다. 그가 근무 중임은 누가 봐도 명백했다.

오늘은 선물만 주고 끝내자.

"헤븐 님. 일은 좀 어떠세요?"

"평소랑 같죠. 오늘은 조금 정신이 없지만……."

헬데우스가 린즈에게로 눈을 돌렸다. 잘은 모르겠지만 방해하는 건 원치 않는다. 로로코는 미소를 띠며 과자가 든 종이봉투를 건넸다.
"……이건 지난번의 답례예요. 헤븐 님 입에 맞으면 좋겠는데……."
"저에게요? 이렇게 호화로운 답례를 받을 만한 일을 한 적이 없는데……."
"아니요! 제가 답례하고 싶은 거니까 받아 주세요!"
"그렇군요. 그럼 감사히 받죠."
헬데우스는 만면의 미소를 띠며 종이봉투를 받아들었다.
미션 완료다. 이로써 위로해 준 것은 답례했으니 로로코 건데스블러드라는 존재의 인상도 제대로 남겼겠지. 이제 다과회 약속이라도 잡으면 완벽하다——. 그렇게 가슴 설레며 주먹을 꼭 움켜쥔다.
"휴식 시간에라도 드세요. 그거 비쌌거든요."
"이런, 이건 제도에서 유명한 블러드 쿠키로군요. 아내가 아주 좋아해요."
"그래요? 그럼 사모님과 함께——."
……응?
이 사람, 방금 뭐라고 했지?
"고맙습니다, 건데스블러드 씨. 신의 이름 아래 맛있게 먹도록 하죠. 이런 선물은 귀중하니까요."
"네, 네에……."
"이야, 아내도 기뻐하겠군요. 아내는 과자를 아주 좋아해서……."

"——뭐야, 아내가 있다고?!?!?!"

로로코는 전력으로 절규했다.

헬데우스가 깜짝 놀란 표정으로 본다.

"신성교는 결혼을 금지하지 않습니다. 그리고 아내도 성직자예요."

"그런 문제가 아니라……."

"율리우스 6세에게 파문당한 저를 외면하지 못한 인격자랍니다. 참고로 함께 고아원을 운영 중이죠. 원래는 아내 말을 듣고 시작한 건데, 이게 10년이나 지속될 줄은 몰랐어요——."

아니. 아니, 아니, 아니. 그게 말이 돼……?

헬데우스의 말(아내 자랑)은 로로코의 귀를 스쳐 지나갔다.

다리가 휘청거린다. 시야가 새카만 어둠에 휩싸인다. 이건——여러 번 맛봐 온 그것이다. 즉 사랑이 처절하게 파괴되었을 때의 절망적인 느낌이다.

그리고 로로코는 한계를 맞았다.

"……………………………………………………………꽤액."

털퍽.

그 자리에 쓰러지고야 말았다.

"?! ——괘, 괜찮아?! 로로코?!"

"건데스블러드 씨?! 주, 죽었어……."

죽은 게 아니다. 하지만 죽고 싶은 심정이었다.

린즈와 헬데우스의 걱정스러운 목소리 따윈 들리지 않는다. 로로코의 마음에 응어리진 것은 허무다. 지금까지의 마음이 무로 돌아갔단 걸 알았을 때의 절망이다.

아니, 뭐. 예상 못 한 건 아니지만.

"으, 으으."

"아. 살아 있네. 괜찮아?"

"으아아아아아아아아아아아아아아아아아아아아아아아아아아아아아아아아!!"

참을 수 없었다. 원래 로로코는 감정을 잘 억누르지 못하는 타입이다.

그렇기에 감정이 시키는 대로 벌떡 일어나── 그대로 린즈에게 매달려 엉엉 오열하기 시작했다. 린즈가 "어, 저기……" 하고 당황했지만 신경 쓸 여유가 없었다.

소리치고 싶을 때는 소리치면 된다.

아니면 버틸 수 없으니까.

"아아아아아아아아아아아아아아아아아아아아아아아아아아아아아아아아아!!"

"으음……. 옳지, 옳지?"

"좀 더 쓰다듬어 줘어어어어어어어어어어어어어어어어어어어어어어어어!!"

이렇게 해서 로로코의 몇 번째인지 모를 사랑에 매듭이 지어졌다.

☆

프레테 마스카렐은 정신을 잃을 뻔했다.

아이란 린즈는 궁전 정원에 있었다. 그걸 보고 한숨 돌린 것도 잠깐.

웬 금발의 흡혈귀가 린즈에게 매달려 통곡한 것이다.

안심할 상황이 아니었다.

이게 아이란 린즈의 기분을 상하게 했다간 국제 문제로 발전하겠지.

그보다…… 저 금발의 흡혈귀는 낯이 익었다. 반성도 없이 문제를 일으키려 하고 있다. 프레테는 화가 머리끝까지 나서 그녀에게로 다가갔다.

"건데스블러드 씨?! 온천은 어쩌고요?!"

"아아아아아아앙! 아아아아아아앙!"

"옳지, 옳지……."

"됐으니까 뚝 그쳐요! 그분은 요선향의 삼룡성 아이란 린즈 님이거든요!! 죄송합니다, 아이란 님. 이 사람은 나중에 따끔하게 혼내 둘게요……."

"아아아아아아아아아아아아아아아앗!"

"자, 떨어져요——. 근데 자세히 보니 사이즈가 크잖아?! 당신은 대체 누구죠?!"

테라코마리 건데스블러드가 아니었다.

어쨌든 프레테의 마음고생은 멈출 줄을 몰랐다.

아이란 린즈와의 회담은 일시 중단되었고 한동안은 금발의 흡혈귀—— 로로코 건데스블러드를 상대하게 된 것이다.

※

뮬나이트 궁전 객실로 안내받은 아이란 린즈는 한숨을 휴 내쉬었다.

로로코 건데스블러드는 결국 '포기하지 않을 거야!!'라고 외치면서 떠나 버렸다. 가엾긴 하지만 상태를 보아 크게 걱정할 필요는 없겠지.

역시 건데스블러드가의 딸인 만큼 마음이 강하다. 그보다 흡혈귀들은 모든 이가 쌩쌩하며 에너지가 넘친다.

요선향과는 하늘과 땅 차이였다.

"테라코마리 건데스블러드……."

왠지 모르게 그 이름을 중얼거려 본다.

아무래도 그 칠홍천 대장군은 외출 중인 듯했다. 테라코마리의 메이드에게 '2월 18일에 찾아갈게요'라고 연락해 뒀을 텐데.

그렇다고 하나 내일이면 돌아온다고 하니 다행이었다.

테라코마리를 만나기 전까지는 뮬나이트 제국을 조사하도록 하자.

갑자기 통신용 광석으로 연락이 들어왔다. 마력을 담아 응답한다.

[——린즈. 알현실에 수상한 점은 없었어.]

린즈의 종. 란 메이파다.

둘이서 모습을 감춘 이유는 단순하다——. 소동을 일으켜 뮬나이트 궁전의 상황을 캐기 위함이다. 일단락된 후로도 메이파는 궁전 내를 어슬렁거리며 이것저것 알아보고 다녔다.

"고마워. 역시 테라코마리 씨가 아니면 모르겠지."

[저세상으로 가는 문이 열린 건 사실이야. 무슨 흔적이 있을 법도 한데…….]

"이제 됐어. 고마워."

[……저기, 린즈.]

메이파가 살짝 뜸을 두다가 말했다.

[저세상은 둘째 치고, 역시 나는 협력을 받아야 한다고 봐.]

"응. 하지만……."

[이대로 두면 승상과 군기대신에게 먹혀버릴걸. 그건 죽어도 싫어.]

"…………."

고향은 이미 참담한 상황이다. 굳어져 버린 구시대적 사상이 개선될 기색이 없다. 천자는 기력이 없고 대신들도 낮부터 술을 마시며 웃고 있다. 애란조(愛蘭朝)는 마물들에게 파괴당하기 직전. 이걸 막기 위해 린즈는 노력 중이었다.

그러나 뭘 해도 헛수고였다. 요선향은 열의가 적은 쇠퇴 국가이며, 린즈 같은 활동가는 당연히 미움받는다. 그렇기에 외부의 힘으로 변혁해야 하는 것이다. 예를 들어 네리아 커닝엄이 테라코마리 건데스블러드의 도움으로 알카를 개혁한 것처럼.

[테라코마리의 마음은 이용할 수 있어. 내 힘을 쓰면 어떻게든 되니까.]

"그러게……."

그때였다.

갑자기 뭔가가 북받치는 것을 느꼈다. 린즈는 순간적으로 입가를 손으로 가렸다.

메이파에게 들키지 않도록 조용히 호흡한 뒤── 바닥에 피를 토해냈다.

큰일이다. 너무 많은 일이 있었던 탓에 약 먹는 걸 깜빡했다.

[어쨌든 작전을 짜자. 그 녀석은 내일 올 거야.]

"으, 응……."

[사람이 왔어. 그리 갈게.]

통신이 끊긴다.

린즈는 약을 꺼내면서 쩔쩔맸다. 바닥에 퍼진 피를 보면 메이파가 격노하겠지. 아니면 주인에게 약 먹이는 걸 깜빡한 자기 실태를 탓할지도 모른다.

남이 화내거나 슬퍼하는 건 보고 싶지 않았다.

하는 수 없지. 바닥을 파괴하자──. 린즈는 환약을 삼킨 다음, 궁전의 흡혈귀들에게 들키지 않도록 조용히 마법을 발동했다.

외 [3] 노도의 연쇄 살인 사건

네리아와 게르트루드가 노천탕 탈의실에서 죽어 있었다.

첫 발견자는 욕탕 점검을 위해 간 홍설암 종업원이다. 두 사람은 포개지듯 바닥 위에 쓰러져 있었다고 한다. 복부를 날붙이로 찔린 게 사인인 듯하다.

홍설암은 발칵 뒤집혔다.

일국의 대통령과 장군이 죽은 것은 대사건이라고 해도 좋다.

종업원들은 허둥지둥 내부를 뛰어다녔고── 뛰어다닐 뿐 아무것도 하지 못했다. 그건 당연한 일이었다. 그들은 일반인이고 이런 일은 전문 외니까.

"──흐음. 아무래도 두 분은 빈틈을 찔려 돌아가셨나 보군요."

빌이 턱을 짚으면서 쿨하게 중얼거렸다.

우리는 사건 현장에 있었다. 홍설암 사람의 부탁으로 조사하러 온 것이다.

이미 두 사람의 시체는 방으로 옮겨졌다. 마핵의 효과로 회복되고 있으니 일단 안심이지만──, 상태를 보아 부활하는 건 내일이나 모레가 아닐까? 모처럼 온 여행인데 딱하다. 아니, 여행 운운하기 전에 살해당한 것 자체가 딱하다.

"……저기, 빌. 혹시 싸우다가 발끈해서 서로를 공격한 건 아니겠지."

"그럴 리가요. 이건 살인 사건이에요."

"아니, 잠깐. 사고일 수도 있잖아."

"그럴 리가요. 이건 살인 사건이에요."

"실은 네리아가 모두를 놀라게 하려고 죽은 척하는 건……."

"그럴 리가요. 이건 살인 사건이에요."

"그렇겠지, 역시!!"

나는 머리를 싸매며 절규했다.

왜 이런 일이 벌어진 거지. 우리는 평범하게 온천을 즐기고 있었을 뿐인데. 핵 영역이 이렇게 치안이 안 좋았나? 아니, 안 좋았지. 아무 생각 없던 내가 바보였어.

"코마리 님은 가는 곳곳에서 사람이 죽는군요. 멋져요."

"멋지기는 뭐가! 정말 최악이야! 두 사람이 불쌍해……."

모처럼의 휴가가 아수라장으로 돌변했다. 게다가 전쟁이나 폭동이라면 또 모를까 살인 사건. 너무나도 미지의 상황이라 머리가 터질 것만 같았다.

"……범인이 누구일까?"

"모르겠네요. 하지만 이 홍설암에 숨어 있다는 건 확실해요. 폭풍설 때문에 탈출할 수 없으니까요……. 【전이】 마법석도 어째서인지 쓸 수 없고요."

"최악이네……. 내 추리라면 알카에 원한을 가진 사람일 것 같은데."

"그건 생각하기 어려워."

현장 검증(?) 중이던 코하루가 다가왔다.

"범인은 테라코마리 선생님을 도발하고 있어."
"무슨 뜻이야?"
"이런 편지가 남아 있었어."
코하루가 건넨 것은 물 때문에 불어서 너덜너덜해진 종이다. 그러나 적힌 문자는 겨우 판독할 수 있었다. 필적을 알 수 없게 자로 그은 듯한 문자였다.

[테라코마리 건데스블러드에게
떨면서 잠들어라. 공포는 이제부터 시작이다 ——범인이]

"……엥? 왜 나를 지명하는 거야?"
"아쉽게 됐네요. 아무래도 범인이 노리는 건 코마리 님인가 봅니다."
"왜 나를 노리는데?"
"오히려 왜 안 노릴 거라고 생각하시죠? 코마리 님이 열핵해방으로 날뛰고 있다는 건 공공연히 알려진 사실인데요. 힘을 추구하는 집단에게 찍히는 게 당연하죠."
"뭐야. '힘을 추구하는 집단'이란 건."
"요약하자면 뒷세계의 버서커 비슷한 거죠. 테라코마리 건데스블러드를 죽인 자가 다음 패권을 거머쥐게 되어 있나 봐요."
무엇 하나 이해할 수 없었다. 이 세상은 알 수 없는 일로 가득하구나. 아하하.
"그건 그렇고—— 증거를 남겨두다니 우리를 얕보고 있다고 볼 수밖에 없겠네요. 그렇게 생각하지 않으세요, 아마츠 카루라 님?"
"그러게요."
카루라는 시체가 있었을 곳을 내려다보면서 고개를 갸웃한다.
"분명 부자연스러워요. 위험을 무릅쓰면서까지 우리를 겁주고 싶은 건가……. 혹은 절대 잡히지 않는다는 자신감이 있는 건가……."
"커닝엄 님이 표적이 된 걸 생각하면 분별없는 몰살이 시작될지도 모르겠네요."
"네. 하지만 갑자기 생각났어요. 아무래도 빨래를 널어둔 채로 그냥 나온 것 같네요. 그러니까 전 일단 집에 가 보려고요."
자연스레 떠나려 하는 카루라의 발을 코하루가 덥석! 붙들었다.
"안 돼. 도망쳐선 안 돼."
"싫어어어어어!! 죽기 싫다고요!! 상대는 네리아 씨를 쉽게 죽일 만한 달인이라고요?! 화과자 만들기 말고 다른 장점이 없는 제가 나설 차례는 없다고요!"
"바깥은 눈보라 때문에 안 돼. 못 가."
"계속 안 된다고 하면 할 수 있는 것도 못 하게 돼요! 저는 제 가능성을 믿는다고요!"
"눈사람이 되어 죽을 텐데 그래도 돼?"
"그것도 싫어요오오오오오오!!"
여전히 사이좋은 주종 관계다. 아니, 카루라의 마음은 충분히 알고도 남지만.
갑자기 벽 쪽에서 웅크려 있던 에스텔이 "죄송합니다" 하고 고개를 숙였다.

"모처럼 오신 여행인데……. 일이 이렇게 됐네요."

"에스텔 탓이 아니잖아. 잘못한 건 네리아나 게르트루드를 죽인 범인이야."

"이대로는 코마리 님도 살해당할 수 있겠네요. 미리 기도해 두겠습니다."

"기도하지 마! ——그래, 나도 집에 가고 싶어! 눈보라가 그치는 마법 같은 건 없어?!"

"없습니다. 코마리 님의 스커트를 걷기 위해 돌풍을 일으키는 마법석이라면 있지만요……."

"그딴 건 버려!!"

"——아. 무슨 문자 같은 게 적혀 있네요."

사쿠나가 소리를 높였다. 나와 빌과 에스텔은 사쿠나가 가리키는 곳으로 시선을 돌렸다.

바닥에 혈흔이 보였다. 네리아나 게르트루드 거겠지. 그리고 가만히 보니 피로 글자 같은 게 적혀 있었다. 이건—— 공통어로 '오'?

"이게 뭐야. 네리아가 쓴 건가?"

"다잉메시지라는 거겠죠. 범인 이름이라면 알기 쉬웠겠지만, 이 글자로 시작되는 이름을 가진 사람은 현재 홍설암에 없어요."

더욱더 의미를 모르겠다. '오'가 뭐지. 혹시 오징어라도 먹고 싶었나?

나는 무심코 팔짱을 끼며 생각에 잠겼다.

설마 살인 사건을 목격하게 될 줄이야. 게다가 범인이 나를 노리고 있다니. 제7부대의 폭주와는 또 다른 공포가 엄습해 온다. 여기서 살아서 돌아갈 수 있을까? ――나는 자연스레 옆에 있는 사쿠나 옷을 붙들고 있었다. 왠지 불안해진 것이다.

그때였다.

탈의실 입구 부근에서 꾸물거리는 검은 물체가 보였다.

그 녀석은 바닥에 납작 엎드린 채 흔들거리고 있었다. 꼭 우리를 감시하는 것처럼――, 다음 사냥감을 찾는 것처럼―― 한동안 배스 매트 위에 머물러 있던 것이다. 그러나 곧 소리 하나 없이 문 아래를 지나 탈의실로 나가 버렸다.

나는 무심코 부르르 떨었다. 갑자기 모니크의 말이 떠오른다.

――그림자가 화났어. 오늘 밤 누가 죽을지도 몰라.

그건. 그건 혹시――.

"……그림자?"

"코마리 님. 무서울 때 의지해야 할 사람은 메모아 님이 아니라 저예요. 자, 치유해 드릴 테니까 사양하지 말고 제 품으로 뛰어드세요."

"아니, 잠시만……. 그림자가……!"

매달리는 빌을 손으로 밀어내면서 나는 전율했다.

설마―― 정말 모니크가 말했던 '그림자'인가? 그 정체 모를 그림자가 네리아를 죽였다는 건가? 범행 현장에 남은 편지도 저게 한 짓인가?

하지만 나 말고는 아무도 그림자의 존재를 알아차리지 못한 듯했다.

카루라가 "하는 수 없죠"라고 체념한 듯 중얼거렸다.

"이 이상 여기 있어도 단서는 없어요. 우선 방으로 돌아가죠. 돌아가서 날씨가 회복되도록 기도를 드리자고요."

"힘들 때만 신을 찾는 거, 카루라 님답네."

"신 말고 뭘 의지하란 말이에요."

"운."

"그럴 땐 농담이라도 '나를 의지해'라고 해 주세요!"

카루라와 코하루는 말다툼을 벌이며 그 자리를 뒤로했다. 분명 탈의실에 계속 있더라도 사건은 해결되지 않겠지. 하지만 나는 불안을 느끼며 두 사람의 등에 대고 말했다.

"이, 이봐! 그……, 다 같이 뭉쳐있는 게 좋지 않을까?"

카루라는 어리둥절해서 돌아봤다.

"물론 그러려고요. 그냥 옷을 좀 갈아입고 싶어서……. 아직 잠옷 바람이거든요."

"그 사이에 살해당하면 재미있겠네."

"재미없어요! 바로 갈아입을 거니까 괜찮아요! ——그럼 코마리 씨. 30분 후에 1층 식당에 집합하죠. 거기서 숙소 사람과 함께 앞으로의 방침을 생각해 보고 싶어요."

"정말 괜찮겠어……? 그 말, 소설에서는 죽는 녀석이 하는 대사인데……."

"문제없어요. 문도 꼭꼭 잠글 거거든요."

카루라는 엄청 낙관적으로 웃고 있었다.

뭐, 카루라도 일국을 통치하는 오오미카미니까. 자꾸만 잊는데 전투력 이외의 능력——, 특히 기억력이나 계산력은 다른 사람 못지않으니까. 나름대로 생각이 있어서 한 행동일 거라고 믿고 싶다. 나는 그렇게 희망적으로 생각하면서 탈의실을 뒤로 했다.

☆

1층 식당에서 늦은 점심을 먹기로 했다.

살인 사건이 벌어졌음에도 내 위장은 타산적이라 제공된 토스트를 보자마자 꼬르륵거려서 감당이 안 된다. 태평하게 밥이나 먹고 있을 상황이 아닌데. 네리아와 게르트루드가 침대에서 죽어 있는데. 미안함에 눈물을 글썽이면서 토스트를 갉아 먹는데, 사쿠나가 "괜찮으세요?" 하고 걱정스레 이쪽을 바라봤다.

"식욕이 없으면 무리하게 먹을 거 없어요. 제가 먹다 남긴 걸 먹을 테니까……."

"미안. 아니야. 배고파……. 네리아와 게르트루드가 그런 꼴을 당했는데 맛있게 빵을 먹는 내가 한심해서 그래……."

"으음……. 잘은 모르겠지만 먹고 싶으면 먹으면 되지 않을까요……?"

그런 문제가 아니다. 두 사람이 여행을 즐길 수 없는데 나만 조식을 즐기는 게 너무 면목 없게 느껴진다. 뭐, 세세한 걸 따져봤자 어쩔 수 없겠지만.

갑자기 창문이 덜컹덜컹했다.

바깥은 아직도 눈보라 때문에 새하얗다. 상황을 보아 오늘도 날씨가 개는 건 기대할 수 없겠지.

즉 범인과 함께 홍설암에 갇히게 되는 것이다. 웃기지 마! 나는 방에 틀어박혀 있을 거야! ——그렇게 말하며 방에 틀어박히고 싶은 심정이지만 누가 봐도 사망 플래그이기에 입을 다물 수밖에 없었다.

"추워, 추워, 추워……. 아직 눈보라는 불고 있나……."

갑자기 복도 쪽에서 솜 잠옷을 입은 프로헤리야가 모습을 드러냈다. 프로헤리야가 우리를 발견하고는 "오" 하더니 다가왔다. 내숭쟁이 피토리나도 함께다.

"테라코마리 일행이잖아. 좋은 아침."

"좋은 아침, 프로헤리야. ……살인 사건은 알아?"

"물론 알지. 네리아 커닝엄과 그 메이드가 살해당했잖아."

프로헤리야는 "춥다, 춥다"라고 끊임없이 되뇌면서 내 옆에 앉았다. 피토리나가 건넨 따뜻한 커피에 설탕을 넣으면서 하품한다. 사건을 아는 사람치고는 태평했다.

"아침부터 너무 소란스럽네. 그나저나 눈보라에 살인 사건이라니, 엄청난 시추에이션이야."

"프로헤리야 님의 휴가를 방해하다니 언어도단. 범인은 제가 찾아내서 죽일 거예요."

"뭐, 진정해. 가끔은 사고도 흥이야. ……피토리나."

"알겠습니다."

피토리나가 품에서 소형 피아노 같은 것을 꺼냈다.

그녀는 뒷면에 붙어 있는 태엽 같은 것을 수동으로 빙글빙글 돌리면서 테이블 위에 둔다. 온화한 클래식 음색이 넘쳐났다. 아무래도 오르골인 듯하다.

"추운 아침에는 따뜻한 커피와 음악으로 치유받는 게 최고지."

"코마리 님. 이 창옥은 사건의 중대함을 모르나 봅니다."

"아니, 뭐……. 아침에는 각자 루틴이라는 게 있을 테니까……."

"딱히 나는 사태를 낙관하는 게 아니야." 프로헤리야가 컵에 입을 대면서 말했다. "듣자 하니 살인 사건을 시사하는 메시지도 남아 있었잖아? 정말 소설인지 뭔지 같네. 분명 범인은 이 상황을 즐기고 있을 거야."

"살인을 즐기는 녀석의 신경을 모르겠어."

"이런, 테라코마리. 너는 살육의 패자 아니었나?"

"당연하지! 추운 아침에는 따뜻한 피 보라와 비명으로 치유를 얻는 게 최고야!"

요즘 나는 어떤 타이밍에 허세를 부려야 할지 모르겠다. 게다가 아무래도 나는 열핵해방을 발동하면 실제로 무식한 힘을 발휘할 수 있나 보다. 허세가 더는 허세가 아니게 된다——. 그렇게 되면 복잡한 심경 정도가 아니다.

"……어, 어쨌든. 프로헤리야도 조심하는 게 좋을걸. 이 숙소에는 아직 범인이 숨어 있다는 것 같으니까."

"충고 고마워. 하지만 나에게는 살인 사건보다 더 중요한 게 있는 것 같은데——. 너도 눈치 못 챘어? 홍설암을 어슬렁거리는 기묘한 존재를. 그리고 뭔가 좋지 않은 일을 꾸미는 자의 존재를."

"어?"

무슨 뜻이지. 혹시 '그림자' 이야기를 하는 걸까?

황급히 추궁하려 한 그 순간이었다.

"——가, 각하! 큰일 났어요!"

식당에 큰 소리가 울려 퍼졌다. 나는 이 시점에서 폭풍우를 예감하고야 말았다.

하루 중에 몇 번이나 큰일이 벌어져야 만족할는지.

입구 쪽에서 에스텔이 어깻숨을 쉬면서 이쪽을 바라보고 있다. 에스텔은 떨리는 입술을 강제로 움직이며 이렇게 말했다.

"아마츠 카루라 님이…… 방에서 죽어 계세요!"

☆

거봐!! ——그렇게 절규하고 싶은 기분이었다.

나와 빌, 사쿠나, 프로헤리야, 피토리나 그리고 에스텔 여섯 명은 바로 카루라 방으로 달려갔다. 거기서 우리가 목격한 건 침대 위에서 의식을 잃은 카루라와 코하루의 모습이었다. 가슴 앞은 피로 새빨개져 있다. 빌이 두 사람의 맥을 확인하면서 말했다.

"죽었네요."

최악이었다. 이렇게 연속해서 사람이 죽어 나가면 역시 어마어마한 공포심이 든다.

아니, 평소에 눈앞에서 몇백 명이 죽어 나가는 걸 보고 있지만, 이번에는 정체를 알 수 없다는 점이 위험하다. 왜냐하면 범인이 어디 있을지 모르잖아. 라페리코의 동물 군단처럼 정정당당하게 죽이려고 덤벼드는 게 아니잖아. 어느 쪽이 낫냐고 하면 고개를 갸웃하게 되겠지만.

"어, 어쩌지?! 설마…… 신구에 당한 건 아니겠지……?!"

"상처가 아물기 시작했으니까 걱정하실 거 없어요. ——하지만 이해할 수 없는 점이 있네요."

빌이 냉정한 얼굴로 그렇게 말했다. 나로서는 이해할 수 없는 점이 뭔지 모르겠다.

"최초 발견자인 종업원 말에 따르면 이 방은 안쪽에서 잠겨 있었대요. 게다가 보시다시피 창문도 잠겨 있어요."

"그럼 최초 발견자는 어떻게 방으로 들어간 거야?"

"말을 걸어도 답이 없어서 문을 부쉈다나 봐요. ——요약하자면 두 분은 완전한 밀실에서 살해당했다는 거죠."

"그건 얼마든지 방법이 있잖아. 세상에는 마법이란 게 있으니까."

"그것도 그러네요. 추리해도 의미가 없을지 몰라요——. 이런."

빌이 무언가를 알아차렸다. 카루라 침대에는 피가 흩뿌려져 있었다.

그리고 보니 네리아 때도 저런 식으로 혈흔이 있었던 것 같은데——.

"이번에는 '라'네요. 다잉메시지예요."

"아니, '라'라고 해도……."

그런 걸 쓸 틈이 있으면 최선을 다해 도움을 청했으면 했다.

솜 잠옷을 입은 프로헤리아가 춥다는 듯 손을 부비면서 카루라의 시체를 가만히 바라봤다.

"——그래. 그런 건가."

"뭘 알겠어?"

"내 예상이 맞았을 뿐이야. 단 이걸 알려주면 모든 걸 망치게 돼. 범인의 뜻을 고려해 나는 이쯤에서 퇴장하도록 하지."

"잠시만 프로헤리아! 혼자 돌아다니면 너도 살해당해!"

"크크크——. 나는 안 당해. 왜냐하면 최강이니까."

"옳으신 말씀입니다. 하지만 프로헤리아 님."

피토리나가 떠나가려 하는 자기 상관을 불러 세웠다.

"발칙한 살인범 때문에 프로헤리아 님의 휴일을 망치는 건 두고 볼 수 없네요. 범인을 탐색해서 살해하도록 허가해 주시면 좋겠어요."

"너는 무슨 소릴 하는 거야……. 아니. 뭐 그런가. 그렇지."

"저기, 무슨 뜻인가요?"

"아무것도 아니야. 그럼 너는 테라코마리 일행과 함께 범인을 탐색하도록 해. 나는 걱정하지 마——. 느긋하게 몸이나 담그고 있을 테니까."

"알겠습니다. 부디 감기 걸리지 않게 하세요."

"별소릴 다 하네. 최강자는 감기에 안 걸려."

•

"옳으신 말씀입니다."

프로헤리야는 "춥다, 추워"라고 하면서 방을 나갔다.

나는 걱정스러워졌다. 욕조에서 죽어 있는 창옥 소녀가 발견됐다——, 같은 사태는 안 일어났으면 좋겠는데. 뭐, 말해도 소용없을 듯하니 더는 붙잡지 말자.

"……카루라와 코하루는 어쩌지? 여기 두면 되나?"

"그럴 수밖에 없겠죠. 우선 날씨가 갤 때까지는——."

"웃~~~~~~~~~~~~~~~~~~~~~~~~기지 마세요!!"

갑자기 짜증을 내는 목소리가 들려서 펄쩍 뛸 뻔했다.

뒤를 돌아본다. 피토리나가 화가 머리끝까지 난 듯한 모습으로 내 쪽을 노려보고 있었다.

"왜 눈보라죠?! 왜 살인 사건이 발생하는 건가요?! 모처럼 언니와 단둘이 온 여행이었는데!! 이게 다 테라코마리가 여기 있는 탓이에요!!"

"뭐, 뭐?! 내가 뭘 어쨌다고?!"

"몰라요, 그런 건! 하지만 당신이 원인의 일부인 건 확실해요! 왜냐하면 테라코마리 건데스블러드는 전 세계 무뢰배들에게 목숨을 위협당하고 있으니까요!"

"…………."

전 세계 무뢰배들이 내 목숨을 노리고 있다고? 노릴 상대를 착각한 거 아니야? ——그렇게 한탄을 금치 못하는 나 따위는 아랑곳하지 않는다. 피토리나는 쿵! 하고 이쪽으로 한 걸음 더 다가왔고, 척! 하고 검지를 내 코끝에 들이밀었다.

"책임 져 주세요! 아니면…… 잘라 버릴 거예요."

"그렇게 말해도 나한테 뭘 어쩌라고?! 다른 기회에 같이 온천에 가는 건……?!"

"누우~가 당신 같은 모기와 함께 간다고요! 지금 이 상황을 어떻게든 해 보란 말이에요! 적어도 언니가 안심하고 쉴 수 있게 배려해 주세요!"

"물러나세요, 코마리 님. 무례한 창옥은 제가 독살해 드리죠."

"이봐, 그만해. 시비 걸지 말라고."

"바라는 바예요! 모기들은 제가 몰살해주죠. 생각해 보니 당신들 중에 범인이 있을 수도 있잖아요?! 역시 제가 전부――."

"피토리나 씨. 프로헤리야 씨에게 당신 본성을 알려줄 거예요."

"…………."

사쿠나의 말을 들은 피토리나의 움직임이 멈췄다.

덥지 않을 텐데도 폭포수처럼 땀이 줄줄 흘러내리기 시작한다.

"그, 그, 그게 뭐 어쨌다고요! 일러바치기 전에 죽이면 상관없어요. 저에게 걸리면 모기 한두 마리쯤은 반쯤 졸면서도 죽일 수 있거든요!"

"설령 죽더라도 마핵이 있으니까 무의미하다고 보는데요."

"죄송합니다. 돈을 드릴 테니 말하지 말아 주실래요."

피토리나는 고개를 숙이며 복종하겠다는 의사를 밝혔다.

너무나도 단순하다. 평소 어떻게 프로헤리야에게 숨기고 있는 거지.

그보다 사쿠나도 사쿠나대로 왠지 무섭다. 역시 전 테러리스트라고 해야 하나――. 그렇게 전전긍긍할 때였다.

방 입구. 다시 검은 그림자 같은 게 꿈틀거리는 게 보였다.

"――하는 수 없죠! 지금은 테라코마리에게 책임을 전가하지 말고 솔선해서 범인을 잡아 보이겠어요. 언니에게도 허가받았고요! 바로 홍설암에 있는 사람을 하나씩 잡아다가 고문할까요? '위원회'에서 단련된 제 테크닉에 걸리면――."

"이, 이봐! 저기!"

나는 무심코 소리를 높이며 그림자 쪽을 가리켰다.

그 자리에 있는 모든 사람의 시선이 문 쪽으로 쏠린다. 가장 먼저 반응한 건 에스텔이었다. 에스텔은 '믿을 수 없다'라는 듯 눈을 동그랗게 뜨더니 수수께끼의 검은 물체를 바라봤다.

"서, 설마 '그림자'……?!"

"그림자? 그게 뭔가요――. 분명 그림자 같긴 한데요."

"?! ――본 적 있어요!" 피토리나가 소리쳤다. "어젯밤 저와 언니의 목욕 타임 중에도 나타났어요. 대체 뭔가요? 자연 현상? 누군가의 마법?"

"저 그림자……, 네리아와 게르트루드가 살해당한 현장에도 나타났어."

"무슨 뜻이죠? 자세히 설명해 주세요."

피토리나가 바싹 다가왔다.

나는 피토리나의 어깨를 밀어내면서 설명했다. 저 그림자가 탈의실에도 나타났었다는 것. 그리고 에스텔의 동생 모니크가 그림자에 대해 언급했던 것. 빌이나 사쿠나는 '그건 말도 안 된다'라는 표정이었지만, 피토리나는 빛나는 얼음처럼 눈을 반짝이며 웃었다.

"——그래! 제가 가야 할 곳은 정해진 것 같네요."

"잠시만요, 세레피나 님. 저건 눈의 착각이겠죠. 살인 사건과는 무관할 거 같은데요……."

"흥! 흡혈귀는 느긋하기 짝이 없어요! 의심스러운 건 전부 죽이고 보는 게 백극연방의 방식이에요! 저건 분명 누가 마법을 쓴 거겠죠——. 그리고 테라코마리의 말을 토대로 생각해 보면 범인은 판정된 거나 다름없어요! 모니크 클레르라는 소녀가 그림자를 써서 사람을 죽인 게 분명해요! 네, QED(증명 종료)!!"

"저, 저기! 세레피나 소좌님, 모니크는 그런 짓 안 해요……!"

그림자는 어느새 사라지고 없었다.

그러나 피토리나의 폭주는 멈추지 않았다. 피토리나는 에스텔의 목소리를 무시하고 쏜살같이 달려나가더니——, 2초 정도 후에 어째서인지 돌아왔다. 그리고 살짝 뺨을 붉히면서 에스텔을 향해 절규했다.

"——모니크 클레르 방이 어딘지 알려줘요! 지금 당장!"

☆

"이봐, 이봐. 뭐 하러 온 거야. 소란스럽게. 모니크가 깨잖아."

피토리나는 복도를 정신없이 달려 모니크의 방으로 향했다.

그러나 문 앞에서 쿠야 선생이 가로막았다. 그야 그렇겠지.

모니크에게 위해를 가할(지도 모르는) 사람을 그냥 둘 수는 없을 것이다.

"들여보내 줘요! 모니크 클레르는 그림자를 조종해서 사람을 죽였다고요!"

"무슨 소리야. 살인 사건이 발생했다는 이야기는 분명 들었어. 하지만 모니크가 그럴 동기는 없어. 애초에 그림자라는 건 모니크의 망상이지——."

"에잇, 귀찮게 구네! 이거라도 받아요!"

"히익?!"

피토리나는 얼린 물수건을 쿠야 선생의 목에 감았다.

쿠야 선생은 "차가워, 차가워~!"라고 소리치면서 복도에서 몸부림쳤다.

그 틈에 피토리나는 방 안으로 쿵쿵거리며 침입했다.

갑작스레 등장한 난입자들 앞에서 모니크는 당황하는 표정을 짓고 있었다. 그러나 피토리나는 상대의 사정 따위 알 게 뭐냐는 듯 모니크의 침대로 다가갔다.

"모니크 클레르! 그림자를 조종해 사람을 죽인 게 당신 맞죠?!"

모니크는 어리둥절해 있었다.

그야 그렇겠지. 모니크가 그럴 만한 이유가 없기 때문이다.

"그림자란 게 대체 뭐죠? 환영 마법의 일종인가요?"

"…………."

"무슨 원한으로 피해자들을 살해한 거죠? 아니, 동기 따위는 아무래도 상관없어요——. 당신은 언니의 휴식을 망쳤어요! 그것만으로도 유죄예요!"
"…………."
"이봐! 무슨 말이라도 해 보지 그래요?! 무시당하면 상처 입거든요!!"
"잠시만요, 세레피나 소좌님! 모니크는 아파요!"
"네? 그거 실례했네요……."
피토리나는 아주 잠깐 기세를 잃었다. 그러나 금방 불타올랐다.
"아니, 아프다고 해서 살인이 정당화되는 건 아니에요! 자, 모니크 클레르. 그림자가 대체 뭔지 설명해 줘요! 알기 쉽게!"
"그림자는."
모니크가 불쑥 중얼거렸다.
졸린 듯이 눈을 비비적거리면서 모기 같은 목소리를 낸다.
"그림자는 먼 곳에서 왔어. 나를 행복한 곳으로 데려다주기 위해서. ……또 코마링 각하를 만나기 위해……."
"뭐요? 좀 더 알기 쉽게 말해 주세요."
모니크가 "힉" 하고 비명을 지르며 몸을 웅크렸다. 아무리 그래도 피토리나의 대응은 어른스럽지 못해 보였다. 그녀 본인도 "아……, 이런" 같은 식으로 입을 다물었고 말이다.
나는 피토리나를 밀치고 모니크 쪽으로 천천히 다가갔다.
그녀는 곰 인형을 끌어안으며 머뭇머뭇 내 쪽을 올려다봤다.
"코마링 각하……."
"갑자기 찾아와서 미안. 우리는 이만 가 볼게."
"아냐. ——저기."

모니크가 내 옷을 움켜쥐었다. 아니, 그 기세가 지나쳐서 뱃살까지 움켜쥐는 바람에 이상한 소리를 낼 뻔했다.

"죽은 거야? 누가."

"으음……, 그렇긴 한데……."

"그림자 짓일 거야."

피토리나가 "역시 그렇잖아요!" 하고 소리를 높였다. 빌과 사쿠나와 에스텔 셋이 덤벼들어 억누르고 있다. 자세히 보니 거대한 가위를 장비하고 분노를 드러내고 있는데. 뭐 저렇게 살벌한 무기를 쓰는 거지. 모니크가 무서워하니까 그만해.

나는 뒤쪽의 수라장이 모니크의 시야에 들어가지 않도록 두 팔을 벌리면서 미소 지었다.

"그림자가 했다는 게 무슨 뜻이야? 그림자가 사람도 죽여?"

"몰라. 하지만 코마링 각하를 죽이고 싶다고 했어……."

왜지. 너무 무섭잖아.

"아하하……. 그림자의 목적은 뭘까."

"그림자에게는 두 가지 할 일이 있어."

"두 가지……. 모니크 곁에 있는 거랬나?"

"응. 또 코마링 각하에게 뭔가를 전하고 싶어 해. 하지만 지금은 눈보라가 불어서 그림자 목소리가 안 들리는 것 같아. 그림자의 본체는 저세상에 있는 것 같고……."

뇌가 흔들리는 듯한 느낌이었다.

저세상. 여기서 그 단어를 들을 줄 생각조차 못 했다.

작년 말 소동 이후, 황제에게 들은 적이 있다. 나와 빌이 전이 된 곳은 '저세상'이라고 불리는 듯했다. 즉 그림자는 그 신월의 세계에서 왔다는 건가? 애초에 자유롭게 왕복할 수 있는 건가……?

"……아마도. 나는 이제 곧 죽을 거야."

나는 깜짝 놀라고야 말았다.

모니크의 눈에서 눈물이 흘러내리기 시작했다. 뒤에서 "그 녀석을 죽이면 다 해결돼요!"라고 외치던 피토리나 역시 입을 다문다.

"으음……, 무슨 뜻이야? 죽는다니."

"심장은 멎지 않을 거야. 하지만 살아갈 마음이 점점 줄어들어. 매일매일…… 자는 시간이 늘어 가서…… 깨어 있을 때도 기쁜 마음이 사라져 가."

"그럴 수가……."

"그림자는 나를 걱정하고 있어. 쿠야 선생님도 내 병을 치료하려고 하고. 하지만 힘들 거야. 이런 병에는 '의지력'이라는 에너지가 중요한 것 같은데……. 나에게는 그게 전혀 없으니까."

대체 모니크 몸에 무슨 일이 벌어지고 있는 거지. 어제 만났을 때는 즐겁게 책 이야기를 했는데――. 정신이 불안정한 걸까? 고작 하루 지났는데 이 세상이 끝난 듯한 표정으로 침울해하고 있다. 그만큼 '소진병'이 중하다는 걸지도 모르겠다.

현대는 마핵의 무한 재생력에 의해 세워진 사회다. 사람은 죽음을 향한 공포를 잊고 인생을 누리고 있다. 엔터테인먼트 전쟁이라는 야만적인 놀자판이 그 가장 큰 예겠지.

그러나 마핵이 낫게 해 주는 건 육체의 상처뿐이었다.

모니크처럼 마음이 아픈 사람에게는 미소 지어 주지 않는다.
그게 매우 무정하고 부당하게 느껴졌다.
"모니크에게…… 무슨 꿈 같은 건 없어?"
"뭐?"
"나는 소설을 쓰고 싶다는 꿈이 있어. 모니크에게도 그런 게 없을까 해서."
"꿈……."
모니크는 잠깐 생각하더니 중얼거렸다.
"어릴 적에는 다양한 곳에 가 보고 싶었어. 코마링 각하처럼 핵 영역을 돌아다니고 싶었지. 가장 가 보고 싶은 곳은 뒤집힌 마을. ……하지만 더는 움직일 수 없어. 왜냐하면 마음이 움직이지 않으니까……."
"그래……. 하지만 꿈을 버리는 건 아까운 것 같아."
깜짝 놀란 듯한 시선이 쏠린다. 나는 신중하게 말을 골라가며 말했다.
"포기하지 않으면 언젠가 이뤄진다……, 그렇게 말하진 않을게. 하지만 목표를 잃으면 앞으로 나아갈 수 없을 것 같거든."
"응. 그럴지도……."
그 이상 모니크는 아무 말도 하지 않았다.
나도 아무 말 할 수 없었다. 아마 그 '다양한 곳에 가 보고 싶다'라는 꿈이 바로 그녀의 병을 치료하기 위한 열쇠겠지만——. 뭘 어떡해야 할지 모르겠다.
쿠야 선생에게 상담해 보는 게 좋을까.

갑자기 모니크가 침대에 털퍽 쓰러졌다. 황급하게 얼굴을 살핀다. 새근새근 곤한 숨소리를 내며 자고 있길래 안도의 한숨을 내쉬었다.

"코마링 각하. 모니크는 신경 안 써도 돼."

쿠야 선생이 어느새 옆에 서 있었다.

얼린 물수건을 움켜쥐면서 진지한 표정으로 말한다.

"코마링 각하 덕분에 '의지력'을 회복한 것 같거든. 역시 당신은 사람에게 좋은 영향을 주는 재능이 있는 듯해. 본래라면 내가 정신 차리고 똑바로 해야 하는데……."

"재능 같은 건 없어. 게다가 모니크 병이 나은 것도 아니고."

"그러게. ──실은 모니크 같은 사람은 세상에 꽤 많아. 아니, '소진병'뿐만이 아니야. 마핵으로 치료할 수 없는 상처를 입은 사람은 얼마든지 있어. 나는 그런 불치병을 어떻게든 해 보고 싶어서 의사가 된 거고."

쿠야 선생은 슬프다는 듯 팔짱을 끼며 말한다.

"하지만 수를 쓰기가 힘들어. 세계는 지나치게 마핵에 의존하고 있어. 제로에서 시작하는 연구는 정말 큰 노력이 필요해."

"쿠야 선생은 대단하네."

"대단하진 않아. 돕고 싶은 사람은 많은데 도울 수 없으니까. 뜨거운 물처럼 내 손 틈새로 빠져나가 버려──. 게다가 요즘은 연구의 기반으로 삼고 있던 조직이 해산해 버렸거든. 그러니까 수단을 가릴 틈이 없어."

"…………?"

“어쨌든 모니크는 괜찮아. 당신은 걱정 안 해도 돼.”

선생이 그렇게 말한다면 문제없겠지.

갑자기 뒤에 있던 빌이 “코마리 님” 하고 말을 걸었다.

“모니크 클레르 님은 살인과 무관해요. 이 창옥의 멍청한 착각입니다.”

“멍청하다니 너무하네! 모니크 클레르가 수상한 건 맞잖아?!”

“빌 말이 옳아. 당연히 무관할 거야.”

피토리나는 일단 무시하자.

모니크도 걱정스럽지만——, 우선 지금 생각해야 할 건 살인 사건이다.

“그나저나 누가 범인일까. 상상도 안 가.”

“현재 홍설암에 있는 사람 중 살아 있는 사람은 13명입니다. 저, 코마리 님, 메모아 님, 에스텔, 모니크, 즈타즈타 님, 피토리나 세레피나, 쿠야 선생님. 또 홍설암의 종업원 5명. 이 사람들은 전원 알리바이가 있어서 커닝엄 님이나 아마츠 님을 죽일 수 없어요.”

“……그럼 정말 그림자가 한 짓이라고?”

“아뇨——, 아니.” 빌이 기묘한 반응을 보였다. “글쎄요. 그림자일 수도 있고 14번째 사람이 한 짓일 수도 있어요. 그에 대해서는 말을 보태기 어렵네요.”

“14번째 사람이 어디 있는데.”

“코마리 님 침대 아래 숨어 있을지도 몰라요.”

“…………”

"괜찮습니다. 무슨 일이 생기더라도 코마리 님은 제가 지킬 테니까요."

오늘 밤은 못 잘 수도 있다. 아니, 밤까지 살아남을 수나 있을까.

나는 두려움을 등골로 느끼면서 방을 뒤로했다.

모니크를 혼자 두기는 걱정스럽다. 그러나 쿠야 선생이 '내가 곁에 있을게'라고 했으니 걱정할 거 없겠지. 우선 제3의 사건이 발생하지 않도록 하자.

☆

그러나 사건은 점점 가속했다.

나와 빌과 사쿠나와 에스텔은 방에 틀어박혀 시간을 죽이고 있었다. 폭풍이 멎을 기색은 없기에 경찰이나 군을 부를 수도 없다. 아니, 우리 자신이 군 사람들이지만.

어쨌든 그런 이유로 은둔 타임이다.

나는 인도어 파의 필두라서 실내에서 가만히 있어도 아무 상관 없지만, 빌이나 사쿠나의 심정을 생각하면 딱했다. 두 사람도 온천을 즐기고 싶을 텐데.

"뭘 하면서 놀까요? 두뇌전은 코마리 님이 지실 게 뻔한데요."

"그건 네 착각이고. 나는 똑똑해."

"실례했습니다. 코마리 님은 희대의 현자셨죠. 그럼 '전쟁'이라는 게임을 하죠. 이거라면 코마리 님이라도 이기실지 몰라요."

"좋아. 규칙은 잘 모르겠지만."

"저……, 저는 화장실에 다녀올게요."

갑자기 사쿠나가 부리나케 일어났다. 그대로 방을 나가려고 해서 나는 깜짝 놀랐다. 나보다 먼저 빌이 "잠시만요"라고 말한다.

"혼자 가는 건 위험해요. 봐 드릴 테니까 여기서 볼일을 보세요."

"그래, 맞아. ——아니지?! 다 같이 가자. 그러면 범인도 쉽게 손댈 수 없을 거야."

"으음……. 그렇게까지는 안 해도 될 것 같은데요."

"하지만 범인은 꽤 강하거든? 지금까지도 둘을 동시에 죽였고……."

"그건 그런데요……."

"그렇긴 하네요." 빌이 턱에 손을 댄다. "작은 거라면 금방 끝날 테니까 죽일 틈이 없겠네요. 굳이 떼로 몰려갈 필요도 없겠어요——. 그럼 에스텔. 메모아 님과 같이 가 주세요."

"알겠습니다. 그럼 메모아 님, 가시죠."

"네, 네. 왠지 창피하지만요."

그렇게 말한 두 사람은 복도에 있는 화장실로 향했다.

문득 위화감 비슷한 걸 느꼈다. 분명 화장실에 다녀오는 잠깐이라면 범인도 손대기 힘들겠지만——. 빌의 말에서 나에게 뭔가를 숨기는 듯한 기색을 느꼈다.

뭐 생각해 봤자 소용없지. 우선 둘이 무사하길 빌자.

"자, 그럼. 방해꾼이 사라졌으니 단둘이 놀까요. 제가 이기면 코마리 님은 제 안는 베개가 되는 거예요. 코마리 님이 이기면 제가 코마리 님의 안는 베개가 될게요. 아시겠죠?"

"승패의 차이가 뭔데?"

그런 식으로 적당히 대화하면서 나는 두 사람을 기다렸다.

그러나 전쟁이라는 운 게임에서 의문의 3연패를 달성한 순간, 문득 나는 불안감을 느꼈다.

두 사람이 아무리 시간이 지나도 오지 않는다. 화장실에 사람이 많을 리는 없다. 왜냐하면 이 여관에는 우리와 백극연방 일행 말고는 손님이 하나도 없기 때문이다.

"……저기, 빌. 아무리 그래도 늦지 않아?"

"그러게요……."

빌은 아무렇지 않다는 듯 창밖을 바라봤다.

아직 바람은 약해지지 않는다. 폭풍우란 놈은 언제까지 프레질에 머물러야 속이 풀릴까.

"잠깐 보고 올게. 괜찮다고는 믿고 싶은데."

"그럼 저도 동행하죠. 가는 김에 로비에서 과자라도 챙겨 올게요——."

빌이 일어나려 한 순간이었다.

빼엉!! 귀를 의심할 만한 소리와 함께 문짝이 날아갔다. 나는 마침내 범인이 찾아왔구나 싶어 침대 아래 숨으려 했다. 그러나 틈이 너무 좁아서 이마를 바닥에 세게 찧었다. 이대로 죽은 척하자——. 그렇게 결의한 순간, 익숙한 목소리가 들린다.

"——이봐, 테라코마리!!"

피토리나 세레피나였다.

그녀는 거대한 거위를 한 손에 든 채 강도 같은 느낌으로 방으로 들어왔다.

"화장실! 화장실에 사쿠나 메모아와 부하 흡혈귀가 죽어 있어요! 대체 이게 어떻게 된 거죠?!"

"뭐——."

엄청난 급전개에 사고가 정지하고야 말았다.

이건 꿈이겠지. 역시 나는 바닥과 침대 사이에 끼어 기절해 있는 게 낫겠어.

"기절해 있을 때가 아니에요. 가자고요, 코마리 님."

나는 빌에게 둘러 메여 그대로 화장실로 향했다.

그리고 내가 목격한 것은 너무나도 변해버린 사쿠나와 에스텔이었다.

누가 화장실 칸에 밀어 넣은 듯한 자세로 둘 다 죽어 있다. 가슴 부근이 새빨간 걸 보아 식칼 같은 걸로 찔렸겠지. 괴로워하는 표정이 아니라서 잠든 것 같기도 하다——. 그러나 빌이 두 사람의 맥을 재더니 이렇게 말했다.

"죽었네요."

"역시 죽은 거냐고!!"

"그러니까 죽어 있다고 했잖아요! 왜 둘을 따로 둔 거죠?! 힘없는 흡혈귀를 내버려 두면 금방 죽는다는 건 갓난아기도 아는 사실인데!!"

피토리나가 멱살을 잡더니 힘껏 흔들었다.

그래. 나는 갓난아기 이하였다. 카루라는 둘째 치고 네리아조차 감당할 수 없는 상대다. 사쿠나와 에스텔을 단둘이 두는 건 정신이 나간 짓이었다고 볼 수밖에 없다.

"벽에 피로 문자가 적혀 있네요. '악'인가 봐요."

"그런 건 아무래도 상관없어요! 범인을 잡아다가 죽이면 만사 해결이에요!"

"즈타즈타 님은 뭐라고 하셨나요?"

"언니는 '뜻대로 해라'라고 명령하셨어요! 그러니까 저는 언니의 평화로운 휴일을 지키기 위해 범인을 죽이고 싶어요!"

빌이 "난감하게 됐네요" 하고 한숨을 내쉬었다.

정말 난감하다. 아무래도 범인은 나를 노리는 듯하다. 나 이외의 인간을 죽여 나감으로써 공포심을 자극하는 게 분명하다. 그리고 그 작전은 절대적인 효과를 발휘했다.

솔직히 말해 무섭다. 침팬지가 돌격해 오는 것과 비슷한 수준으로 무섭다.

"코마리 님? 떨고 계신가요? 제가 안아 드릴까요?"

"돼, 됐어! ――사쿠나와 에스텔을 방으로 옮기자. 여기 방치하기도 딱하니까……."

그렇게 말하고 사쿠나의 몸에 손을 대려 했다. 그러나 내 팔을 빌이 붙들며 말렸다.

빌은 평소와 전혀 다를 게 없는 냉정한 표정을 띠며 말했다.

"코마리 님은 쉬고 계세요. 제가 옮길게요."

"참고로 난 안 도울 거야! 살인범에게 진 모기 수발 따위 들기 싫어!"

"창옥의 도움까지 받을 일은 아니에요."

그렇게 말한 빌은 둘의 몸을 거뜬히 옆구리로 안아 들었다.

전부터 생각한 건데 장사네. 그러고 보니 흡혈종은 신체 능력이 뛰어난 종족이랬나. 그럼 고작 팔 굽혀 펴기 3번 했다고 근육통이 오는 나는 대체 뭐지.

그렇게 자신의 나약함에 한탄하며 방으로 향했다.

"——아무래도 종업원도 모습을 감춘 것 같네요. 그들도 살해당했을지 몰라요."

사쿠나와 에스텔을 방에 남겨둔 우리는 식당으로 갔다.

시각은 오후. 평소 같으면 뱃가죽이 등에 붙었을 것이다. 그러나 지금은 미묘하게 식욕이 없다. 빌이 준비해 준 식빵도 한 장밖에 못 먹겠다.

피토리나가 다리를 달달 떨면서 "맞아요!"라고 자조하듯 말했다.

"그보다 이제 알았어요? 아까부터 홍설암 사람이 한 명도 안 보인다고요. 프런트의 호출용 벨을 울려도 아무도 안 나와요. 대기실을 살펴도 그림자나 형태 하나 찾아볼 수 없고요. 시체는 없지만 살해당한 게 확실해요! 그림자 녀석은 손님이고 종업원이고 상관없이 몰살할 셈인가 보네요!"

"저기, 피토리나. 프로헤리야는 혼자 둬도 되겠어……?"

"괜한 걱정이에요. 언니는 최강이거든요."

분명 프로헤리야가 살해당하는 모습은 잘 상상이 안 되긴 하는데.

우물우물 빵을 먹는다. 일단 먹고 나니 평범하게 배가 고파와서 어쩔 수가 없었다.

그보다 여관 직원까지 사라지다니 이게 무슨 일이지. 범인은 대체 뭘 어쩌고 싶은 걸까. 이대로 전멸하는 루트인가? 웃기지 말라지. ……하지만 이건 소설 소재로 쓸 만하겠는걸. 슬럼프는 끝났다. 아하하하하.

"——어머, 음료 준비를 깜빡했네요. 우유 같은 거라도 가져올게요."

"그래……. 고마워."

빌이 자리에서 일어나 식당 한편에 있는 냉장고로 향했다.

내 정면에 앉아 있는 피토리나가 혀를 차더니 커피를 홀짝였다. 그리고 어째서인지 내 쪽을 힐끗거린다.

"……테라코마리. 실물은 의외로 약한 느낌이네요."

"뭐? 무슨 소리야?"

"언니와 어깨를 견준다는 말을 듣는 흡혈귀가 어떤 사람인지 궁금했거든요. 프로헤리야 즈타즈타스키처럼 두뇌 명석하고 용맹 무쌍하며 천하를 제패할 최강의 장군인 줄 알았더니…… 실제로 만나보니 비실비실한 비실이네요. 또 키가 작아요."

"키는 상관없잖아!"

"확실히 사람의 신체적 특징을 가지고 놀리는 건 비겁했네요. 미안해요. 하지만 열핵해방을 발동하지 않은 당신은 아무 가치도 없어요——. 이래서는 도저히 언니와 균형이 맞지 않는다고요.

당신 같은 사람이 우리나라로 오면 서기장에게 잡아먹힐걸요."
무슨 뜻이지? 서기장이라면 그 키 큰 남자 말인가?
의아해하는데 피토리나가 "제 말은 즉!"이라고 외치며 팔짱을 끼었다.
"흡혈귀 따위에게는 맡겨둘 수 없다는 뜻이에요. 이 사건은 제가 해결해 보이겠어요. 테라코마리는 방에 틀어박혀 덜덜 떨고나 있어요. 동면하는 곰처럼 말이죠! ——이건 언니가 자주 하는 말이에요."
"그래……."
"어쨌든 범인은 누군지 알아요. 살인 현장에 빈번히 나타나는 수수께끼의 '그림자'. 그리고 그림자와 유일하게 접촉할 수 있는 모니크 클레르. 제 예상은 잘못되지 않았다고 보는데요."
나는 오싹했다.
맞다, 모니크. 모니크는 무사할까? 쿠야 선생이 붙어 있을 테지만——, 둘은 계속 방에 있을 것이다. 즉 범인에게는 네리아와 사쿠나보다 훨씬 노리기 쉬운 상대라는 것이다.
도저히 가만있을 수가 없었다. 나는 먹던 빵을 접시에 두고 일어난다.
그대로 걸음을 떼려던—— 그 순간.
"꺄아아아아악!"
비명이 들렸다.
게다가 근처다. 나와 피토리나는 반사적으로 뒤를 돌아봤다.
그리고 냉장고 쪽에 빌이 쓰러져 있는 것을 목격했다.

"——어?"

"뭐 하는 거예요!"

피토리나가 허둥지둥 달리기 시작했다.

바닥에 쓰러진 메이드 소녀의 가슴에는 나이프가 깊게 꽂혀 있다. 나는 핏기가 가시는 걸 느끼면서 빌 쪽으로 다가갔다. 빌은 한동안 움찔움찔 경련하면서 내 쪽을 돌아보았지만—— 곧 온몸에서 힘이 빠져 꼼짝하지 못했다.

이게 뭐야. 왜 이렇게 된 거지.

잠깐 눈을 뗀 게 다인데——.

"장난하나! 저를 바보 취급한다고 볼 수밖에 없어요!"

"빌……, 이럴 수가……."

"넋 놓고 있을 때가 아니에요! 지금 당장 범인을 찾아야죠——."

피토리나의 말이 끊겼다.

그러나 나에게는 그런 걸 신경 쓸 여유가 없었다.

다른 때와는 사정이 다르다. 나나 피토리나가 바로 코앞에 있었다. 그런데 빌은 범인에게 살해당하고 말았다. 맥없이. 너무나도 쉽게. 우리에게 들킬 새도 없이.

아연실색하며 나이프가 꽂힌 메이드복을 바라보는데, 문득 흐르는 피가 글자 형태를 띠고 있다는 걸 알아차렸다. 이건—— 숫자 '2'인가?

"……나왔어요."

갑자기 어깨에 손이 얹혔다.

피토리나가 험악한 표정을 지으면서 식당 입구를 노려보고 있다.
나도 덩달아 봤다. 그곳에는 검은 그림자가 우뚝 서 있었다. 자세히 관찰하니 인간의 형체를 띤 듯했다. 꼭 이쪽을 도발하는 것처럼 살랑살랑 흔들리고 있다.
5초 정도 침묵 속에서 신경전이 이어졌다.
그러자 그림자는 빨려들듯 문밖으로 이동해 버렸다.
"놓칠 것 같으냐! 가죠, 테라코마리!"
"뭐? ——잠깐! 빌이……."
저항할 여지도 없었다.
나는 피토리나의 무식한 힘에 강제로 끌려갔다.

☆

코마리가 떠난 후의 식당.
꼭 쥐 죽은 것처럼 잠잠한 홀 한구석.
시체가 되었을 빌헤이즈가 벌떡 일어났다.
"……가 버리셨네요. 뭐, 문제 될 건 없겠죠."
그녀는 그렇게 중얼거리면서 가슴에 꽂혀 있던 나이프를——. 아니, 붙어 있던 나이프를 뺐다.
흐트러진 매무새를 정돈한다. 손에 부착했던 식료용 혈액을 털어낸다. 그리고 빌헤이즈는 아무 일 없었다는 듯이 일어나 "으음~" 하고 기지개를 켰다.
마핵으로 부활한 게 아니다. 애초에 죽지 않았다.

“피토리나 세레피나도 참 문제라니까요. 단순한 분이라 안 들키고 끝났지만——. 자, 그럼 슬슬 회장으로 가 볼까요.”

식당을 나와 2층으로 간다. 주변에 사람이 없다는 걸 확인하면서 복도를 걷는다. 여기서 코마리에게 들키면 말짱 도루묵이다. 뭐, 둔감한 코마리라면 괜찮겠지만. 그렇게 생각하면서 빌헤이즈는 가장 안쪽에 있는 ‘오락실’로 향했다.

“——커닝엄 님. 끝났습니다.”

“빌헤이즈구나! 어서 들어와.”

문 틈에서 네리아 커닝엄의 목소리가 들렸다.

빌헤이즈는 그대로 소리 하나 없이 오락실 안으로 미끄러져 들어갔다.

그리고 시야에 들어온 것은—— 테이블에 정연하게 놓인 음식들. 꽃이나 마력 등으로 장식된 벽과 천장. 그리고 제단에 장식된 ‘Happy Birthday!!’라는 간판이다.

어딜 보나 생일 파티 회장이었다.

게다가 죽었을 사람들이 많이 있었다. 네리아. 게르트루드. 카루라. 코하루. 에스텔. 사쿠나. 그리고 홍설암의 종업원들. 다들 즐겁게 파티를 준비하고 있다.

“코마리는 좀 어때?”

“무서워하고 계셨어요. 솔직히 이런 작전은 별로 취향은 아니지만…….”

“이게 알카식이야! 모두가 정체를 알 수 없는 살인귀에게 살해당해 아무도 없으니까 공포와 외로움이 고조되는 차에 짜잔!

하고 나타나서 축하해 주는 거지! 이름하여 '깜짝 카메라 대작전'! 코마리라면 울며 기뻐할 거야."

"분명 울긴 하겠네요."

"게다가 코마리는 슬럼프랬잖아? 내 생각에 그 아이에게는 자극적인 경험이 필요해. 아는 사람이 픽픽 죽어 나가는 사건을 경험하면 소재도 떠오를 거야."

"코마리 님은 아는 사람이 픽픽 죽어 나가는 전장에 늘 계신데요."

온천 여관에서 갑자기 발생한 연속 살인 사건.

그 정체는 단순한 깜짝 카메라였다.

즉 범인 따위는 존재하지 않는다. 오늘 하루 발생한 살인 사건은 모두 가짜다.

네리아나 게르트루드나 카루라나 코하루나 사쿠나나 에스텔이나 빌헤이즈나 실은 죽지 않았다. 살해당한 것처럼 꾸몄을 뿐.

"코마리 님은 저희 시체를 진짜라고 믿으셨죠."

"손대지 못하게 주의했으니까. 뭐, 손대더라도 모르지 않을까? 가슴에 나이프가 박혀 있거나 피가 묻어 있으면 금방 착각하겠지, 그 아이라면."

"피토리나 세레피나도 몰랐던 게 다행이에요."

"——누가 아니래. 그 녀석은 다시 교육해야 할지도 모르겠어."

방 중앙. 프로헤리야 즈타즈타스키가 우아하게 커피를 마시고 있었다.

이 계획의 돌발 요소는 백극연방 일행의 존재였다. 본래 홍설암은 에스텔의 재량으로 대절할 예정이었다. 그러나 프로헤리야와 에스텔만은 3개월 전부터 예약했기 때문에 배제할 수 없었다.

녀석들은 무시하면 되나——. 그런 식으로 시작한 깜짝 카메라 대작전이다.

하지만 프로헤리야는 도중에 음모를 알아차린 듯했다.

프로헤리야는 "그나저나" 하고 뺨을 부풀리며 말했다.

"나한테도 말해 줬더라면 좋았을걸. 덕분에 선물도 준비 못 했어. 저기 있는 피아노로 뭔가를 연주할 수는 있지만."

"백극연방에 기밀 정보를 흘릴 순 없지. 그 서기장 귀에 들어가면 큰일이니까."

"들어가면 곤란해질 만한 정보도 아닌데 뭐."

알카와 백극연방은 사이가 안 좋다. 프로헤리야에게 사정을 털어두고 한패로 끌어들이지 못한 데는 그런 배경도 있었다.

"즈타즈타 님이라면 그럭저럭 신뢰할 만한데요——, 빌헤이즈는 그렇게 생각한다.

뭐, 결국 프로헤리야는 혼자 알아차리고 혼자 작전에 끼어들었지만.

"그보다 피토리나 세레피나 말인데. 계획을 알아차렸다면 왜 그 녀석에게 말 안 했어?"

"맞아요. 그림자라는 망상 속 존재의 짓이라고 단정하며 폭주 중인데요."

"상관이 전부 알려주면 재미없지. 그게 백극연방의 방식이야."

프로헤리야는 그렇게 말하더니 테이블 위에 있는 말차 푸딩을 멋대로 먹었다. 카루라가 “아직 먹지 마세요!”라고 주의해서 부루퉁해 있다. 이쪽 사정 따윈 상관없다는 눈치다.

그러나 피토리나 탓에 진행이 더뎌지고 있다는 것도 사실이다. 원래 계획대로라면 코마리는 다잉메시지를 읽고 파티 회장으로 오게 되어 있었다.

‘오’, ‘라’, ‘악’, ‘2’—— 즉 ‘2층 오락실’이다.

코마리는 그런 추리를 하기도 전에 피토리나에게 끌려가 버렸다.

“역시 저 하나는 안내역으로 살아남는 게 좋지 않았을까요.”

“그럼 안 돼. 할 거면 철저하게 해야지.”

“하지만……. 코마리 님 혼자서 메시지를 풀 거라고 볼 수도 없는데요. 그분은 희대의 현자를 자칭하시지만 기지나 계산력을 기대하는 건 좀…….”

“아니, 알겠지. 대놓고 적어놨으니까. 주인을 너무 무시하는 거 아니야?”

그러나 걱정되는 건 사실이다. 두려움에 복도에서 무릎을 끌어안고 떨고 있으면 큰일이다.

갑자기 사쿠나가 “보세요!” 하고 소리를 높였다.

“날이 개고 있어요. 눈보라가 그친 모양이에요.”

“오—! 느낌이 좋은걸!”

회장에 있던 사람들은 모두 창밖을 살폈다.

곳곳에서 환호성이 터진다. 그때까지 하늘을 뒤덮고 있던 두꺼운 구름이 서서히 갈라진다. 그 갈라진 틈새로 부드러운 햇빛이 쨍쨍하게 내리쏟아진다. 프레질 온천 마을이 한가로운 풍경을 되찾는다. 바람 소리도 거의 들리지 않는다.

참고로 악천후는 완전히 우연이다.

의도치 않게 미스터리 소설 같은 무대가 된 건 작전을 결행하는 데에는 플러스가 되었다고 할 수 있겠지(참고로 【전이】 마법석을 못 쓴다는 것도 시추에이션을 이용한 거짓말이다). 그리고 막상 생일 파티를 열려는 단계에서 타이밍 좋게 날이 개었다――. 빌헤이즈는 뭔가 신내림 같은 것을 느낄 수밖에 없었다.

"어? ――."

누군가가 당혹스러워하며 외쳤다.

그리고 빌헤이즈도 알아차렸다. 넓은 하늘에 뭔가가 떠도는 게 보인다.

떠돌고 있다기보다는―― 펼쳐져 있다고 형용하는 게 옳으려나.

"뭐야, 저게…… 마을?"

"'황천 사본'이에요……! 프레질에서 볼 수 있는 특수한 현상이요!"

에스텔이 흥분한 듯 몸을 내밀었다.

하늘에 뒤집힌 마을이 떠 있었다.

어제 에스텔이 설명한 것이겠지. 이계의 풍경이 비치는 수수께끼의 현상.

그 마을은 핵 영역에 있는 일반적인 것보다 고풍스러웠다. 석재를 많이 사용한 건축 양식은 200년쯤 전의 문화려나――. 그러나 그것과도 다른 느낌마저 든다.

"최고의 풍경이네! 슬슬 코마리가 와 주면 좋을 텐데……."

"아마 기다려도 안 올걸요. 자연스레 오락실로 오도록 메시지를 보내죠."

"그러게. 준비도 다 됐으니——."

그때였다. 갑자기 복도 쪽에서 단말마 같은 비명이 들렸다.

빌헤이즈는 무심코 네리아와 서로를 마주 봤다. 대체 무슨 일일까——. 수상하게 여기는데 프로헤리아가 벌떡 일어나 총을 들었다.

"저건 피토리나 목소리야."

"그게 무슨——. 잠깐만!"

프로헤리아가 푸딩을 내던지고 달리기 시작했다. 소란을 피우면 코마리에게 들킬 수도 있다——. 그런 걱정할 때가 아니다.

묘한 술렁임을 느꼈다. 도저히 가만있을 수 없었다.

빌헤이즈는 네리아의 목소리를 무시하고 프로헤리아 뒤를 따랐다.

피토리나 세레피나는 2층 복도에서 발견되었다.

뒤통수에 식칼이 꽂혀 있다. 분출된 피가 바닥을 새빨갛게 적시고 있다. 지금까지의 죽은 척과는 명백히 다르다——. 누가 어떻게 봐도 완전히 죽어 있었다.

"뭐…… 뭐야, 이건."

네리아가 경악하는 표정으로 중얼거렸다.

영문을 모르겠다. 살인 사건은 전부 거짓이었을 텐데.

그런데—— 어째서인지 눈앞에 진짜 죽은 사람이 있다. 대체 누구 짓이지? 피토리나와 코마리를 제외한 사람은 2층 오락실에 있었다. 전부 서로를 감시하고 있었으니 범행은 불가능한 셈이다.

프로헤리야가 "그런 건가"라고 불쾌하다는 듯 미간을 찡그리며 말했다.

"트랩에 걸렸군. 천장을 봐——. 끊어진 와이어가 늘어져 있지."

"원시적이군요. 누가 이런 짓을……."

"오락실 밖에 있던 사람은 한정돼 있어. 물론 테라코마리는 살인 같은 걸 저지를 녀석이 아니야. 그리고 모니크 클레르가 한 짓이라고 보기도 어려워. 왜냐하면 그 아이는 병 때문에 방에 틀어박혀 있는 것 같으니까."

"무슨 소리야. 사고라는 거야? 아니——."

"그래. 어렴풋이 눈치채지 않았어?"

프로헤리야는 희미하게 웃는다. 그리고 빌헤이즈의 걱정을 부추기는 듯한 말을 뱉는다.

"이 홍설암에는 처음부터 질 나쁜 녀석이 숨어들어 있어. 모니크 클레르 말을 믿어 주는 게 현명하다고 봐, 나는."

결단의 때는 지금이었다.

신이 축복하고 있다고 볼 수밖에 없다. 늘 수많은 동료에게 둘러싸여 있는 테라코마리 건데스블러드는 웬일로 동료들에 의해 고립되고 말았다.

어제는 한숨도 못 자서 졸음이 쏟아진다.

그 얄미운 흡혈귀를 생각하면 속이 계속 메슥거린다.

절대 용서 못 한다고 생각한다. 평온했던 뒤집힌 달로서의 생활을 망쳐놓은 건 바로 저 소녀다. 머리로는 이해하고 있다――. 소녀의 행동은 세계 대다수 사람이 칭찬할 만한 일이란 걸. 그러나 어둠을 좋아하는 자들에게는 너무 눈부신 위해에 불과했다.

"――때가 됐나."

모니크 클레르의 방이다.

더는 위장의 필요성을 느끼지 않는다. 그 검은 여자를 따를 의무는 없다.

테라코마리 건데스블러드를 죽였다! ――그렇게 선전하면 스피카 라 제미니가 먼저 데리러와 줄 게 분명하다.

왜냐하면 스피카 님은 동료를 위하는 사람이니까.

'당신 꿈을 응원할게!' ――웃는 얼굴로 그렇게 말해 주었으니까.

그러니까 처리하자. 지독하게 괴롭힘에 복수해 주자.

사람의 마음을 소모시키는 '소진병'——, 그러나 이 병은 그냥 두면 낫는 수준이다. 마음은 아무리 검게 물들어도 우연한 계기로 빛을 되찾는다. 예를 들어 침울해 있던 모니크 클레르는 테라코마리 건데스블러드와 잠깐 얘기만 나눴음에도 기운을 되찾았다. 마음은 마핵과 동일한 재생 능력을 가졌기 때문이다.

주어진 임무는 '정기적으로 지팡이를 휘둘러 마음을 깎아내는 것'이었다.

지팡이란 검은 여자에게 넘겨받은 신구 《사유장(思惟杖)》이다. 마음의 상처를 벌리는 힘을 가진 신비한 무기. 모니크 클레르의 소진병을 확대시키기 위한 것이었다.

검은 여자는 '마음의 부하 실험이다'라고 했다. 그래서 매주 토요일 이 집을 찾아와 치료하는 척하면서 지팡이를 휘둘렀다.

그런 걸 상대해 줄 필요는 더는 없다.

테라코마리 건데스블러드를 죽이면 목표는 달성되니까.

"……무슨 일이야?"

모니크 클레르가 깨어났다.

녀석이 달려오기 전에 끝내자——. 그렇게 생각하며 품에서 나이프를 꺼냈다. 모니크 클레르는 눈앞에 있는 상대가 설마 자신을 해할 줄은 꿈에도 생각하지 않는 눈치다. 순수한 눈동자가 분노의 불길에 기름을 부었다.

살의가 들끓는다. 나이프를 치켜든다.

그리고 마침내 모니크 클레르의 눈이 동그래진다.

"——죽어."

이건 검은 여자를 향한 반역이기도 했다.

그대로 힘껏 나이프를 휘둘렀다——.

"윽……. 뭐 하는 거야……!!"

"?!"

피가 튀었다.

그러나 칼끝은 모니크 클레르의 심장을 찌른 게 아니었다.

어느새 눈앞에 소녀가 서 있었다.

금색 머리카락. 붉은 눈동자. 악을 단죄하기 위해 태어난 듯한 늠름한 자세. 갖은 요소로 자신의 신경을 거스르는 흡혈귀——테라코마리 건데스블러드다.

붉은 피가 뚝뚝 떨어졌다.

그녀는 위팔로 나이프를 막으면서 이를 악물고 있었다.

"……쿠야 선생. 아프잖아……!"

모든 게 마음에 안 들었다.

그렇게 범인—— 모니크의 주치의 쿠야는 표정을 일그러뜨리며 나이프를 뽑았다.

☆(조금 거슬러 올라가)

피토리나는 거대한 가위를 들고 그림자에게 덤벼들었다.

짤칵짤칵 소리와 함께 반복되는 그저 농담 같기만 한 가위 공격.

그러나 살랑살랑 흔들리는 그림자를 잡을 수는 없었다. 명중

하더라도 빠져나가지 대미지를 입는 기색은 없다. 대신 벽이며 기둥이 가위에 푹푹 패여 나가 엉망이 되어 갔다.

"이봐, 피토리나?! 건물이 무너지겠어!"

"사람이 죽었잖아요! 건물 따위는 백극연방이 변상할 테니까 문제없어요. 지금은 범인을 죽이는 게 최우선이에요!"

엉망진창인 논리를 내세우며 창옥 소녀는 가위를 휘두른다.

복도에 장식해 둔 비싸 보이는 항아리가 깨진 순간, 나는 '그만 갈까'라고 생각했다.

그래. 피토리나에게 맞춰 줄 의무는 없다. 나는 빌을 살피러 식당으로 돌아가자――. 그렇게 생각하며 오른쪽으로 돌아서려 했을 때였다.

"이놈――!"

피토리나가 제7부대의 흡혈귀처럼 그림자에게로 돌진했다.

그러나 그림자는 종이 같은 동작으로 그걸 회피했다. 다음 순간――, 피잉! 하고 뭔가 작동하는 듯한 소리가 들렸다.

"어?" ――피토리나가 의아해하는 목소리를 냈다.

천장에서 고속으로 식칼이 날아들었다.

나는 무슨 일이 벌어졌는지 알 수 없었다.

그러나 정신을 차리고 보니 피토리나의 머리에 식칼이 깊게 꽂혀 있었다.

덫이다. 덫이 처져 있었다――. 뒤늦게 이해했을 때는 이미 늦은 후였다. 피토리나가 이 세상이 종말을 맞은 것처럼 단말마를 내지르며 그 자리에 쓰러졌다. 그녀는 바닥 위에서 한동안 몸부림쳤다. 그러나 곧 "어…… 언니에게 영광을……"이라고 중얼거리며 의식을 잃었다.

죽었다. 죽은 것이다. 역시 그림자가 범인이었나? ――서서히 절망이 가슴속에 퍼진다. 피토리나를 죽인 그림자가 흔들거리며 내 앞으로 다가온다.

"――테라코마리 건데스블러드. 나는 네가 마음에 안 들어."

놀란 나머지 죽는 줄 알았다.

그림자가 말을 걸어왔다――. 즉 이 녀석은 동물이나 자연 현상 같은 게 아니다.

나는 믿기지 않는 심정으로 그 자리에 우두커니 서 있었다.

"너…… 왜 이런 짓을 한 거야?! 살인은 범죄거든?!"

"덤벼들었으니까."

"…………."

변명의 여지가 없다. 정당방위라고 하면 정당방위겠지.

그림자는 그대로 발길을 돌리더니 복도 안쪽으로 향했다.

그쪽은 모니크의 방이 있는 방향이다. 그림자라는 존재의 정체는 모르겠다――. 하지만 이대로 모니크에게 가게 두는 건 위험할 듯했다.

적어도 녀석은 피토리나를 죽였으니까.

나는 황급히 그림자 뒤를 따랐다. 그 뒷모습(?)은 꼭 '얼른 따라와'라고 유혹하는 듯했다. 곧 녀석은 그대로 모니크의 방으로 슥 숨어들었다.

그림자는 역시 모니크와 연관이 있었던 거다.

이대로 그냥 둘 수는 없다——. 나는 내일 근육통이 올 것을 각오하며 복도를 달렸다.

방문에 손을 얹고 바로 단숨에 열어젖혔다.

"——모니크! 무사해?!"

그렇게 내가 목격한 것은 뜻밖의 광경이었다.

경단 머리의 요선—— 쿠야 선생이 모니크에게 나이프를 휘두르고 있다.

농담이라는 기색은 일절 느낄 수 없다. 그녀의 온몸에서는 생생한 살의가 넘쳐흘렀다.

상황은 모르겠다. 그러나 나는 생각에 앞서 행동했다. 쿠야 선생이 나이프를 힘껏 휘두르고—— 그 날 끝이 모니크에게 닿기 전에 나는 간발의 차로 몸을 들이밀었다.

왼쪽 팔에 엄청난 통증이 느껴진다. 온몸에 힘을 주며 그 자리에 멈춰 선다.

"윽……. 뭐 하는 거야……!! 쿠야 선생……, 아프잖아……!"

쿠야 선생은 깜짝 놀라서 눈을 크게 떴다.

엄청난 통증에 울고 싶어졌다. 아니, 실제로 울고 있었다. 영문을 모르겠다. 영문을 모르겠다. 왜 모니크를 도와야 할 주치의가 모니크를 죽이려 하는 걸까. 그림자는 대체 어디 간 걸까. 살인 사건은 왜 벌어진 걸까——. 갖은 의문이 엇갈려서 머리가 터질 것만 같았다.

쿠야 선생이 나이프를 빼며 거리를 뒀다.

나는 아픈 나머지 신음하며 그 자리에 주저앉았다.

뒤에 있는 모니크가 깜짝 놀란 듯 "코마링 각하……"라고 중얼거린다.

나는 모니크에게 "괜찮아" 하고 미소 지으며 쿠야 선생을 다시 돌아봤다.

쿠야 선생은 분노를 드러내며 그 자리에 우뚝 서 있었다.

오른손에는 피 묻은 나이프를. 그리고 왼손에는 살벌한 지팡이를 든 상태다.

"……쿠야 선생. 왜 그랬어?"

"왜 그랬냐고? 그건 네가 여기 왔기 때문이야."

격한 감정 때문에 목소리가 떨리고 있다.

"너만 죽이면 모니크 클레르 따윈 어떻게 되든 알 바 아냐. 그 여자를 따를 필요도 없어. 왜냐하면 테라코마리 건데스블러드의 목을 내걸면── 분명 스피카 님이 날 데리러 와 주실 테니까."

"스피카 님……?"

"알잖아. '신을 죽이는 사악'이야──. 나는 그녀의 충실한 종이었어. 이게 그 증거지."

그렇게 말한 쿠야 선생은 옷 소매를 걷었다.

드러난 팔에 새겨진 것은── 달을 뒤집어 놓은 듯한 섬뜩한 문장.

테러리스트 집단 '뒤집힌 달'임을 뜻하는 엠블럼이었다.

나는 깜짝 놀라서 말을 잃었다. 이 소녀는 의사가 아니었다. 뒤집힌 달이 보낸 자객이었던 거다. 그리고 나나 모니크는 속고 있었다.

하지만 대체 왜. 뭐가 목적이었던 거지.

"이유를 모르겠어……. 너는 모니크의 병을 치료했던 게 아니야……?"

"치료 같은 건 한 적 없어. 오히려 나는 소진병이 낫지 않게 조작했지."

뒤에서 모니크가 숨을 집어삼키는 걸 느꼈다.

나는 왼팔을 누르며 몸을 웅크리는 수밖에 없었다.

"이 신구 《사유장》은 마음의 상처를 벌리는 특수 능력을 가졌어. 매주 토요일에 홍설암을 찾아와 시술했지."

"왜 그런 짓을……."

"사람의 마음을 파괴하는 실험이라나. 하지만 마음이란 참 재미있지. 몇 번을 상처 입혀도 시간이 지나면 회복되어 버려. '의지력'이 돌아온단 말이야. 덕분에 나는 몇 달이나 이 외딴 온천 마을에서 지내게 됐어……."

"웃기지 마! 모니크가 얼마나 고생했는지 알아……?!"

"내가 더 힘들었어!"

나이프가 날아들었다.

모니크에게 명중하지 않게 나는 서둘러 일어났다. 튕겨내지 못한 탓에 오른쪽 손등에 붉은 선이 그어졌다. 이를 악물고 통증을 이겨내면서 간신히 쿠야 선생을 노려본다.

그녀는 순수한 증오를 불태우고 있었다.

그리고 그 증오의 대상은── 어째서인지 나였다.

"사람들은 네 업적을 칭송하지……. 육국 대전 때나 천무제 때나 흡혈 소란 때나 다 그랬어……. 세상을 구한 영웅……. 종족을 이어주는 구세주……. 그런 칭호에 방자하게 굴고 있지. 하지만 넌 생각해 본 적 있어? 일방적인 정의감 때문에 파멸로 내몰린 자의 처지를 상상해 본 적 있냐고……?"

"무슨 소리야……?"

"뒤집힌 달은 너 때문에 뿔뿔이 흩어졌어. 스피카 님이나 삭월의 행방도 알 수 없다고. 나는 그곳을 좋아했어……. 하지만 네가 망쳐놨지! 내 평화는 너에게 빼앗긴 거야! 이기적인 정의를 내세우지 마, 이 쓰레기!"

"윽……!"

나는 이 녀석의 심정을 이해했다.

이해하고 나니 격한 분노가 타오르는 걸 느꼈다.

이기적인 정의는 개뿔. 이기적인 건 너잖아. 나는 제도 사람들이 상처 입는 걸 보고 다 같이 협력해서 뒤집힌 달과 싸운 거야. 분명 그것 때문에 슬퍼할 사람이 있었을 수는 있지——. 그렇다고 해도 모니크를 상처 입힐 이유가 대체 어디 있지? 아무 죄도 없는 아이의 꿈을 빼앗는 행위가 어딜 봐서 정당성이 있느냐고?

"네가…… 그림자를 조종한 거냐? 다른 사람들을 죽인 것도 너야?"

"뭐? 너 정말 머리에 든 게 없구나——. 그런 것도 판단 못 하면 칠홍천 자리도 감당 못 할 텐데?"

잘 알겠다. 이 녀석을 그냥 둘 수는 없다.

그냥 두면―― 모니크가 더한 고통을 맛보게 된다.
“코마링 각하…… 피 나는 거야……? 괜찮아……?”
모니크가 걱정스레 내 옷을 움켜쥐었다.
어떻게든 지켜야겠다고 나는 결의했다.
“괜찮아. 이제 안 아프니까.”
“하지만. 상대는 테러리스트잖아……?”
“나는 칠홍천 대장군이야. 너한테는 손끝 하나 못 대게 할 거야.”
표정은 굳지 않았겠지.
모니크는 입을 다문 채 가만히 있었지만, 바로 나를 믿은 듯했다. 조금 전까지 얼어붙은 것처럼 꼼짝도 하지 않던 입꼬리가 미소를 짓는다.
뭐야. 평범하게 웃을 수 있잖아――. 그렇게 안심한 직후였다.
마력이 담긴 지팡이가 옆에서 날아들었다.
간신히 얼굴을 방어한다. 뼈가 부서지는 듯한 감각과 함께 내 몸은 그대로 뒤로 날아갔다. 벽에 부딪힌 순간, 의식도 잠깐 날아갔다.
“――너는 내 안식처를 빼앗았어. 뒤집힌 달에 있던 때에는 원 없이 연구할 수 있었어. 하지만 지금은 전혀 자유가 없어. 경사(京師)의 바보에게 잡혀서 꼼짝도 못 하고 있다고. 전부 네 책임이야. 책임져. 죽음으로 사죄해.”
쿠야 선생은 잠꼬대처럼 원망의 말을 되뇌었다.
지팡이에 마력이 담긴다. 이렇게 가까운 거리에서 마법을 퍼부을 셈인가.

팔의 감각이 없다. 이대로 두면 위험하다. 모니크를 지킬 수 없다——.
"……각하! 각하……."
"모니크……."
나는 몸의 떨림을 억지로 억누르면서 모니크에게 얘기했다.
"……그렇게 폼 잡아놓고 너무 창피하지만……. 아니, 정말 한심해서 눈물이 다 나지만……, 모니크가 도와줬으면 하는 게 있어."
"뭔데……?! 내가 할 수 있는 거라면 뭐든 할게……!!"
"피를 원해. 모니크의."
그 말만으로도 모니크는 상황을 이해한 듯했다.
모니크는 침대 위를 이동해 내 곁으로 다가온 뒤, 입가에 오른팔을 들이밀었다. 자발적으로 열핵해방을 발동하는 건 이번이 두 번째였다. 솔직히 아직 실감이 나지 않는다. 그러나 이것 말고 다른 방법은 없었다. 나는 뜻을 다지며 그녀의 팔에 이빨을 댔다.
"내가 두고 볼 것 같냐! 열핵해방 따위——."
적이 가만히 지켜볼 리 없었다.
쿠야 선생의 마법이 완성된 모양이다. 지팡이에 막대한 마력이 담긴—— 그다음 순간이었다. 갑자기 공간을 가르는 듯한 총성이 울려 퍼졌다.
"크헉……?!"
지팡이가 날아가며 표적을 잃은 마법이 엉뚱한 쪽으로 쏘아진다. 마력 덩어리는 벽을 뚫고 푸른 하늘 너머로 사라졌다. 쿠야 선생은 고통에 얼굴을 일그러뜨리며 오른손을 누르고 있다.

"무—— 무슨."

"와하하하! 또 아슬아슬했군! 내가 없었다면 죽었어!"

방 입구에 프로헤리야 즈타즈타스키가 서 있었다.

그녀가 든 총에서는 연기가 모락모락 피어오르고 있다.

이 기회를 놓칠 내가 아니었다. 나는 쿠야 선생의 절규를 무시한 채 모니크의 팔을 깨물었다. 모니크는 눈을 꼭 감으며 통증을 이겨냈다. 금방 끝낼게——. 그렇게 생각하며 나는 따끈한 피로 혀를 적셨다.

그렇게 세상이 붉은빛으로 물들었다.

※

실패했다. 실패했다. 실패했다.

깊은 절망의 심연에 떨어진 듯한 기분이었다.

테라코마리 건데스블러드의 열핵해방은 흡혈을 통해 발동한다. 뒤집어 말하면 흡혈만 못 하게 막으면 위협은 없었을 텐데.

도주하는 것은 불가능. 방문은 프로헤리야 즈타즈타스키가 가로막고 있다. 그녀는 총을 들면서 여유만만한 미소를 띠고 있었다. 지금부터 시작될 학살을 구경하려는 것이겠지. 분노에 시야가 새카맣게 물들 듯했다.

일찍 죽여둘 걸 그랬다——. 붉은 폭풍이 휘몰아치는 실내에서 쿠야 선생은 이를 갈았다.

침대 옆에 서 있는 건 살의에 불타오르는 흡혈 공주.

그녀는 모니크 클레르를 지키듯이 날카로운 시선으로 이쪽을 쏘아본다.

그 입술이 살짝 움직였다.

"너는."

지팡이를 움켜쥔다. 마력을 담는다. 입 안에서 주문을 영창한다.

"회개해야 해."

"너한테 왜 그딴 말을 들어야 해——————!!"

쿠야 선생은 포효와 함께 마법을 쏘아냈다.

중급 폭발 마법【레인 봄】. 빗발치듯 쏘아진 마력의 탄환이——테라코마리와는 반대쪽으로 날아간다. 수없이 폭격당한 방의 벽이 너무나도 쉽게 날아갔다. 쿠야 선생은 모래 먼지를 뒤집어쓰면서 정신없이 벽의 구멍으로 몸을 미끄러뜨렸다.

정면에서 상대할 수는 없다.

시간이 지나면 즈타즈타 이외의 동료들도 오겠지.

어쨌든 일단 이탈해서【전이】를 쓸 시간을 벌어야 한다.

잔해를 헤치며 옆 방으로 향한다. 주체할 수 없는 증오에 버거워하면서 전력으로 달린다.

——이 녀석 때문이야. 이 녀석이 뒤집힌 달을 괴멸시키는 바람에 내가 고생하게 된 거라고. 뒤집힌 달이 건재했더라면 지금쯤 나는 세계 최고의 의사가 되어 있을 텐데. 스피카 님에게 칭찬도 받았을 텐데.

지금 그런 생각을 해 봤자 소용없다.
한시라도 빨리 안전한 곳으로 도망쳐야 한다——. 그때였다.
"으억……?!"
갑자기 뭔가에 걸려 그 자리에 넘어졌다.
소스라치게 놀라 발목을 살핀다. 피로 이뤄진 듯한 새빨간 팔이 발목을 잡고 있었다.
아무리 버둥거려도 벗어날 수 없다. 마법을 쏘아도 효과가 없다. 정수리부터 온몸으로 공포가 퍼지는 것을 느꼈다.
"가만히 있어."
그리고 괴물의 목소리를 들었다.
모래 먼지 너머. 붉은 마력을 띤 흡혈 공주가 다가온다.
"모니크에게 사과해."
"윽——!"
쿠야 선생은 지팡이에 마력을 담아 마구잡이로 마법을 발사했다. 빛나는 탄환이 고속으로 테라코마리를 향해 날아간다——. 그러나 그녀는 꼭 벌레라도 쫓는 듯이 쿠야 선생의 공격을 받아넘겼다. 너무나도 현실미가 없는 현실. 이런 열핵해방은 달리 본 적 없다.
"나는…… 내 인생은! 너 때문에 망가져 버렸어!"
다시 【레인 봄】을 발사한다. 그러나 테라코마리 주변에는 보이지 않는 장벽 같은 게 펼쳐져 있었다. 폭발을 일으켜도 대미지를 입는 기색이 없는 것이다.
"남의 인생을 망치니까 즐거워?! 남을 구하겠다고 하면서 남을 멸시해 놓고 왜 태평하게 살아 있는 건데?! 나는 뒤집힌 달에서 평화롭게 활동하고 있었을 뿐인데! 그야 나도 죄 없는 일반인을 괴롭힌 적이 있긴 하지만——. 그렇다고 내가 괴롭힘받아도 되는 건 아니잖아?! 너한테 그럴 권리가 있기나 해?!"

"모니크가."

어느새 테라코마리가 눈앞에 있었다.

"슬퍼하고 있으니까."

견딜 수 없었다.

무슨 말을 해도 통하지 않는다. 이 녀석은 철두철미하게 '남을 위한 것이라 생각하는 행동'에 근거해 움직이고 있다. 이런 이기적인 인간이 존재해서야 되겠는가.

존재해선 안 되겠지만——, 쿠야 선생은 왠지 모르게 그리움을 느꼈다.

이 소녀는 어딘지 모르게 '신을 죽이는 사악'과 비슷해 보였다.

흔들리지 않는 신념. 남을 위하는 마음. 그런 절대적인 다정함에 쿠야 선생은 구원받았다.

"용서 못 해. 남을 상처 입힌 녀석은."

——멋지네! 당신의 연구는 분명 사람들에게 도움이 될 거야.

"그러니까……. 반성해."

——당신은 당신 뜻대로 해. 나중 일은 걱정할 필요 없어. 전부 내가 책임질 테니까!

"으…… 으으으으으으으으으으으으!"

쿠야 선생은 품에서 예비 나이프를 꺼냈다.

테라코마리 건데스블러드의 눈동자를 보고 있으니, 어째서인지 '의지력'이 샘솟은 것이다.

이 흡혈 공주(테라코마리)와 그 흡혈 공주(스피카)는 닮았다. 이용하는 수단은 명백히 다르다——. 하지만 둘은 같은 방향을 목표로 달리고 있는 걸지도 모르겠다. 그렇기에 남을 감화시키는 재능을 공통으로 가진 거겠지.

먼저 테라코마리 건데스블러드를 만났더라면 이야기가 달라졌을까.

그러나 쿠야 선생을 구해 준 건 스피카 라 제미니였다.

"이대로…… 질 거 같아?!"

도망칠 때가 아니다. 스피카를 위해 눈앞에 있는 적을 제거해야 한다.

혼신의 마력을 담아 투척한다. 나이프는 그대로 테라코마리의 심장을 향해 일직선으로 날아갔고——, 명중하기 직전에 테라코마리가 조용히 손을 들었다.

그 손바닥에서 막대한 양의 마력이 방출되었다.

"뭐——."

모든 것을 감싸는 황급 광격 마법.

눈 깜짝할 사이 시야가 새빨갛게 물들었다. 방금 던진 나이프가 어떻게 되었는지 모르겠다. 자기가 서 있는지, 앉아 있는지도 모르겠다.

"날아가라."

그게 마지막으로 들은 말이었을 것이다.

쿠야 선생의 몸은 붉은 파도에 휩싸여 홍설암 밖까지 날아가 버렸다.

☆

마음에 드리워 있던 붉은 안개가 걷혀 간다.

그리고 나는 천천히 의식을 되찾았다.

정신을 차렸을 때는 황폐해진 방 한가운데 서 있었다. 무너진 벽. 파인 바닥. 어질러진 가구들. 옆 객실은 연속해서 대여섯 개의 방이 구멍이 나 있었다. 그 너머로 눈이 오는 풍경까지 볼 수 있었다.

나는 한동안 멍하니 서 있었지만――.

"――이게 뭐야?!?!?!?!"

현실을 확인한 순간 무심코 소리치고 말았다.

홍설암이 엉망이 되어 있다. 그리고 기억은 또렷하지 않지만 십중팔구 내 짓이다. 열핵해방을 발동해 마법을 발사했고――그리고 모니크를 상처 입히려 한 쿠야 선생을 날려 버렸다. 그 과정에서 운석이 떨어진 거다(비유).

최악이었다. 이 정도면 내 용돈으로 변상도 못 한다.

에스텔 앞에서 싹싹 빌면 용서해 주려나. 안 되겠지――. 그렇게 장기를 팔 각오를 하던 때였다. 갑자기 누가 내 옷을 움켜쥐었다.

"코마링 각하……. 괜찮아?"

"모니크……! 너야말로 괜찮아?!"
모니크의 어깨를 움켜쥐려 한 순간 격한 통증이 퍼졌다.
무심코 눈을 감으며 그 자리에 주저앉는다.
그래. 나는 팔을 찔린 것이다. 마핵 덕분에 서서히 통증은 가시고 있다——. 하지만 아프다. 정말 아프다. 왜 온천 마을에 휴식하러 왔는데 죽을 위기에 처한 거지. 이 세상에 치안 좋은 곳은 없나? 살인귀 없는 곳은 없냐고.
"안 아파? 피 나."
"괘, 괜찮아. 이 정도는 모기한테 쏘인 거나 다름없어."
모니크는 확인하는 듯이 나를 바라봤다.
그러나 금방 슬픈 듯 고개를 떨구었다.
"……역시 코마링 각하는 굉장하네. 뭐든 잘하잖아. 그런 재능이 있어. 나하고는 전혀 달라……."
"……재능 같은 게 아니야."
그럼 뭐냐고 물어보면 대답하기 곤란하지만.
옆에서 보고 있던 소녀—— 프로헤리야가 "이야, 아주 훌륭해" 하고 태평하게 박수 쳤다.
"매번 그렇지만 어마어마한걸. 그만한 힘이 있다면 나와 겨룰 수 있을지 몰라."
"프로헤리야……, 너는 그림자에게 살해당하지 않았구나."
"음? ——아아, 그래. 그랬지. 그런 걸로 돼 있었지."
"어쨌든 무사해서 다행이야."
나는 안도의 한숨을 내쉬었다.

그리고 머릿속으로 지금까지의 일을 정리한다.

쿠야 선생은 나를 원망하고 있었다. 뒤집힌 달을 괴멸시켰으니까——. 내 입장에서는 이기적이기 짝이 없는 사고다. 그리고 그녀는 나에게 복수하려 했다. 그림자를 이용해 내 친구를 해친 것도 쿠야 선생이겠지. 모니크를 죽이려 한 이유는 잘 모르겠지만. 겸사겸사 말하자면 그녀가 홍설암에서 의사로 일한 이유도 잘 모르겠는데——. 모르는 게 너무 많잖아. 하나도 정리가 안 된다.

"——그나저나 요란하게도 했네. 덕분에 쿠야 선생이 어디로 갔는지 모르겠어."

"으……, 미안……. 악의는 없었어."

"녀석은 뒤집힌 달의 잔당이겠지. 심문해야 해——, 내가 회수하러 가지. 너는 모니크 클레르와 함께 다른 녀석들이 돌아오길 기다리도록 해."

"다른 녀석들……?"

"나뉘어서 너를 찾고 있었어. 정말 난리도 아니네. 생이……가 아니라 특별한 날이었는데."

프로헤리야는 "그럼 이만" 하고 손을 흔들더니 방을 뒤로했다.

뭔가 숨기는 듯한 느낌이 든다. 뭐 됐나——. 그렇게 생각하며 모니크 쪽으로 시선을 돌렸을 때였다. 그녀가 눈을 크게 뜬 채 방 한쪽을 바라보고 있었다.

"? 왜 그래?"

"그림자가……."

파괴된 창문으로 차가운 바람이 불어 들었다.
커튼이 살랑살랑 흔들린다.
그리고 나는 봤다——. 햇빛이 비치는 실내 안쪽. 창가에 우두커니 선 새카만 '그림자'를.
"윽……."
나는 깜짝 놀라서 벌떡 일어났다.
그러나 모니크가 안심시키듯이 웃는다.
"괜찮아. 그림자는 내 편이니까……."
영문을 모르겠다.
그림자는 쿠야 선생이 마법으로 조정했던 현상 아닌가?
분명 적의는 느낄 수 없다. 나에게 위해를 가하려는 뜻도 느낄 수 없다.
"……고맙다, 테라코마리 건데스블러드."
갑자기 그림자가 말을 해서 크게 놀라고야 말았다.
그러고 보니 이 녀석은 모니크 방에 오기 전에도 나한테 말을 걸었지.
"으음……. 그림자는 나하고도 얘기할 수 있구나……."
"응. 지금까지는 날이 안 좋아서 말을 못 했대……. 그림자는 저세상에 있으니까."
프레질의 기상 재해는 저세상과 연관이 있다고 한다. 그 그림자는 모니크 말처럼 저세상의 관계자일까? 그렇다면 쿠야 선생과는 완전히 다른 세력이라는 셈인데——. 그런 나의 경계를 알아차린 모양인지 그림자는 "안심해"라고 무뚝뚝하게 말했다.

"나는 모니크 클레르 편이야. 그리고 네 적이 아니야. 분명 너는 마음에 안 들지만── 모니크를 죽이려 했던 범인을 격퇴해 주었으니까. 감사하는 마음은 있어."

"살인 사건의 범인은 네가 아니야……?"

"피토리나 세레피나를 죽인 건 나야. 왜냐하면 그 녀석은 모니크에게 해를 가하려고 했으니까. 그 이외의 살인……을 가장한 재롱잔치는 나하고 아무 상관 없어."

"그럼 누가 범인인데?! 쿠야 선생……?!"

"아니야. 나중에 빌헤이즈에게 물어봐."

그러고 보니 그렇다. 되살아난 피해자에게 물으면 범인을 알 수 있을지 모른다.

그림자는 "그런 건 아무래도 상관없다"라며 강제로 화제를 바꾸었다.

"정말 성가시게 한다니까……. 하지만 이야기해야겠지. 그걸 위해 난 널 프레질 온천 마을로 부른 거니까."

"나는 그냥 뽑기에 당첨된 건데?"

"모니크에게 '테라코마리 건데스블러드를 만나고 싶다'라고 나는 전했어. 그리고 모니크가 그 뜻을 에스텔 클레르에게 전했고. 거기에 2월 18일의 이벤트가 겹쳐도 최종적으로 네가 여기 오게 될 가능성은 30% 정도였지. 그렇기에 이건 구상했던 실 중 하나에 불과했는데……."

무슨 말인지 전혀 이해가 안 된다.

2월 18일의 이벤트가 뭐지? 프레질에서 축제라도 하나?

그림자는 "둔하군" 하고 웃었다. 웃는 이유를 모르겠다.

"뭐, 상관없나――. 난 이슈엘라 제국의 '포영종(抱影種)' 키르티 블랑. 너에게 세상의 비밀을 전하러 왔다."

"뭐?"

"마침 '황천 사본'이 발생하고 있으니 모니크와 함께 언덕 위로 보러 가자."

☆

그림자―― 키르티는 테이블 위의 마법석을 가리켰다.

키르티 말로는【전이】마법이 봉인된 것이란다. 나는 살짝 경계했다. 그러나 세계의 비밀이라고 하면 호기심이 앞서는 것도 무리는 아니다. 왜냐하면 그건 엄마가 내게 보여준 것이니까.

"추위 대책은 해 둬"라고 해서 모니크의 옷을 갈아입혔다.

하는 김에 머플러도 감아 준다. 나는 손난로가 있으니까 괜찮겠지.

모니크와 손을 잡고 마법석을 발동한다.

시야가 단숨에 바뀌며――, 어느새 우리는 밖에 서 있었다.

그리고 믿기지 않는 광경을 목격했다.

아래에 펼쳐진 건 은빛으로 물든 프레질 온천 마을의 풍경이다. 폭풍설 때문에 곳곳이 파괴된 흔적이 눈에 띈다. 그러나 바라보기만 해도 감탄의 한숨이 새어 나올 만큼 아름다웠다.

한편으로 나를 더 놀라게 한 것은 하늘 위에 떠오른 뒤집힌 마을이었다.

지상의 마을을 복사해 놓은 것처럼 펼쳐진 세계. 건물 하나하나는 환영처럼 부예져 있지만, 햇빛이 비쳐서 반짝거리는 보석처럼 빛나고 있었다. 가는 눈송이가 살랑살랑 떨어지는 모습은 그야말로 스노우 돔을 뒤집어 놓은 듯했다.

나는 그 환상적인 풍경에 잠시 시선을 빼앗겼다.

이게 바로 에스텔이 말했던 '황천 사본'이겠지.

그리고 몇 년 전에 엄마와 함께 바라본 것도 같은 풍경이다.

그리고 나는 퍼뜩 깨달았다. 두리번두리번 주변을 살피고 나서야 깨달았다. 지금 내가 서 있는 곳은 온천 마을 중심부를 벗어난 조금 높은 언덕이다. 엄마와 온 그곳임이 분명했다.

"——핵 영역 중심부는 저세상과 가장 가까워."

옆에 그림자가 서 있었다.

그녀도 함께【전이】한 듯하다.

"자연재해가 발생하면 두 세계의 벽이 얇아져. 그리고 저세상 쪽의 마을 풍경이 하늘에 투영되지. 참고로 저 뒤집힌 마을은 폐허야……. 사람이 안 살아."

"저세상이 뭐야? 너는 저세상에서 온 거야? 쿠야 선생과의 관계는……?"

"쿠야 선생과는 무관해. 순서대로 이야기하지. 우선 나는 저세상에서 왔다——, 라고 하고 싶지만 정확히는 달라. 나는 이쪽에 '온 게' 아니야. 포영종은 세계의 벽을 넘어 자기 '그림자'를 날리는 힘을 가졌거든. 본체는 지금도 저세상에 있지."

포영종이란 말은 처음 들었다. 게다가 아까 '이슈엘라 제국'이라고 한 것 같은데. 거긴 저세상의 나라인가? ——그렇게 생각했지만 키르티는 고개를 저으며 부정했다.

"저세상에는 이 세상과 같은 나라가 존재해. 종족도 대부분 같지. 이슈엘라 제국과 포영종은 저세상과 크게 관계가 없으니까 생각하지 않아도 돼."

"생각해도 모르겠는데……."

"저세상에 관해 설명하지. 그게 내 역할이니까."

그림자는 흔들흔들 눈 위에서 흔들리며 하늘의 거리를 올려다봤다.

모니크가 재채기한다. 나는 모니크를 뒤에서 끌어안으며 손난로를 대 주었다.

"저세상이란 다른 차원에 존재하는 이계야. 네가 작년 말 소동 때 갔던 바로 그곳이지. 원래는 자연만이 풍요로운 토지였던 듯한데——. 모종의 사정으로 이 세상과 비슷한 세계가 되었다고 들었어."

"모종의 사정이 뭔데?"

"자세한 건 몰라. 그 점은 크게 중요하지 않다고 봐. ——이 세상과 저세상의 왕래는 기본적으로 불가능해. 나처럼 '그림자'를 쓸 수 있다면 별개지만. 하지만 일부 특수한 인간은 열핵해방으로 '문'을 열 수 있어."

"저세상에 가기 위한 문이라고……?"

"바로 그거야. 하지만 그 문은 봉인되어 있어. 그리고 그 봉인의 열쇠가 되는 게 마핵이지."

마핵. 육체의 상처를 눈 깜짝할 새 치유하는 국가의 지주.

"마핵을 부수면 저세상과의 왕래가 가능해져. 하지만 그걸로 생길 재해는 무시할 수 없지."

"무슨 말을 하는지 전혀 모르겠는데……."

"저세상에서 성가신 게 새어 나온다는 거야. 너는 잠깐 간 게 다니까 모르겠지만——. 지금의 저세상은 한 왕바보에 의해 전란의 양상을 보이고 있거든. 그 왕바보가 문을 지나 이 세계로 오면 큰일이 벌어져. 녀석은 최종적으로 세계를 정복할 셈인 듯하니까."

"녀석이 누군데?"

"우리는 '유세이(夕星)'라고 부르고 있지."

정보량이 너무 많아서 머리가 터질 것 같다.

그러나 그림자는 더욱더 엄청난 발언을 했다.

"그리고 유세이를 저세상에 붙들어 두고 있는 건—— 너희 어머니, 유린이야."

뜻밖의 이름이 튀어나와서 그만 머릿속이 얼어붙었다.

몇 초가 지나고 나서야 간신히 말을 쥐어 짜냈다.

"어떻게…… 엄마랑 아는 사이야……? 엄마는 살아 있어……?"

"살아 있어. 그리고 나는 저세상에서 유린 건데스블러드에게 협력하고 있어."

아연실색했다.

아빠도 그러지 않았는가——. '엄마는 먼 곳으로 떠나 버렸다'

라고. 살아 있다면 왜 내 곁으로 오지 않은 거지? 왜 이제야 접촉하려 하는 걸까.

"말도 안 돼. 왜냐하면 엄마는 핵 영역에서……."

"증거라면 있을 텐데. 아마츠를 통해 메시지를 받았지?"

그래. 나는 카루라의 오빠에게 편지를 건네받았다.

그건 분명 엄마 글씨체였다.

"아마츠 카쿠메이는 다양한 곳에 드나드는 다중 스파이야. 특수한 수단을 이용해 저세상과 접촉하고 있지. 그건 예외 중의 예외지만——."

"엄마는? 정말 무사한 거지?"

"그래. 하지만 너에게 돌아갈 수는 없어. 저세상의 문은 마핵 때문에 닫혀 있거든."

"…………."

나는 모니크를 끌어안으면서 울 뻔했다.

엄마가 살아 있다. 그 사실은 더할 나위 없이 큰 충격을 주었다.

설령 나에게 돌아올 수 없더라도 기뻤다. 왜냐하면…… 쭉 죽은 줄 알았으니까. 더는 못 만나는 줄 알았다. 살아 있다면 설령 어떤 어려움이 있더라도 언젠가 다시 가족끼리 여행할 수 있을지 모른다.

그림자의 분위기가 아주 살짝 누그러진 듯했다.

"——봐, 저 마을을."

그리고 깨달았다. 가장 높은 첨탑 정상에 뭔가 매달려 있다.

저건—— 스카프다.

새빨간 색을 한 스카프다.

그림자가 조용히 말했다.

"어디서 본 거 같지 않아? 저건 유린 거야."

"……!"

가만히 보니 잘 알겠다.

저건 엄마 것이 분명하다. 내가 넘어졌을 때 여러 번 눈물을 닦아 주었던 기억이 난다. 대체 왜 저런 데 있는 거지――. 나는 잠시 아연실색해서 서 있었다.

"우연이야. 설마 생일에 황천 사본이 발생할 줄이야."

"어……."

"유린은 네가 언젠가 여기 오길 바랐겠지. 본인도 그렇게까지 기대한 건 아니지만――. 하지만 이런 기적도 다 있군. 요약하자면 저건 '엄마는 여기 있다'라는 메시지가 분명해."

어느새 눈에서 눈물이 넘쳐흘렀다.

엄마는 멀리 떠났더라도 가족을 생각하고 있는 거다. 잊힌 게 아니었다. 그게 어찌할 수 없이 기뻤다.

"내가 널 여기 부른 이유는 두 가지야. 하나는 저세상에 관한 정보를 주는 것. 또 하나는―― 유린의 부탁으로 네 생일을 축하하는 것. 어찌어찌 당일에 널 부르게 돼서 다행이야."

"생일?"

"축하한다, 테라코마리 건데스블러드. 너는 오늘로 16살. 뮬나이트 제국의 전통에 따르면 어엿한 흡혈귀가 되었다는 거야."

그 말을 듣고 나서야 떠올렸다.

2월 18일은 내 생일이었다.

방에 틀어박혀 있을 때는 누구도 축하해 주는 일이 없었다. 그래서 완전히 잊고 있었다. 그래——, 나는 오늘부로 16살이 된 것이다.

그리고 엄마는 그 사실을 기억해 주었다.

기억한 데다, 이렇게 나를 축하해 주었다.

과거 가족끼리 프레질에 왔을 때의 기억이 되살아났다.

눈에 뒤덮여 희미해진 기억. 나누었던 말 하나하나가 서서히 윤곽을 띠어 간다.

「——이제 곧 생일이지? 말해 봐.」

「없어. 원하는 건…….」

「어쩌나……, 뭐든 줄게. 엄마는 칠홍천 대장군이니까.」

「……. ……그럼 엄마, 쭉 곁에 있어 줘.」

"——세상은 사람의 의지를 축으로 삼아 이뤄져 있어. 이 맑은 하늘에는 유린이 널 생각하는 마음이 투영된 걸지도 몰라."

논리는 잘 모르겠다. 하지만 엄마가 어디선가 살아 있고, 나를 생각해 주고 있다는 건 알았다. 그것만으로도 모든 게 충족된 기분이다.

"고마워……. 으음. 키르티."

"감사받을 이유는 없어. 게다가 저건 선물이 아니야. 유린이 맡긴 건 따로 있어."

그림자가 무슨 주문 같은 걸 읊조린 뒤, 손가락(으로 보이는 것)으로 하늘을 가리켰다. 나는 덩달아 고개를 들었다. 하늘 한 곳이 빛난 듯했다. 찬찬히 바라보는데—— 뭐가 천천히 떨어지는 걸 알아차렸다. 황급히 손으로 막는다. 수정 구슬 같은 게 손바닥에 쏙 담겼다.

반질반질. 1억 년에 한 번 태어나는 미소녀의 얼굴이 반사되어 비친다.

"그건 신구 《파리구(玻璃毬)》. 잃어버린 걸 되찾을 수 있는 비밀의 수정이지."

"무슨 소리야……?"

"지난 황천 사본 때 아주 잠깐 프레질 상공에 작은 '문'이 열렸어. 그 틈에 유린은 이쪽 세계로 선물을 보냈지. 그리고 나에게 '테라코마리와 로로코가 각각 16살이 되면 전해 줘'라고 의뢰했어. ——즉 그건 네가 어엿한 성인이 된 걸 축하하는 생일 선물이야. 어머니가 주는."

나는 놀라서 수정을 내려다봤다.

잃어버린 걸 되찾을 수 있는 비밀의 신구.

엄마는 대체 무슨 생각으로 나에게 이걸 맡겼을까.

"아마." 그림자가 내 속을 꿰뚫어 본 것처럼 말했다. "유린은 딸이 자기를 잊지 않았으면 하는 거겠지. 보통은 엄마를 잊을 리가 없는데 말이야."

"하지만……."

"알아. 공교롭게도 넌 과거 기억을 조금 잃었다던데."

밀리센트와 있었던 일이 너무 충격적이었던 걸지도 모르겠다. 방에 틀어박히기 전의 기억은 일부가 빠진 경우가 많았다. 예를 들어 나는 빌과 학원에서 알게 된 사이란 걸 잊고 있었고, 네리아와 어릴 적 파티에서 얘기했던 것도 잊었다.

소중한 추억에 안개가 끼어 있어 답답했다.

이걸 쓰면 그런 찜찜함이 전부 가시겠지.

엄마와의 기억을 완전히 되찾을 수 있을 거다.

"고마워. 나중에 써 볼게."

"그래. 그렇게 해."

"엄마는…… 저세상에서 뭘 하고 있어?"

그림자는 아주 잠깐 침묵했다. 그러나 말을 음미하면서 답했다.

"……칠홍천의 일은 싸우는 것. 그 사람은 저세상에서 적과 싸우고 있어."

"그건…… 아까 말했던 '유세이' 말이야?"

"그래. 녀석은 저세상을 어지럽히고 있어. 정말 사악한 녀석이야. 어쩌다가 이쪽 세계의 마핵이 파괴되기라도 하면 큰일이야. 오오미카미가 봤다는 미래는 아마 유세이가 이 세계를 뒤집어 놓은 결과일 거야."

"미래……? 무슨 소리야?"

"나중에 아마츠 카루라에게 들어. 어쨌든 유세이는 위험해. 마핵이 부서지면 이 세계로 오겠지. 아니——, 이미 유세이는 이 세계를 침식하고 있어. 가장 먼저 피해를 입은 것은 물리적으로 저세상과 가장 가까운 마을, 즉 프레질이야."

그림자는 슬픈 시선을 모니크에게 보냈다.

모니크는 눈 위에 우두커니 선 채로 멍하니 저세상의 마을을 응시 중이었다.

꿈은 세계를 여행하는 것이라고 했다. 저 뒤집힌 마을에 가 보고 싶다고 했다. 그러나 그녀의 눈에서는 빛을 전혀 찾아볼 수 없었다. 동경하는 곳을 보고도 마음이 전혀 동하지 않는다.

"……모니크가 왜?"

"모니크의 '소진병'은 유세이 짓이야." 그림자는 증오스럽다는 듯 말했다. "저세상에서는 마력이 아니라 '의지력'이 최고의 에너지로 쓰이거든. 녀석은 어떤 수단을 이용해 이 세계에 접촉했어. 그리고 시험하듯 모니크의 의지력——, 즉 마음을 빼앗아 갔지."

이야기를 따라갈 수 없었다.

왜 모니크가 그런 일을 당해야 하지?

"으음……, 소진병이 유세이 짓이라는 증거는 있어……?"

"이럴 수 있는 건 유세이뿐이야. 저세상에서는 유세이의 독니에 걸린 '소진병 환자'가 여럿 있어——. 그것과 완전히 같은 증상이야. 봐. 모니크의 목덜미에 별 모양 흔적이 있지? 이건 유세이의 이능이 발동했다는 증거야."

머플러를 살짝 걷는다. 분명 별 모양 상처 같은 게 남아 있었다.

"내가 모니크를 발견한 건 우연이야. 그렇기에 놀랐어. 유세이의 힘이 이 세상에도 미치는구나 싶어서——. 아마 모니크가 선발된 것도 우연이겠지. 아니면 모니크는 뒤집힌 마을……, 저세상을 동경하고 있었기에 유세이의 표적이 된 걸지도 몰라."

“영문을 모르겠어! 어떻게 그런 일이…….”

“모든 재앙에 이유를 찾아서는 안 돼. 이 세상은 부당해. 내가 모니크 주변을 어슬렁거렸던 건 병을 어떻게든 하기 위해서였어.”

“……그럼 쿠야 선생은 누군데?”

“몰라. 하지만 그녀가 무슨 열쇠를 쥐고 있다는 건 분명해. 나는 늘 모니크 곁에 있었던 게 아니라 몰랐지만……. 쿠야 선생은 소진병을 악화시키고 있었어.”

“무엇 때문에……?”

“그것도 모르겠어. 그러니까 알아봐야 해. 하지만 만약 그 여자가 유세이의 관계자였다고 하더라도 기대는 안 하는 게 좋아. 유세이는 교활해서 꼬리를 남기지 않겠지.”

그렇다면 어서 쿠야 선생을 찾아야 한다.

뭐, 프로헤리야가 갔으니 괜찮겠지만.

그림자는 한숨(비슷한 것)을 내쉬며 말했다.

“그냥 두면 유세이 녀석은 모니크뿐만 아니라 다른 사람까지 건드리겠지. 어떻게 건드리는지는 알 수 없지만. 어떻게든 막아야 해. ――참고로 유린은 저세상에서 유세이를 막고, 나는 이 세상에서 소진병을 연구 중이야――. 역할 분담이 그렇게 돼 있지. 현재로서 내 쪽은 아무 성과가 없어.”

“…………..”

나는 천천히 모니크에게 다가갔다.

모니크는 눈물을 흘리면서 뒤집힌 마을을 올려다보고 있다.

“쿠야 선생은 모니크의 소진병을 악화시켰댔어. 하지만 그러지 않더라도 모니크의 마음이 회복될 일은 우선 없어. 다른 소진병 환자가 그걸 증명해——. 유세이의 독은 시간과 함께 마음을 깎아 먹을 거야."

뭐 이렇게 불합리한 병이 다 있지. 게다가 모니크를 보면…… 마음을 빼앗았지만 슬픔의 감정만은 잃지 않았다. 무슨 일이든 의욕을 발휘하지 못한 채 절망으로 가라앉아 간다.

이러면 은둔형 외톨이이던 때의 나와 똑같지 않은가.

유세이는 세계를 은둔형 외톨이투성이로 만들고 싶은 건가?

"……모니크."

한 발짝 더 다가간다.

나는 견딜 수가 없어 중얼거렸다.

"눈이 안 보이는구나."

"윽……."

작은 어깨가 움찔 흔들렸다.

적중한 모양이다. 그러나 알아차린 사람은 알아차렸겠지.

방에서 만났을 때부터 위화감을 떨칠 수 없었다. 모니크는 시각에 의존한 동작을 잘 하지 않았다. 나를 바라볼 때도 미묘하게 시점이 어긋날 때가 있었다.

원래 안 보였던 건 아니겠지. 아마 '소진병'이 초래한 비극임이 분명하다. 그렇기에 모니크는 꿈을 버릴 수밖에 없었다.

모니크는 공허한 눈으로 하늘을 바라보며 말했다.

"……바로 저기에 저세상의 풍경이 있구나."

"응."

"하지만 나는 모르겠어. 알겠지만…… 희미해서 잘 안 보여."

완전히 캄캄한 것도 아닌 듯하다.

하지만 그게 뭐 어쨌단 말인가. 모니크는 세상을 빼앗긴 거나 다름없다.

그림자가 내게로 다가오더니 조용히 속삭였다.

"——마음은 인간의 근본이야. 그걸 잃으면 신체 기능에도 영향이 생겨. 모니크의 경우, 꿈을 빼앗김으로써 절망한 나머지…… 시력이 현저히 약해진 거야. 그리고 그것 때문에 더욱 세계를 향한 절망이 부풀었고. 너무나도 불행한 악순환이지. ——나는 그림자로서 가능한 일은 다 했지만, 뭘 해도 나아지지 않았어."

모니크의 시력 저하는 마핵으로 낫는 게 아니다.

왜냐하면 정신이 원인인 증상이기 때문이다.

"……코마링 각하, 고마워."

모니크가 희미하게 웃는다.

"각하와 있으면 신비한 느낌이 들어. 오랜만에 기뻤어. 꿈을 계속 간직하는 것이 얼마나 중요한지도 알았어. 각하는 특별한 사람일지 몰라. 의지력이 많아 보여."

"그렇지 않아. 나는 평범한 흡혈귀야."

"각하는 대단해. 앞으로도 힘내. 나는…… 뒤에서 응원할게. 이제 곧 아무것도 느낄 수 없게 되겠지만……."

"………………."

정말 세상은 왜 이렇게 불합리할까.

사쿠나 때나. 네리아 때나. 카루라 때나——. 남의 꿈이 엉망으로 짓밟히는 일이 비일비재하다. 유세이인지 뭔지에게도 무슨 생각이 있을지 모른다. 하지만 이렇게 작은 아이의 꿈을 가차 없이 짓밟는 건 잘못됐다.

나는 키가 작고 운동도 못하고 마법도 못 쓰는 구제 불능 미소녀 흡혈귀다.

그리고 막대한 '악의'를 상대로 할 수 있는 일은 한정되어 있다. 그저 앞뒤 가리지 않고 팔다리를 휘저으며 돌격하는 게 다다. 하지만 아무것도 안 하는 것보다는 낫겠지. 나는 모니크에게 사력을 다해 뭔가 해 주고 싶었다.

그래. 게다가 이번에는 기적적으로 '이정표'가 있다.

이렇게 딱 어울리는 상황은 흔치 않겠지.

"——모니크. 이쪽을 봐."

조용히 말을 건다. 모니크는 부모를 찾는 아이처럼 돌아봤다.

나는 안심시키기 위해 미소를 지었다. 그러고 나서 깨달았다. 그게 모니크에게 전해질지 어떨지 모르겠다.

"모니크는…… 다시 뒤집힌 마을을 보고 싶어?"

"……그러고 싶어. 하지만 안 될걸."

모니크가 탄식한다.

흰 입김이 바람에 휩쓸려 사라졌다.

"다양한 사람이 날 진찰했어. 하지만 내가 구제불능이야. 마음이 움직이질 않아. 코마링 각하도 난 신경 쓰지 마. 쭉 멀리서 지켜보고 있을 테니까——."

"알겠어."

더는 망설일 필요가 없었다.

나는 조금 전 엄마에게 받은 수정 구슬—— 신구《파리구》를 모니크 앞에 내밀었다.

모니크가 당황한 듯 이쪽을 바라본다. 그림자가 "뭐 하는 거야!"라고 초조한 듯 외친다.

아랑곳하지 않고 나는 '되찾아야 할 것'의 모습을 머릿속으로 떠올렸다. 모니크를 위해 무엇이 필요한지——. 어떡해야 희망을 되찾을지——. 한동안 신음하는데《파리구》표면에서 희미한 빛이 새어 나오기 시작했다.

모니크가 놀라서 눈을 동그랗게 떴다.

빛은 곧 평형감각을 잃을 만큼 격해졌다. 그대로 세상을 새하얗게 물들이더니—— 쨍그랑! 하고《파리구》그 자체가 깨지고야 말았다.

빛이 사라진다.

후둑후둑, 수정의 파편이 눈 위에 떨어진다.

그리고 모니크가 "앗" 하고 목소리를 높였다.

"눈이…… 빛이."

그 어린 눈동자는 나를 똑바로 응시하고 있었다.

시선이 흔들리지도 않는다. 모니크는 놀라움에 찬 표정으로 입을 뻐끔거렸다.

이 신구로 정말 모니크의 '잃어버린 것'을 되찾았을까. 자신이 없었다. 하지만 모니크의 상태를 보아 내가 생각한 전개대로 된

듯했다.

즉—— 신구로 빛을 되찾는 데 성공한 것이다.

모니크는 오열하면서 그 자리에 서 있었다.

나는 모니크가 진정하길 기다렸다가 말했다.

"——어때? 보여?"

"뭐 하는 거야. 코마링 각하……."

나무라는 듯한 말투였다.

모니크는 내 옷을 움켜쥐면서 말했다.

"그건 어머니가 주신 생일 선물이잖아. 어머니와의 추억을 되찾기 위한 도구였잖아. 그런데…… 나 같은 애 때문에……."

"됐어. 우리 엄마는 저세상에 있다는 걸 알았으니까."

"하지만……!"

"상관없어. 난 모니크가 꿈을 되찾았으면 했거든."

시간이 멈춘 것처럼 모니크가 굳었다.

그림자조차도 어안이 벙벙한지 말이 없다.

하지만 나는 이런 불합리한 사태를 그냥 둘 수 없었다. 이 소녀는 좀 더 긍정적으로 살아야 한다. 그러니까 내가 할 수 있는 일이라면 뭐든 해 주자——.

"바보구나……."

모니크가 울면서 말했다.

"……안 보여. 안 보인다고. 그런 기적이 벌어질 리 없잖아."

"어……."

무언가가 마음을 도려내는 듯했다.

“눈이 부셔서 놀라긴 했지만…… 그게 다야. 내 세계는 여전히 흐릿해. 도구나 약으로 어떻게든 되면 좋을 텐데. 그게 아니니까 내가 괴로운 거야…….”

나는 무의식중에 이를 갈았다.

기적이란 그렇게 쉽게 벌어지지 않는다.

설령 신구를 쓰더라도 사람의 마음을 강제로 바꿀 수는 없다.

그런 건 나 자신이 가장 잘 알고 있었을 텐데.

“그래……. 그렇겠지.”

역시 내가 할 수 있는 일은 아무것도 없었다.

이 이상 여기 있어도 소용없다. 방으로 돌아가자——. 그렇게 체념 비슷한 감정을 품었을 때였다.

“……하지만. 기뻤어.”

모니크가 옷자락을 잡으면서 중얼거렸다.

“신기해. 코마링 각하 덕분에 기분이 좋아. 왠지 따스한 기분이야……. 그러니까 언젠가……, 다시 밖에 나가보고 싶어…….

……고마워, 코마링 각하.”

그렇게 말하며 천천히 다가온다. 눈 때문에 넘어질 뻔해서 황급히 받아 주었다. 모니크는 그대로 내 가슴에 얼굴을 묻고 조용히 눈물을 흘렸다.

“코마링 각하는…… 이게 가능하기에 열핵해방을 쓸 수 있는 거구나…….”

나는 놀라서 품 안에 있는 모니크를 내려다봤다.

지금의 모니크 클레르에게서는 절망의 냄새가 나지 않는다.

체온이 조금 따뜻해진 듯했다.

"――놀랐는걸. 설마 모니크의 마음을 바꿔놓을 줄이야."

그때까지 가만히 지켜보던 그림자가 갑자기 입을 열었다.

"네가 뮬나이트 제국을 구한 건 우연이 아닌가 보네. ……잘 봐. 모니크의 안색이 그 어느 때보다 좋아져 있어. 별 모양의 흔적도 옅어졌고. 내가 지금까지 아무리 기를 써도 넘지 못했던 벽을 넌 돌파한 거야."

"무슨 소리야? 나는 모니크가 기운을 찾았으면 해서……."

"아니. 고마워, 테라코마리 건데스블러드. 남을 위해서 자기에게 소중한 걸 쉽게 버리는――, 그럴 수 있는 사람은 흔치 않아."

"나는 뭘 버리는 걸 잘 못해. 자랑은 아니지만 방은 지저분하고."

"어쨌든 희망의 씨앗이 뿌려졌어. 이로써 소진병은 조금씩 약해져 가겠지."

그림자의 말은 잘 이해할 수 없었다.

하지만 모니크가 조금이라도 긍정적으로 변했다면 그보다 더 좋은 일은 없다.

나는 모니크의 등을 툭툭 치면서 말했다.

"다음에 같이 어디 외출하자. 뮬나이트 제국에서 노는 것도 좋고."

"응……."

나는 문득 뒤집힌 마을을 올려다봤다.

여전히 환상적인 광경이었다. 맞은편은 바람이 부는 듯하다. 엄마가 남긴 붉은 스카프가 살랑살랑 흔들리고 있다. 나도 언젠가 저기 갈 수 있을까?

"——모니크처럼 불합리한 현실에 내몰린 사람은 많아. 유린은 네가 그런 사람들을 돕길 바라고 있어."

"그렇게 말해도……."

"나는 네가 마음에 들지 않았어. 죽여서라도 근성을 바로잡아 줄 생각이었지. 너무 자신을 과소평가하는 건 좋지 않아."

"과소평가한 적 없어."

"참고로 과대평가도 좋지 않아. 1억 년에 한 번 태어나는 미소녀를 자칭하는 건 창피한 짓이야."

"과대평가한 적도 없어!"

"아무래도 상관없어——. 어쨌든 유린은 저세상에서 너를 기다리고 있어. 하지만 지금의 너에게는 유린을 만날 자격이 없지. 물리적으로도 만날 수 없어. 그걸 위해 필요한 건…… 세계를 하나로 잇는 거야. 아직 힘들어하는 사람은 많으니까. 예를 들어 선인처럼. 널 만나러 뮬나이트 궁전에 와 있는 것 같던데."

무심코 고개를 갸웃했다.

그림자는 그걸 꿰뚫어 본 듯 "금방 알게 될 거야"라며 웃었다.

하지만—— 나는 마음속에서 희망이 샘솟는 것을 느꼈다.

저 뒤집힌 마을이 무엇보다 큰 증거다. 엄마는 나를 기다려 주고 있다. 어쩌면 저 신월의 세계에서 죽어가던 나와 빌을 도와준 것도 엄마일지 모른다.

갑자기 북풍이 불었다.

점점 뒤집힌 거리가 희미해져 간다. '황천 사본'은 잠깐만 발생하나 보다. 슬슬 꿈의 시간은 끝이다. 그림자가 "테라코마리" 하고 내 이름을 불렀다.

"네가 가야 할 길은 저절로 나타날 거야. 계속 틀어박혀 있을 순 없다고."

"아니……. 전쟁만은 사양하고 싶은데……."

"전쟁하지 않기 위한 싸움이 기다리고 있어. ──어쨌든 내 역할은 이제 끝났어. 아무쪼록 동료들과 여행을 즐기도록 해."

"맞다, 괜찮으면 너도──."

어느새 그림자의 모습이 홀연히 사라졌다.

거기 있는 건 눈이 쌓인 땅뿐이다. 발자국조차 남지 않았다.

키르티는 저세상으로 돌아갔을까? 뭐, 말하는 걸 보아 언젠가 다시 만날 수 있겠지.

"모니크, 슬슬 갈까?"

"응."

모니크는 희미하게 미소 지었다.

그림자 덕에 엄마가 살아 있다는 것도 알았다. 내가 해야 할 일도 알았다. 이런 구제 불능 흡혈귀가 할 수 있는 일이야 뻔하지만──. 모니크 같은 아이가 안심하고 웃을 수 있도록 힘내 보자. 그게 아마 칠홍천 대장군 테라코마리 건데스블러드가 나아가야 할 길이겠지. 뭐, 전쟁이나 배틀 같은 건 사양하고 싶지만.

이미 '황천 사본'은 끝나 하늘에는 막막한 푸른빛만이 펼쳐져 있다.

나는 모니크의 손을 잡는다. 기왕이면 돌아갈 마법석도 준비해 주면 좋았을걸——. 그렇게 생각하면서 걸음을 떼려는 그때였다.

"찾았어요! 코마리 씨예요!"

"코마리 님?! 코마리 님, 무사하세요?! 괴물에게 무슨 짓 안 당하셨죠?! 그보다 왜 【고홍의 애도】를 발동하셨나요?! 실수로 혈액 푸딩을 드신 건가요?!"

"코마리—! 조난당한 거 아니지?! 얼른 가자!"

나는 깜짝 놀라고야 말았다.

멀리서 낯익은 얼굴이 속속들이 등장했다.

사쿠나. 빌. 네리아. 카루라나 코하루. 에스텔이나 게르트루드까지 있었다. 저 녀석들, 죽은 거 아니었나……? 그런 식으로 놀라고 있는데 네리아가 눈을 밟고 힘껏 점프했다. 그리고 갑자기 내 품에 뛰어들었다.

"무사해?! 어머, 모니크 클레르도 멀쩡해 보이네! 다행이야……!"

"엥, 네리아? 어떻게 된 거지……?"

"앗, 커닝엄 님! 코마리 님께 들러붙지 마시죠! 몸속까지 얼어 있는 코마리 님을 사람의 피부로 따끈하게 덥혀 드리는 건 메이드인 제 역할이에요!"

"뭐 어때, 빌헤이즈! 이제부터 파티를 열 건데! 무섭게 해서 미안해, 코마리! 그리고—— 생일 축하해!"

"새치기 금지예요! 제가 가장 먼저 축하하려고 했는데……."

도저히 무슨 일인지 알 수 없어서 머리가 굳어 버렸다.

그러나 내 동료들은 “다행이다”, “축하해”, “그림자는 어디 있어?”처럼 각자 제멋대로 떠들고 있다. 요약하자면 생일을 축하해 주는 건가?

“모니크! 괜찮아?!”

에스텔이 안색이 달라져선 다가왔다.

걱정돼 죽겠다는 표정으로 모니크의 손을 잡는다.

“안 춥니? 집으로 가자.”

“……저기, 에스텔.”

“왜?”

“나도…… 코마링 각하처럼 다양한 곳에 가 보고 싶어.”

에스텔이 깜짝 놀란 듯 눈을 동그랗게 뜬다. 지금까지 무기력하던 모니크와는 너무나도 다른 탓이겠지. 모니크의 눈에는 밝은 별 같은 빛이 깃들어 있었다.

에스텔이 울상으로 내 쪽을 봤다.

그런 눈으로 바라봐도 곤란하다. 난 아무것도 한 게 없으니까.

곧 에스텔은 감개무량하다는 듯 눈물지으며 미소를 띠었다.

“……응. 그러게. 언니가 다양한 곳에 데려가 줄게.”

“그럼 그 시작으로 제도는 어떨까요? 제7부대가 환영할 거예요.”

“에스텔 집에 가 보고 싶어.”

“사, 상관은 없는데……. 좁다? 군 여자 기숙사니까…….”

“어라? 에스텔 씨도 기숙사에 살아요? 실은 저도 그런데. 모니크가 오면 나도 놀러 갈까나.”

“메, 메모아 각하도 살고 계셨어요?! 저는 101호실인데…….”

"와아, 이웃이네요! 굉장한 우연이다……. 제 방은 102호실이에요."

"102호실………………………, 어??"

어째서인지 에스텔이 굳은 듯한 느낌이 들지만 신경 쓰지 말자.

나는 상쾌한 기분으로 모니크를 바라봤다.

모니크가 기운을 차린 것만으로도 만족이다. 이대로 꿈을 되찾아 가면 좋겠는데——. 그렇게 모니크의 장래를 생각할 때였다. 갑자기 네리아가 "코마리!" 하고 팔짱을 꼈다.

"자, 가자! 파티도 있고……, 그림자나 열핵해방에 관해서도 듣고 싶은 게 많거든! 대신 연속 살인 사건의 진상을 알려줄게!"

"아, 잠깐……."

"커닝엄 님에게 맡길 수 없죠. 코마리 님을 운반하는 건 제 역할입니다."

"서로 양쪽에서 잡아당기지 마—!!"

나는 빌과 네리아에게 끌려가듯 언덕을 뒤로했다.

2박 3일의 온천 여행.

전반에는 어떻게 되려나 싶었지만, 후반에는 모두와 느긋하게 보낼 수 있을 듯해 다행이다. 왠지 파티도 열어준 것 같고. 모니크도 함께 즐기면 좋겠다.

나는 들뜬 마음으로 홍설암으로 가는 길에 올랐다.

(끝)

눈의 차가움은 느낄 수 없었다.

그만큼 마음이 불타오르고 있는 거겠지——. 쿠야 선생은 생각한다.

프레질 외곽의 숲속.

테라코마리의 황급 마법에 날아갔었다. 눈 위에서 꾸물꾸물하는데 자기 몸에서 피가 넘쳐흐르고 있다는 걸 깨달았다. 그러나 치명상은 아니다. 그 흡혈귀가 힘을 조절한 모양이다——. 정말 무르다. 안일하다. 어리석다.

"다음엔…… 다음엔 절대 안 져."

주먹을 움켜쥐면서 증오에 떨었다.

50년쯤 전에 요선향의 벽촌에서 태어났다. 어릴 적부터 몸이 약했다. 마핵으로는 도저히 어찌할 수 없는 '병약'이라는 성질. 비를 좀 맞으면 감기에 걸리고 몸을 좀 움직이면 금방 숨이 찬다. 그렇기에 쿠야 선생은 자신과 똑같이 '마핵에 영향을 받지 않는 신체적 특이성'에 고민하는 사람들을 위해 일하려 했다.

과거의 문헌을 통해 '의사'라는 직업이 무엇인지 배웠다. 잘 시간도 아껴 가며 다양한 기술을 익혔다. 연구비 명목으로 가계를 허비했기 때문에 집에서 쫓겨났다. 그래도 결코 포기하지 않고 계속해서 노력했다.

독자적인 연구로 약을 개발해 마음의 병으로 고민하는 아이를 구했을 때는 진심으로 기뻤다.

그는 "고마워, 선생님" 하고 웃었다. 나는 이걸 위해 태어난 거다——. 그런 감개마저 느꼈다.

하지만 쿠야 선생의 사상은 이해받지 못했다.

왜냐하면 세계는 마핵 사회니까.

"네 연구는 도움이 안 돼", "다쳐도 마핵이 있잖아", "탁상공론이야", "사회에 도움이 안 돼", "어서 평범하게 일해". ——그런 매정한 말을 계속해서 들었다.

최종적으로는 마핵 숭배자에게 '악마'로 내몰리며 폭행당했다.

가진 돈을 빼앗기고 연구서가 타버렸으며 사는 곳도 파괴당했다.

내 행동은 모두 무의미했던 거 아닐까. 누구도 나를 받아들이지 않는 거 아닐까——. 그렇게 절망하면서 뒷골목을 기어 다닐 때의 일이다.

——예쁘네! 당신!

길거리에서 사는 노숙자나 다름없는 여자에게 무슨 말인지.

그 소녀는 붉은 캔디를 살랑살랑 흔들었다. 흡혈귀일지도 모르겠다. 하지만 자신과 똑같은 요선 같은 느낌도 났다.

——바보야? 아이는 집에 가.

——당신이 훨씬 어려. 뭐—, 그런 건 아무래도 상관없어. 당신은 마음이 깨끗해. 정말 세상을 위해, 남을 위해 행동하고 있구나!

허를 찔린 듯한 기분이었다.

그 말은 엉망이 된 쿠야 선생의 마음에 스며들었다.

그리고 그녀는 결정적인 말을 입에 담았다.

——나는 스피카 라 제미니! 어차피 여기서 죽을 거면 '뒤집힌 달'에 들어오지 않을래?

그 후로 쿠야 선생의 운명은 바뀌었다. 뒤집힌 달은 협력을 마다하지 않았다. 마핵으로는 낫지 않는 증상의 연구는 점점 진행되어 갔다. 분명 뒤집힌 달은 극악무도한 테러리스트 집단이다. 그러나 쿠야 선생에게는 세상을 바꾸기 위한 소중한 본거지였다. 이 조직에서 힘내 보자. 병 때문에 고민하는 사람을 위해서 한 번 더 노력하자——. 진심으로 그렇게 생각했다.

그리고 무엇보다 스피카는 다정했다.

전 세계 사람들이 '필요 없다'라고 단언하던 쿠야 선생을 인정해 주었다.

가장 인상에 남은 것은 그녀의 눈이었다.

세상을 뒤엎을 만큼 막대한 의지로 가득 찬, 빛나는 눈동자.

그녀는 초승달이 뜬 밤의 저녁 식사에서 이런 말을 했다.

——나는 반드시 꿈을 이뤄 보이겠어.

——저세상에 도착해 보이겠어.

——하지만 나 혼자선 부족해. 모두의 힘이 필요해.

——그러니까 나를 따라와 준 동료를 버리지 않을 거야. 하고 싶은 게 있으면 뒤집힌 달을 이용해도 상관없어. 나는 당신들

꿈도 응원하거든.

——그런 이유로 지금부터 생일 파티를 열자!

——오늘은 당신 생일이었지? 그래서 디너에 초대한 거야! 자, 트리폰. 얼른 케이크를 가져와! 아마츠는 불꽃놀이를 준비하고! 스파클러 말고 밤하늘에 펑! 하고 터지는 게 좋겠어! 못하면 사형이야!

스피카는 결코 독재자가 아니다. 늘 동료들의 도움으로 달의 정점에 서 있었다. 그걸 이해하기에 그녀는 자기 협력자를 소중히 여기는 것이다. 듣자 하니 칠홍천 투쟁에서 치명적인 실태를 저지른 오디론 메탈조차도 용서했다고 한다.

하지만 '신을 죽이는 사악'이 향하는 곳에는 수많은 시체가 쌓여 있다. 그건 이상을 달성하기 위해 필요한 악일지도 모르겠다. 그런 희생을 마다하지 않는다는 점에서 테라코마리 건데스블러드와는 크게 다르다.

그리고 그녀의 사상이야말로 정의라고 쿠야 선생은 생각한다.

스피카야말로 세상을 다스리기에 걸맞다. 그렇기에—— 모든 걸 망친 테라코마리 건데스블러드를 용서할 수 없었다.

"다음엔 꼭…… 다음엔 꼭……."

눈에 웅크리면서 잠꼬대처럼 중얼거렸다.

다음엔 꼭…… 어쩌면 좋지?

마음속에 여러 번 메아리 치는 것은 진홍의 흡혈 공주가 한 말이었다.

——모니크에게 사과해.

——모니크가 슬퍼하고 있으니까.

모니크 클레르……, 불행한 아이야. 그러나 스피카 라 제미니가 있는 곳을 찾아내기 위해서는 그녀를 희생할 수밖에 없었다. 말하자면 위업을 위한 초석이다. 그런 점에서는 스피카와 마찬가지다.

그녀를 괴롭힌 것에 조금도 후회는 없다.

후회는 없을 터인데——.

——너는 회개해야 해.

"윽……. 으으……."

눈물이 흘러나왔다. 테라코마리 건데스블러드의 다정한 눈을 떠올릴 때마다 격한 분노의 불길이 타올랐고——, 동시에 한심하다는 생각도 들었다.

나는 어디서부터 실수한 걸까.

모니크 클레르 같은 소녀야말로 자신이 구해야 할 상대일 텐데.

그래. 스피카는 적에게는 엄격하지만 자기 편에게는 어이없을 정도로 잘해 준다.

모니크는 적이 아니다. 자기 주치의를 진심으로 믿어 주었다. 자기가 저지른 짓은 스피카의 사상을 벗어나 있다. 같지 않다.

"……용서해 줘. ……용서해 줘. ……나는 어쩔 수 없었어……."

쿠야 선생은 주먹을 움켜쥐며 눈물을 줄줄 흘렸다.

테라코마리는 용서할 수 없다. 하지만 그녀의 말에 뭔가 중요한 것을 깨달았다. 굽힐 수 없는 자신의 신념을 떠올렸다고 해야 하나.

죄를 갚겠다는 생각은 없다. 갚을 수도 없을 것이다.

자기가 할 수 있는 일은 연구를 계속하는 것뿐이다.

마핵 때문에 고민하는 사람을 위해서. 초심으로 돌아가 노력해 볼까——. 그렇게 쿠야 선생의 마음은 변질되었다.

"……하하. 피투성이네."

이것도 테라코마리 건데스블러드 탓이다.

녀석에게 한 방 먹이려면 어떡해야 할까.

뻔하다. 이번에야말로 소진병의 치료법을 찾는 것이다. 그리고 세상을 위해 인간을 위해 일하는 것. 대를 위해 소를 버리지 않는 것——. 그것뿐이겠지.

쿠야 선생은 비틀거리며 일어났다.

우선 씻자. 어디 온천에라도 들르자.

그렇게 생각하며 걸음을 뗀 순간이었다.

죽음의 냄새를 띤 바람이 불었다.

"——수고했어. 쿠야 선생."

쿠야 선생은 반사적으로 뒤를 돌아봤다.

그리고 경악했다.

백은빛 세계에 이물질 한 점이 덜렁 섞여 있다. 새카만 옷을 입은 여자였다. 꼭 명화에 앉은 파리 같네——. 태평하게 그런 감상을 가질 여유는 없었다.

키가 크고 검은 여자.
쿠야 선생에게 지시를 내렸던 흑막.
"네르잔피 경……."
"'실수는 잘못이 아니다. 실수인 줄 알면서 고치지 않는 것이 잘못이다'——그야말로 명언 아닌가? 그렇게 생각하지 않아, 쿠야 선생?"
요선향 군기대신 '사유(死儒)' 로샤 네르잔피다.
그녀는 불이 붙은 담배를 한 손으로 들면서 천천히 다가왔다.
움직일 수 없었다. 엄청난 공포에 다리가 후들거려서 말을 듣지 않는다.
"왜 여기에."
"'황천 사본'이 발생했다고 하던데. 순식간에 끝난 건 아쉽지만. 또 겸사겸사 온천에 가려고 왔어. 심신 정양은 장수의 비결이거든."
거짓말. 이 여자가 관광하러 올 리가 없다.
쿠야 선생은 손발의 떨림을 필사적으로 억누르면서 입을 연다.
"네르잔피 경……. 무슨 일이죠? 모니크 클레르라면…… 오늘도 문제없이 진찰했습니다. 《사유장》을 써서 소진병을 악화시켜놨어요. 그러니까 굳이 확인하실 것도 없어요. 추우니까 그만 가시는 게——."
타앙.
총성이 울렸다.
"어?" ——입에서 소리가 새어 나갔다. 피도 흐른다. 정신을 차리고 보니 쿠야 선생은 피를 흩뿌리면서 눈 위에 엎어져 있었다. 가슴에서 뜨거운 것이 철철 흘러넘친다. 머릿속이 멍해진다. 네르잔피 경이 가진 회전식 권총에서 연기가 모락모락 피어오른다.

그녀는 죽은 물고기 같은 눈으로 이쪽을 내려다보며 말했다.

"'믿음'이 없으면 사람과의 관계는 성립되지 않아. 너는 날 배신했어. 아무래도 넌 인생의 실수를 고치려 한 것 같은데, 나는 작은 과실도 놓치지 않는 성질이라서. 그게 어리석은 자라면 더더욱."

"윽――."

통증에 뇌가 흔들린다.

입가에서 피와 침을 흘리면서 쿠야 선생은 떤다.

이런 일이. 어떻게 이런 일이.

모처럼 초심을 떠올렸는데. 아픈 사람들을 구하려고 결의했는데.

이런 결과는 너무하지 않은가.

"프로헤리야 즈타즈타스키가 널 찾고 있어. 네가 생포되면 나에게까지 이를지도 모르지. 그러니까 먼저 정리하려는 거다."

"웃기…… 웃기지 마……. 나는 괴로워하는 사람들을 구하고 싶어……! 이런 데서 죽을 거 같아……!"

"이런. 나는 새로 따지면 참새일 뿐이라 대선생님의 생각은 모르겠군. 대체 사람을 구하는 데 무슨 의미가 있지? 죽지 않는 데 의미가 있나? 죽는 게 더 나을 때도 있지 않을까?"

말이 안 통한다. 같은 공통어로 이야기하는 것 같지 않다.

하지만 물러날 수 없는 부분이 있었다. 자신은 생각을 바꾸었다. 이런 속 모를 살인귀의 말을 따를 이유는 없다. 그래──. 꿈을 위해 물러날 수 없었다.

"나는……! 나는 안 져……! 생각해 보면 넌 늘 거만했어! 남을 아무렇지 않게 생각해! 스피카 님과는 딴판이야! 그리고 나도 너하고는 달라! 나는 처음부터 남을 위해 일하려고 했어! 소진병도 치료해 보일 거야. 괴로워하는 사람들을 모두 구해 줄 거야. 그러니까……."

다시 총성이 울려 퍼졌다.

쿠야 선생의 몸은 공처럼 굴렀다.

"──훌륭해. 훌륭한 말을 하면 동정할 줄 알았어? 말이나 겉모습만 잘 꾸며내서는 훌륭한 인간이라고 할 수 없어."

"그, 그만……."

"네가 배신하지 않으면 '신을 죽이는 사악'이 있는 곳을 알려 주려고 했는데. ──뭐, 딱히 상관은 없지만. 모니크 클레르의 실험을 통해 의지력의 구조를 대강 알았거든. 애란조의 천명을 개혁할 준비는 된 듯해."

"그만…… 해……."

"고마워, 쿠야 선생. 그리고 잘 가. 장례는 극진하게 치러 줄게."

배에서 끊임없이 피가 흘렀다.

의사이기에 안다. 이건 죽는다. 더는 살 가망이 없었다.

네르잔피는 여전히 무표정하게 방아쇠를 당겼다. 다시 몸이 펄떡 뛰는 것을 느꼈다. 핏자국을 남기며 눈 위를 데굴데굴 구른다. 그 이후로는 통증도 사라졌다.

"아, 아……."

목소리를 낼 수 없었다.

한 번 더 스피카 님을 만나고 싶었는데——. 그 바람조차 이룰 수 없다.

의식이 옅어져 간다. 몸이 어둠에 잠긴다. 모든 기억이 사라져 간다.

검은 여자는 발길을 돌려 떠났다. 나무 그늘에서 요선들이 튀어나와 쿠야 선생의 몸을 어디론가 옮겼다. 이대로 바다에라도 버리려나——. 그렇게 생각하는 사이 생각이 완전히 끊겼다.

쿠야 선생의 꿈은 허무하게 끝나 버린 것이다.

※

프로헤리야 즈타즈타스키가 도착한 건 그 10분 후였다.

눈 위에 핏자국이 있을 뿐, 쿠야 선생은 찾아볼 수 없었다.

아직 근처에 있지 않을까? ——프로헤리야는 그렇게 생각하고 계속 수색했다. 그러나 결국 찾는 사람은 찾지 못했다.

"도망쳤군. 젠장."

계속 뛰어다니던 프로헤리야는 마침내 포기하고 돌아가기로 했다. 너무 늦으면 생일 파티가 끝나 버리기 때문이다. 기왕이면 축하도 해 주고 싶고.

이렇게 해서 홍설암 내의 소동은 막을 내렸다.

진상을 아는 자는 검은 여자 한 명뿐이다.

2박 3일의 온천 여행은 내 생일을 축하하기 위한 음모였다.

뽑기는 에스텔이 준비한 것. 네리아나 카루라가 홍설암에 있었던 것도 준비된 것. 그리고 살인 사건도 나를 겁주기 위한 여흥이었다. 다들 픽픽 죽어 나가서 무슨 일인가 했는데, 실은 다들 죽은 척을 했다는 듯하다.

내가 "사람 걱정하게 하고~!"라는 기분이 된 건 말할 것도 없다.

왜냐하면 정말 무서웠다고. 평소와는 다른 의미로 죽는 줄 알았고.

하지만 뭐——, 나는 순순히 기뻐하기로 했다. 다들 나를 위해 준비한 거니까. 게다가 누구 하나 실제로 죽지 않았고 말이다. 아니, '그림자'에 당한 피토리나만은 죽었지만.

그 후, 홍설암 오락실에서 성대한 생일 파티가 열렸다.

아닌 밤중에 날벼락이라는 게 이런 거겠지. 내 생일이 2월 18일이라는 걸 까맣게 잊고 있었다. 다들 서프라이즈처럼 '생일 축하해!'라고 했을 때, 나는 무의식중에 눈물을 흘리고야 말았다.

어쩔 수 없다고. 몇 년 만에 하는 파티지?

게다가 수많은 친구가 축하해 주고 있잖아?

이렇게 기쁠 데가 또 있을까? 기쁜 나머지 점프하며 기쁨의 춤이라도 추고 싶었지만, 현자의 이성으로 어찌어찌 참았다. 그

Illustrations copyright © riichu

대신 계속 히죽히죽하고 있었는지 “코마리 님, 즐거워 보이시네요”라는 말을 들었다. 당연하다. 왜 안 즐겁겠는가.

게다가 다들 생일 선물까지 준비해 주었다.

네리아는 메이드복을. 게르트루드는 과일 나이프를. 카루라는 깃털 펜과 과자를. 코하루는 항아리를. 사쿠나는 얼음 꽃다발을. 에스텔은 향수를. 모니크는 추천하는 책을. 프로헤리야는 피아노 연주를 라이브로 들려주었다. 그리고 빌은 아로마 캔들과 요리 레시피 책을 주었다. 빌은 틀림없이 ‘저 자신이 선물입니다’라고 할 줄 알았기에 맥이 빠졌다. 아니, 맥이 빠졌다고 하면 실례려나. 어쨌든 다 마음이 담긴 선물이라 나는 통곡하고 말았다.

이러저러해서 생일 파티는 밤까지 이어졌고――다음 날에는 모니크를 포함해 다 함께 온천 마을을 즐겼다. 첫째 날과 둘째 날의 긴박한 분위기와는 영 다르게 힐링의 시간이었다. 이런 시간이 계속되면 좋겠는데, 하는 생각마저 들었다. 하지만 휴가에도 한도가 있다. 우리는 날이 저물 무렵 모니크에게 “또 올게”라는 말을 남기고 프레질을 떠났다.

똑똑히 말하겠다.

엄청엄청 즐거웠다.

오랜만에 진짜 휴식을 취한 느낌이다. 모두에게 나중에 다시 감사 인사를 해야겠네. 한 사람 한 사람의 생일을 알아내 축하해 줘야지.

그리고 프레질에 가길 잘했다고 생각한 이유는 ‘재충전했으니까', '생일 축하를 받았으니까'뿐만이 아니다. 모니크에게 기운을 불어넣어 주기도 했고, 그 뒤집힌 마음을 본 건 큰 수확이었다.

——유린은 저세상에서 너를 기다리고 있어.

갑자기 '그림자'가 한 말이 떠오른다.

엄마는 저세상에 살아 있다나 보다.

그렇다면 나는 엄마를 만나기 위해 노력해야 한다.

그림자는 '세상을 하나로 이으면 만날 수 있다'라는 식으로 말했다. 구체적으로 그게 무엇을 뜻하는지는 모르겠다. 하지만 내가 할 수 있는 일이라면 힘껏 노력해 봐야지——. 그렇게 긍정적인 마음을 먹었다.

"……틀어박혀 있을 때가 아닐지도 모르겠어."

틀어박혀 있고 싶은 마음은 굴뚝 같지만.

모니크처럼 불행한 아이를 늘리지 않기 위해 내 행동이 중요해진다——. 그런 느낌이 든다. 우선 그림자 말대로 눈앞에 있는 일부터 해결해 나가자.

그래——, 모니크.

모니크를 괴롭히던 쿠야 선생은 끝끝내 찾지 못했다. 프로헤리야가 프레질 외곽에서 그녀의 것으로 보이는 혈흔을 발견한 듯하지만 본인은 없었다. 유세이인지 뭔지의 정체는 불명인 채로 남았다는 뜻이다. 뭐, 쿠야 선생도 크게 데였을 테니 나중에 다시 찾으면 되겠지——. 나는 그렇게 낙관적으로 생각 중이다.

그건 그렇고.

지금은 '황혼의 트라이앵글'을 어떻게든 하는 게 우선이다.

"온천에서 재충전…… 했을 텐데……."

펜이 좀처럼 움직이지 않는다.

분명 온천 여행을 통해 기분 전환은 했다. 하지만 그건 취재 여행이 아니라서 소설 소재가 생긴 건 아니다. 네리아는 '살인 사건 덕에 영감이 솟구치지?!'라고 했지만——, 미안. 확실히 자극적이긴 했어. 하지만 내가 쓰는 건 미스터리 소설이 아니라 로맨스 소설이라고.

"끄으으……. 역시 경험이 부족한가 봐."

"무슨 경험이 부족하신데요?"

"뻔하지. 나에겐 연애 경험이라는 게——. 윽, 또 이 전개야?!"

"아직 부족했던 거군요. 그럼 지금 당장 저와 연애 경험을 쌓으시죠. 구체적으로는 결혼식장 시찰을 가 보자고요."

"단계를 너무 건너뛰었잖아!!"

팔짱을 끼는 빌을 완력으로 뿌리쳤다.

정말 방심도 뭣도 못 하겠다니까.

"언제부터 있었어? 아직 출근 시간이 아니잖아."

참고로 오늘은 월요일이다. 또 지옥 같은 장군 생활이 시작될 걸 생각하면 지긋지긋해서 절규하고 싶다. 하지만 그랬다간 부하 손에 죽을 수도 있으니까 참자.

"아직 시간은 있네요. 느긋하게 계셔도 돼요."

"그럼 한숨 더 자 볼까. 소설은 나중에 쓸래."

"글은 잘 써지나요?"

"그건 아닌데——. 뭐, 온천에서 재충전했으니까. 전보다는 어떻게든 될 것 같아. 또 자면 아이디어도 떠오를지 모르니까 1시간 후에 깨워 줘.”

“알겠습니다. 그런데 그제부터 요선향의 사절이 뮬나이트 궁전에 와 있다고 하네요.”

“응? 요선향?”

낯선 나라 이름에 고개를 갸웃했다.

요선향이란 남쪽에 존재하는 선인의 낙원이다. 신선종 중 정식으로 아는 사람이 없어서 어떤 곳인지는 모르겠지만――. 뮬나이트에 관광이라도 하러 왔나?

“그분들은 코마리 님을 만나러 왔다나 봐요.”

“엥? 왜?”

“모르겠네요. 하지만 벌써 이틀이나 기다리고 계세요.”

“…………”

“조금 전 귀빈실에서 연락이 왔습니다. 선인들은 ‘얼른 테라코마리를 데려오지 않으면 전쟁을 일으키겠다’라고 하는 중이라나요.”

“……왜 그렇게 화나 있어?”

“글쎄요? 저희가 약속을 어기고 온천 여행을 가 버린 탓 아닐까요?”

“약속을 했어?”

“네. 제가 멋대로 했습니다.”

“멋대로 한 거야?”

“네. 그리고 깜빡했죠.”

그래, 그렇군.

이건 꿈속에서 벌어진 일로 처리하는 게 낫겠어.

그렇게 결론 지은 나는 침대 속으로 기어들어 갔다.

그 순간——. 빌이 가진 통신용 광석에서 초조해하는 목소리가 들렸다. 우리 아빠였다.

[빌헤이즈! 미안하지만 코마리를 불러주지 않겠나? 역시 이 이상 기다리게 하면 심장을 터뜨릴 것 같은데…….]

"그렇다네요, 코마리 님. 심장을 터뜨리는 게 싫다면 지금 당장 가시죠."

"아아아아아아아아아아아아아아아아아아?!"

나는 육지에 던져진 물고기처럼 침대 위에서 펄쩍펄쩍 뛰었다.

여행이 끝나자마자 트러블이다. 아니, 여행 도중에도 트러블은 발생했지. 최악이다. 왜 이렇게 되는 거지. 오늘은 휴가 직후니까 일하는 척하면서 독서라도 하려고 했는데……!

"자, 가시죠. 침대에서 놀고 있을 때가 아니에요."

"이봐, 빌! 약속을 어기는 건 옳지 않아! 요선향 분들께 민폐잖아!"

"죄송합니다. 사죄의 뜻으로 춤이라도 보여드리면 될까요?"

"안 그래도 돼! 자, 가자!"

심장이 폭파되지 않기를 바라는 수밖에. 그보다 '심장을 터뜨린다'라는 말이 귀에 익은 것 같은데. 혹시 천무제 전의 파티에서 본 그 사람일까……?

어쨌든 지금의 내가 할 수 있는 건 기계처럼 고속으로 고개를 꾸벅이는 것뿐이다.

나는 전속력으로 옷을 갈아입고 뮬나이트 궁전으로 향했다.

☆

나를 기다리고 있던 건 예상했던 그 인물이었다.

팔랑팔랑한 녹색 의상이 특징적인 요선── 아이란 린즈.

귀빈실에 들어가자마자 조용한 시선이 쏟아졌다. 바다처럼 신비한 포용력이 있는 두 눈이다. 그녀의 속내를 헤아릴 수는 없지만, 분노 5초 전이라는 건 상상하기 어렵지 않았다.

"느, 늦어서 미안하군! 나는 테라코마리 건데스블러드다! 잘 왔어, 뮬나이트 제국에."

내가 긴장하면서 인사하는 사이 "그럼 나는 이만"이라면서 아빠가 방을 나갔다. 항의하고 싶지만 지금은 그게 문제가 아니다. 어떻게 해서든 심장이 터지지 않도록 해야 한다.

나는 우선 자세를 바로하고 아이란 린즈 씨 쪽을 봤다.

"으음……. 연락에 착오가 있었던 것 같은데. 오래 기다린 것 같아 미안하군. 기껏 먼 곳까지 와 주었는데……."

"온천은, 재미있었어?"

무표정이다. 무표정하게 그런 걸 묻고 있다.

처음 만났을 때의 카루라와 달리 감정을 파악하기 어렵다. 그러나 나는 죽음의 기색을 느꼈다. 적어도 이 소녀는 나에게 막대한 불만을 품고 있는 게 분명했다.

어쩌지. 우선 변명을 생각해야——.

“코마리 님은 아이란 린즈 님이 궁전에서 목 빠지게 기다리시는 동안 온천에서 희희낙락하셨답니다. 마지막 날에는 다 같이 성대한 파티를 열며 흥청망청 놀았어요.”

“너어어어어?! 사실이지만!! 사실이지만 해도 되는 말과 해선 안 될 말이 있잖아?!”

“——그래. 그거 다행이네.”

아이란 린즈 씨가 조용히 중얼거렸다.

완전히 오해하고 있다. 아니, 오해도 뭣도 아니지만 ‘약속은 몰랐으니까 너그럽게 봐 달라’라는 걸 전하고 싶다. 아니면 전쟁이 발발할지도 모른다. 그렇게 생각하며 필사적으로 할 말을 생각하던 때였다.

요선의 소녀는 희미한 미소를 띠며 이렇게 말했다.

“재충전은 중요하지.”

“엥? 그래…….”

“늦어서 미안. 나는 요선향의 공주 아이란 린즈. 오늘은 저세상 문제로 할 말이 있어서 왔어. 그리고——.”

‘저세상’이라는 뜻밖의 단어에 뇌가 굳어버렸다.

그 틈을 노린 듯 누가 어깨를 콕콕 찔렀다.

나는 아무 생각 없이 뒤를 돌아봤다.

그곳에는 또 하나의 요선 소녀가 있었다. 대체 누구지? 아이란 린즈 씨의 지인인가? ——그렇게 멍하니 생각하던 그때.

"열핵해방【옥오애염(屋烏愛染)】."

눈앞에 있는 소녀의 눈이 붉은빛을 뿜어낸 듯했다.

그러나 정말 기분 탓이었을지도 모르겠다. 옆에 있던 빌이 "코마리 님?" 하고 의아하다는 듯 묻는다. 나는 "아무것도 아니야" 하고 고개를 저었다.

열핵해방이라는 말을 한 것 같은데 기분 탓이겠지.

갑자기 그런 걸 발동할 이유가 없으니까.

"――실례. 나는 란 메이파. 린즈의 종이야."

"아, 그렇구나."

"린즈는 당신과 얘기하고 싶대. 잘 상대해 줘."

"그, 그래. 알겠어."

어쨌든 사죄해야 한다.

풍전정 과자를 선물하면 기분을 풀려나? 아니, 물건으로 낚는 건 너무 단순 무식해. 이럴 땐 성심성의껏 고개를 숙여야지――. 그렇게 생각하면서 다시 린즈 씨를 돌아본 순간.

눈이 마주쳤다.

빨려들 정도로 맑은 눈이다.

말없이 3초 정도 서로를 바라보았다――.

두근.

어째서인지 심장이 빠르게 뛰기 시작했다.

"으, 윽……."

"코마리 님……?"

호흡이 거칠어진다. 서 있을 수가 없다.

그 자리에서 무너져 내렸지만 린즈의 눈에서 눈을 뗄 수는 없다.

그녀의 분홍빛 입술이 조용히 말을 자아냈다.

"미안해. 당신이 좀 협력해 줬으면 해서……."

"뭐……."

영문을 모르겠다.

시야가 새카매져 간다. 빌의 부름도 더는 들리지 않는다. 두근거리는 심장 소리만이 바보처럼 시끄럽게 굴었다.

항간에서는 아이란 린즈를 두고 '눈만 마주쳐도 상대의 심장을 터뜨리는 능력자'라고 한다. 무슨 그런 바보 같은 이야기가 다 있나 했는데——, 아무래도 틀린 이야기가 아닌 것 같다.

몇 초 후.

내 심장은 무참히 폭발했다.

이렇게 매력적인 여자를 앞에 두고 심장이 뛰지 않을 사람은 없다.

그녀와 눈이 마주친 인간이 '심장이 터졌다!'라고 외치는 것도 무리는 아니겠지.

지금까지 겪어본 적 없는 신비한 기분.

그러나 수많은 연애 이야기를 써 온 희대의 현자라면 곧바로 예상이 됐다.

그래——. 이게 사랑이라는 걸 본능으로 이해하고야 말았다.

"두 가지."

린즈가 검지와 중지를 세운다.

"할 말이 있어. 하나는 질문. 남은 하나는 부탁이야."

나는 반응할 수 없었다. 왜냐하면 그녀의 눈에서 눈을 뗄 수 없었기 때문이다. 뭐 저렇게 아름다운 눈이 있을까——. 아니, 잠깐. 냉정해져. 테라코마리 건데스블러드.

사랑은 무슨. 첫눈에 반한다니 이상한 얘기잖아.

이 아이와는 한 번 만난 적이 있다. 그때는 아무것도 못 느꼈을 텐데. 이제 와서 첫눈에, 아니, 두 번째 만남에 반했다니 상식적으로 생각해서 말이 안 된다.

"윽……?"

오른쪽 손등에 따끔한 자극이 퍼졌다.

시선을 아래로 돌린다. 작은 멍 같은 게 떠올라 있다.

보기에 따라서는 새…… 라고 할까, 날개를 펼친 까마귀 같은 형태로 볼 수도 있겠다.

벌레에 쏘이기라도 했나? 이 정도는 그냥 두면 낫겠지만——.

"왜 그래?"

"으하악?!"

어느새 린즈가 눈앞에 있었다.

게다가 그 두 손이 내 오른손을 감싸고 있다.

"어디 아파? 그럼 무리할 거 없는데……."

"그——, 그그그그그그그렇지 않아! 나는 평소처럼 기운이 넘쳐!"

나는 황급히 린즈의 손을 뿌리쳤다. 옆에 있던 빌이 "코마리 님?" 하고 걱정스러운 눈길을 보낸다. 어째서인지 심장이 두근두근한다. 이런. 정말 열이라도 나나?

린즈가 "그래" 하고 한숨을 내쉬며 말을 이었다.

"질문은 저세상에 관한 거야. 당신은 저세상에 간 적이 있어?"

나는 마음을 진정시키며 답한다.

"간 것 같은데……."

"어떻게 간 거야?"

"그건……."

"모르는구나. 그럼 금단(金丹)이란 말은 들어봤어?"

"금단? 미안, 그것도 몰라."

"——린즈. 그 질문을 계속하면 우리 기밀 정보를 흘리게 될 수도 있어. 애초에 저세상은 밑져야 본전이야. 중요한 건 '질문'이 아니라 '부탁'이잖아."

랸 메이파가 벽에 등을 기대면서 말했다.

두 사람의 의도를 전혀 알 수 없었다.

난 대체 뭘 하면 되는 거지? ——그렇게 당황하면서 린즈의 눈을 바라보는데 점점 수치심이 북받쳤다. 나는 얼굴에 열이 쏠리는 것을 느끼면서 눈을 피했다. 누가 봐도 정신 상태가 이상하다. 역시 감기라도 걸렸나?

그때였다.

"——부탁이 있어. 테라코마리 건데스블러드 장군."

린즈가 허리를 굽히며 간청했다.

그리고 나는 깜짝 놀랐다.

"나를 도와줘."
"어……."
"이대로 두면 요선향은 멸망할 거야. 그러니까…… 도와줘."
꼼짝할 수 없었다.
절실한 목소리. 도움을 청하는 순수한 말.
"알카를 구한 것처럼, 천조낙토를 구한 것처럼, 요선향의 나쁜 녀석들, 간신들을 어떻게든 해 줘. ――아니, 내가 노력할게. 그러니까 당신은 조금이라도 좋으니까 나를 도와줘. 이대로 가면…… 나나 아버님 모두 승상에게 살해당할 거야."
"………………."
"싫으면 거절해. 강요하고 싶지 않아. 하지만…… 나는. 나에게는 테라코마리 건데스블러드의 힘이 필요해……."
지금까지의 소동을 떠올려 보자.
나에게는 늘 선택지가 없었다.
잠든 사이 빌이 전장으로 납치해 갔기 때문이다.
하지만 이번에는 다르다.
린즈는 처음부터 나를 의지하고 있다.
그림자―― 키르티 블랑과의 대화가 떠오른다.
키르티는 '엄마를 만나기 위해서는 힘든 사람을 도와 세상을 하나로 이어야 한다'라는 식으로 말했다.
그렇다면 린즈의 '부탁'은 들어줘야 할지도 모른다.
"……그 부탁은 비겁해."
미소를 띠면서 나는 말했다.

“이쪽을 봐. 나라도 괜찮다면 얘기를 들어줄게.”
린즈가 움찔하더니 고개를 든다.
벽 쪽에 있던 랸 메이파가 숨을 집어삼키는 기색이 났다.
그러나 나는 신경 쓰지 않고 말을 이었다.
“요선향에서 무슨 일이 있었는데? 우선 과자라도 먹으면서 얘기하자.”
린즈는 잠시 망연한 표정으로 이쪽을 바라보고 있었다.
그리고 곧 감격한 것처럼 눈을 감더니, 잠시 침묵한 뒤 더듬더듬 사정을 이야기하기 시작했다.

작가 후기

늘 감사합니다. 코바야시 코테이입니다.

온천이란 좋네요.
저도 가고 싶습니다.

자, 여러분 덕에 6권까지 이어올 수 있었습니다.
이번 이야기는 1~5권의 후일담인 동시에 7권 이후에 대비한 프롤로그이기도 합니다. 최근 코마리도 친구가 늘고 목표가 보이는 데다, 지금은 아무래도 외출하는 일이 잦아서 도저히 은둔형 외톨이라고 할 수 없게 됐는데요. 그건 코마리가 수많은 사람의 도움으로 서서히 성장해 왔다는 증거이니 기쁘게 생각해야겠죠. 이 '수많은 사람의 도움으로'라는 부분이 중요하다고 생각해서, 이 소설에서는 이해와 손득을 초월한 배려심이나 그게 형상화해 세상을 바꿔 가는 모습을 그려 나가고 싶습니다. 살짝 성숙해진 코마리 씨의 활약을 기대해 주세요. 아마 분위기는 전혀 달라질 게 없겠지만…….

늦었지만 감사 인사드립니다.
수많은 캐릭터를 매력적으로 그려주신 일러스트 담당 리이츄 님.

이 작품에 딱 맞게 멋진 디자인을 해 주신 장정 담당 히이라기 료 님.

원고 작업 중에 다양한 어드바이스를 해 주신 편집 담당 스기우라 요텐 님.

그 밖에 발간, 판매에 도움을 주신 수많은 분.

그리고 이 책을 구매해 주신 독자 여러분.

모든 분께 깊은 감사를 표합니다……. 감사합니다!!!

다음 기회에 다시 뵈어요.

코바야시 코테이

외톨이 흡혈 공주의 고뇌 6

2023년 10월 15일 1판 1쇄 발행

저　　자 | 코바야시 코테이
일러스트 | 리이츄
옮 긴 이 | 고나현
발 행 인 | 유재옥
본 부 장 | 조병권
담당편집 | 박치우
편집 1팀 | 박광운
편집 2팀 | 정영길 조찬희 박치우 정지원
편집 3팀 | 오준영 이해빈 이소의
디 자 인 | 김보라 박민솔
라 이 츠 | 김정미 맹미영 이윤서
디 지 털 | 박상섭 김지연 윤희진
발 행 처 | (주)소미미디어
인쇄제작처 | 코리아피앤피
등　　록 | 제2015-000008호
주　　소 | 서울시 마포구 토정로 222, 403호(신수동, 한국출판콘텐츠센터)
판　　매 | (주)소미미디어
마 케 팅 | 최정연 최원석 박수진 박소연
물　　류 | 허석용 백철기
전　　화 | (02)567-3388, Fax (02)322-7665

ISBN 979-11-384-8029-1
ISBN 979-11-384-1037-3 (세트)